हिन्द पॉकेट बुक्स

अर्द्धकुम्भ की यात्रा

शैलेश मटियानी आधुनिक हिन्दी साहित्य-जगत् में नयी कहानी आन्दोलन के दौर के कहानीकार एवं प्रसिद्ध गद्यकार थे। उन्होंने *बोरीवली से बोरीबन्दर* तथा *मुठभेड़*, जैसे उपन्यास, *चील*, *अर्धांगिनी* जैसी कहानियों के साथ ही अनेक निबंध तथा प्रेरणादायक संस्मरण भी लिखे हैं। उनके हिन्दी साहित्य के प्रति प्रेरणादायक समर्पण व उत्कृष्ट रचनाओं के फलस्वरूप आज भी उत्तराखण्ड सरकार द्वारा उत्तराखण्ड राज्य में पुरस्कार का वितरण होता है।

अर्द्धकुम्भ की यात्रा

शैलेश मटियानी

हिन्द पॉकेट बुक्स
पेंगुइन रैंडम हाउस इम्प्रिंट

हिन्द पॉकेट बुक्स

यूएसए। कनाडा। यूके। आयरलैंड। ऑस्ट्रेलिया। सिंगापुर
न्यू ज़ीलैंड। भारत। दक्षिण अफ्रीका। चीन

हिन्द पॉकेट बुक्स, पेंगुइन रैंडम हाउस ग्रुप ऑफ़ कम्पनीज़ का हिस्सा है,
जिसका पता global.penguinrandomhouse.com पर मिलेगा

पेंगुइन रैंडम हाउस इंडिया प्रा. लि.,
चौथी मंजिल, कैपिटल टावर -1, एम जी रोड,
गुड़गांव 122 002, हरियाणा, भारत

पेंगुइन
रैंडम हाउस
इंडिया

प्रथम हिन्दी संस्करण हिन्द पॉकेट बुक्स द्वारा 1986 में प्रकाशित
यह हिन्दी संस्करण हिन्द पॉकेट बुक्स में पेंगुइन रैंडम हाउस द्वारा 2022 में प्रकाशित

10 9 8 7 6 5 4 3 2

ISBN 9789353492502

मुद्रकः रेप्रो इंडिया लिमिटेड

www.penguin.co.in

FSC www.fsc.org MIX Paper from responsible sources FSC® C047271

This is a legitimate digitally printed version of the book and therefore might not have certain extra finishing on the cover.

अर्द्धकुंभ की यात्रा

लगभग आधा सामान कल ही जा चुका था। शेष इकट्ठा हुए सामान को एक नज़र देखते हुए शायद पहली बार परमेश्वरी बाबू ने अपने व्यक्ति होने को पूरी तरह अनुभव किया। लगभग बीस वर्ष का वक्त नदी के वेग में बहकर बीत चुका है और एकाएक फैसला लेना पड़ा है, तो सिर्फ यह इकट्ठा किया गया सामान है, जो अपने अस्तित्व का हिस्सा मालूम पड़ता है।

इकट्ठा किए गए सामान में धार्मिक पुस्तकें अधिक थीं और परमेश्वरी बाबू को अनुभव हो रहा था, किसी सेवानिवृत्त सैन्यशूरमा के बिगत के साक्षी तमगों की तरह, बस, ये पुस्तकें ही साथ देने को रह गई हैं। बडे भतीजे राधे बाबू ने बढ़िया रैक्स' बनवा दी हैं। परमेश्वरी बाबू प्रसन्न हुए थे। 'कल्याण' की लगभग पिछले पैंतीस वर्षों की प्रतियां बाइडिंग में दे दी गई हैं। सत्तावन से पहले के 'कल्याण' के अंकों के साथ माता-पिता, पत्नी और बड़े भाई की स्मृतियां जुड़ी हैं। सत्तावन के बाद सब' 'ग्राहक-संख्या 9837' लगाकर आए हैं। बोरों से गुजर चलाने के दिनों भी यह धार्मिक पत्र बन्द नहीं किया गया। खोई, नष्ट हुई प्रतियों के बावजूद पांच-छ: हजार बची होंगी और उनकी सुरक्षा के लिए पक्की जिल्द की व्यवस्था करवा दी गई है। 'रैक्स' में इतनी जगह है, सारी पुस्तके करीने से लग जाएगी। कहीं मन में यह इतमीनान भी है, लम्बी व्यस्तता के बाद एक निहायत निजी किस्म का

एकांत होगा अब। धार्मिक ग्रंथों का एकाग्रचित्त परायण हो सकेगा। हरिद्वार जाते में भी साथ ले जाएंगे और संन्यास लेते समय किसी धार्मिक वाचनालय को दान करेंगे।

फैसला उन्होंने खुद ही लिया है; किन्तु कहीं अंधेरे में उछलते सफेद खरगोशों जैसा कुछ है, जो अहसास करा जाता है कि गृहस्थ के वानप्रस्थी होने और व्यक्ति के वानप्रस्थी बनने में फर्क है।

अब इस वक्त बिस्तर बांधा जा रहा था। बाकी का फर्नीचर तो वहीं बनवा दिया गया है, मगर चारपाई और तिपाई, दोनो यहीं से पुरानी ही जाएंगी। बड़ी बह से उन्होंने कह दिया था कि 'यो तो राधे कहता था कि बाबू जी, एक नया बढ़िया पलंग डलवा देते हैं। 'उनलपिलो' बिछवा देंगे। मगर, बेटे, अब इस ढलती उम्र में मखमल ओढने-बिछाने से क्या होगा ? इस पुरानी चारपाई का ऐसा आदी हो गया हूं कि मन। होता है, तीनों भाइयों को अभी से बता दूं कि मेरी अर्थी में भी इसी के डण्डे लगाना। नई चारपाई में तो, शायद, हमें ठीक से आंख ही न लगे। मगर संन्यासी की मौत तो सिर्फ प्रकृति और परमात्मा के लिए होती है, परिवार के निमित्त नहीं।'

हालांकि बात समाप्त करते वो सिर्फ प्रफुल्ल दिखना चाहते थे, किन्तु फीकापन आ गया। एकत्र सामान पर एक नजर डालते, परमेश्वरी बाबू उठे और बाहर निकल आए।

अब, इस समय, परमेश्वरी बाबू, बाहर दालान में आरामकुर्सी पर पसरे थे। नहा-धोकर, पूजा-पाठ से निवृत होकर। माथे पर चन्दन का त्रिपुण्ड इस वक्त भी रचा है। सिर्फ देह ही में नहीं, सम्पूर्ण अस्तित्व में एक ताजगी और पवित्रता की-सी गंध अनुभव हो रही है। कुछ देर पहले की धूल धुल चुकी। जाना कहीं शहर से ज्यादा दूर नहीं है, फिर भी यात्रा पर जाने का-सा मनोभाव खुद को ही अच्छा लग रहा है। सिर्फ इतना है कि भीतर कहीं एक नितांत अमुर्त किस्म का अवसाद भी दालान के सामने वाले हिस्से पर चिडियों की तरह बैठती सर्दियों की धूप की तरह एकत्र होता जा रहा है। जब अंतिम रूप से चल पड़ना होगा, तब यह सब एकबारगी बोझ बनेगा

कुछ पलों को और काफी दूर तक घर से बाहर जाते मेहमान को विदा करते कुत्ते की तरह साथ-साथ चलेगा।

"बाबू जी ! चाय ले लीजिए।" कहती बड़ी बहू माधवी सामने खड़ी दिखी, तो परमेश्वरी बाबू को एकांत के टूटने की आवाज-सी सुनाई दी।

"मधू ! आज का शामवाला अखबार नहीं आया अभी तक ?"

"जी, वो जरा राजो के बाबू देख रहे थे...मैं लेती आती हूं" बड़ी बहू का बायां पांव मुड़ा, तो एड़ियों पर रची महावर की फुलकारी उन्हें दिख गई। न जाने क्यों निमिष-मात्र में उन्हें स्वर्गीया मां, पत्नी और भाभी जी की स्मृति एक साथ हो आई। बीता वक्त भी कैसा स्मरण करते ही मानसून के बादलों जैसा मन के शून्य में छा जाता है। कहना चाहते थे, 'बहू, अभी अखबार लाने की कोई जरूरत नही। राधे पढ़ ले, तो ही लाना। हमें कौन कहीं एसेम्बली पहुंचना है। और क्यों, राजो साला अभी लौटा कि नहीं ? बड़ा लिंदड़ा बना दिया तुमने। साले पांच भी तो हुए नहीं, मगर खेलेंगे फुटबाल।' मगर सिर्फ सोचकर रह गए। हलकी-सी मुसकराहट, जो छोटे राजू को उलाहना दे चुकने पर होंठों में आती, कहीं अन्दर ही मद्धिम-सी चमककर रह गई। आंखों के पपोटों पर अंगुलियां फिराने पर कहीं अपने में ही विलीन-सी एक अमूर्त वेदना महसूस हुई और इस बात का अहसास अब ज्यादा गहराई से हुआ कि इस बीच एक-एक कर उन सारे कुल-जनों की स्मृति में होते गए हैं, जिनकी अब घर में सिर्फ तसवीरें टंगी रह गई।

चाय की प्याली और अखबार लिए आती बड़ी बहू को देखकर, उन्होंने अतीत से अलग होने की कोशिश की।

"बाबू जी ! इस बार आपको किर एसेम्बली का बाइ-एलेक्शन लेना चाहिए ! इस 'संध्याकाल' में न्यूज आई है कि चायल वाली सीट..."

परमेश्वरी बाबू ने अखबार कुछ इस तरह लिया और बिना खोले एक तरफ नीचे रख दिया कि वाक्य अधूरा ही रह गया।

इस बड़ी बहू को देखते ही उन्हें मां और पत्नी की स्मृति हो आती है। पैरों पर पैर रखती-सी चलती है। ओढ़ने-पहनने में वैसी ही आभिजात्यपूर्ण सादगी।

आंखों में देखे जा रहे को बांध लेने वाली विह्वलता। चेहरा सिर्फ आकर्षक ही नहीं, गरिमा बिखेरता-सा। इतनी कम उम्र में ऐसा गहरा नारीत्व कम औरतों ही में होता होगा। जिन दिनों राजू होने वाला था, इसकी चाल-ढाल देखते ही बनती थी। दूध का गिलास या चाय देने, पूजा-पाठ अर्थवा खाने के लिए बुलाने या कमरा-बिस्तरा साफ करवा देने के लिए परमेश्वरी बाबू के इर्द-गिर्द आती थी, तो अक्सर चकित हिरनी-सी, कुछ फासले पर ही रुक जाती थी। 'बाबू जी' कहकर दूर से ही पुकारती थी, तो लगता था, इसके सम्पूर्ण अस्तित्व में से लज्जा खिले फूल के पराग की तरह बिखर रही होगी। उन दिनों भी मां की याद बहुत आती थी। भाभी जी और पत्नी की भी, किन्तु भाभी जी वैधव्य के बावजूद चटख औरत थीं।

"बाबू जी, आपने अभी तक चाय नहीं पी ? ज्यों-की-त्यों धरी है। इस पर तो पपड़ी जम गई। ठहरिए, अब इसे ने पीजिए। मैं ताजी चाय बना लाऊं। तब तक आप अखबार देख ले।"

परमेश्वरी बाबू कहना चाहते थे, 'चाय रहने दो बहू ! सूर्यास्त से पहले तो भोजन ही कर लेना है।' किन्तु कह नहीं पाए।

माधवी का आना और लौटना, कितना संतुलित और लयबद्ध-सा होता है। जा चुकी तब होश आया कि दुबारा चुनाव लड़ने की बात कर रही थी।

"सेठ जी ! बिस्तरा तो बंध चुका। चारपाई यूं ही जाएगी हुजूर ! या निवार खोलकर समेट दी जाए ?" नौकर, उन्हें लगा, अखबार में पहले पृष्ठ पर आकर खड़ा हो गया है और चारपाई के साथ ही उनको समेट लेना चाहता है।

यह सिर्फ घर में विद्यमान पैतकता और परम्परा से अलग जा पड़ने का अवसाद ही नहीं है, जो सिर्फ तीन-चार किलोमीटर के फासले पर जाने को एक लम्बी यात्रा बनाए दे रहा है। बहुत कुछ है, जो इस घर से अलग हो चुकने पर जगह पाएगा और एकत्र होगा।

नौकर को, शायद कुछ जोर से पुकार लिया है, यह अंदाजा उन्हें तब

हुआ, जब माधवी को उन्होंने बिना चाय लिए ही 'जी, बाबू जी ! कहते भीतर से दालान की ओर तेजी से वापस आते देखा।

परमेश्वरी बाबू के ओठों पर हलकी-सी कारुणिकता फैल गई। यह जानती है कि 'बड़ी बहू' कहकर यों पुकारने का अर्थ है, उनका दुखी या विचलित होना। जब राधे की मां, भाभी जी, का देहांत हुआ था, उस अरसे में बार-बार 'बड़ी बहू-बड़ी बहू' पुकारते रहते थे। उम्र में बहुत छोटी होने के बावजूद, माधवी को ढाढ़स बंधाना पड़ा था कि 'बाबू जी ! आप ही अगर बच्चों की तरह घबरा जाएंगे, तो हम लोगों का क्या होगा ?'

क्या बात है, बाबू जी ! कोई चीज मंगाई आपने ? अरे, दयाराम ! तू भीतर जाकर जरा ड्रमों में पानी भर ले, जाने कब जाता रहे पानी। उसके बाद बाबू जी के जूतों में पालिश कर देना। चाय का पानी शायद खौल रहा होगा। छोटी बहू जी को कह दे, बनाकर दे जाए।" कहती माधवी उनके सामने पड़े मोढ़े पर बैठ गई। थोड़ी देर उन्हें चुपचाप देखती रही, फिर सिर झुका लिया, "बाबू जी ! आपका वहां जाने का मन न' हो, तो आप-बेकार के उत्साह में न जाएं।"

"नहीं तो, ऐसी तो कोई बात नहीं, बहू ! मैं तो...मैं तो... कोशिश करना चाहता हूं कि उत्साह में नहीं, विराग में रह सकूं। परमात्मा मुझे शक्ति दे। अभी कुछ देर पहले तुमने कही थी, बाइ-इलेक्शन लड़ने की बात। हालांकि गुंजाइश ही नहीं, चायल रिजर्व निर्वाचन क्षेत्र' है ना।...लेकिन उस सबका अब सवाल ही नहीं। इलेक्शन में खड़े होने का एक नशा-सा जरूर होता है। 'लू जर' होना भी शामिल होना तो होता ही है; पर पिछले इलेक्शन में ही चित्त भर गया। विरुचि की भी तृप्ति होती है। साला, घर तक पोलिंग बूथ बन गया था। यह राजनीति सबके बस को नहीं। यह सुअरों की खेती है और फिर अपनी प्रार्थना। तो यही है कि जगत् में रहना बहुत हो चुका, प्रभु करे अपने में रमा ले।"

परमेश्वरी बाबू ने अपने जाने हाथ आकाश की ओर उठाए, लेकिन पाया कि बहू की दिशा में जुड़कर रह गए हैं।

"राजू के बाबू से मैंने कई बार पूछा कि आखिर एकाएक यों बाबू जी को नैनी रहने की क्यों सूझी ? कहीं हम लोगों का व्यवहार तो गलत नही होने लगा आपके साथ ? बना भी तो कसा बेफिकरा दिया आपके लाड़-प्यार ने हम लोगों को। पहले से ही माने बैठे रहते आए हैं कि नहीं, कुछ भी तो ऐसा नहीं, जिसे बाबू जी माफ न कर देंगे। मैं तो बाबू जी ! फिर थही प्रार्थना करती हूं, मन न हो, हर्गिज न जाएं। कारखाना चले या न चले। अब इन जवान लोगों से अगर काम नहीं संभलता, तो आप अपने ऊपर न लें। हम लोगों ने तो आपको इस घर का पिता ही नहीं, देवता भी जाना है। अम्मा अभी पिछले महीने राजू के जन्मदिन पर आई थी, तो फिर कहती गई कि 'बेटे ! यह कुलदेवता हैं, इनकी अवमानना न करना कभी।' मैं खुद जानती हूं, कैसा तिल-तिल गलाया है। आपने खुद को हम लोगों के लिए। नहीं, बाबू जी ! आपकी जरा-सी नाराजगी हमें कहीं का न छोड़ेगी। रिश्तेदारी, जान-पहचान, समाज के लोगों को क्या मुंह दिखाएंगे हम ?"

उसका सिर झुका था, फिर भी, उन्होंने देख लिया, रो पड़ी है। परमेश्वरी बाबू इसी मानसिक संकट में हो गए कि सच्चाई कहां है ! इन लोगों के मुंह सामने के बोलते में या कि पीठ-पीछे के मोचते-महसूस करते में, जो पिछले एक लम्बे अरसे से जंगल में की हवा की तरह कानों तक आता चला गया और फैसला लेना पड़ा ? जब छोटे रोने लगें, तो बड़ों को संभालना ही होता है।

परमेश्वरी बाबू आरामकुर्सी पर आगे को झुक आए, "अरी, बेवकूफों की बच्ची कहीं की ! यह किसने कह दिया कि मैं अपनी मर्जी का नहीं, तुम लोगों का लगाया जा रहा हूं ? अरे, भला उस नकछुट्टे राधे की क्या हस्ती, जो मुझसे कहे कि 'बाबू जी ! अब आप कारखाने में रहा कीजिए !' तुझे उसने कोई जवाब इसलिए नहीं दिया होगा कि वह मेरे पांव भी पकड़ चुका कि 'बाबू जी ! यों एकाएक अलग जा रहने की क्यों सुझी आपको ?' मगर शायद, तुम्हें याद होगा, बेटे ! जब पांच साल पहले तुम इस घर में आई थीं, तभी मैंने तुम्हें बताया था कि भगवान से मेरी प्रार्थना क्या है ? यह तो, बेटे !

मैंने सालों पहले ही फैसला कर लिया था कि जहां घर मेरे करते-धरने की गरज से मुक्त हुआ, वानप्रस्थ ले लूंगा मैं। शारदानन्द महाराज भी यही कहते थे कि 'परमेश्वर ! अपने पुण्यों का फल स्वयं ही चखने से बचना चाहिए।'.. मैं तो तुम लोगों को श्रद्धा का मारा अपने-आप को 'हमें-हमें' कह बैठता हूं। बेटे ! मनुष्य को सिर्फ राग-अनुराग ही नहीं मोक्ष भी देना होता है। वो, यही दालान पर से कमरे में टी हमारे बाबू जी की तस्वीर देख रही हो न ? मुट्ठीगंज के बनियों में साधु-पुरुष का रहन ! था। हमें जो स्वारथ की आग नहीं व्यापी, उन्हीं का पुण्य है। वो कहा करते थे, 'अदमी सिर्फ राग से पूरा नहीं होता, उसे विराग में भी जाना होता है।' मैं तुम लोगों से, घर से, नहीं, बल्कि जहां पर खुद ठहरा रह गया हूं, वहां से कुछ आगे निकल चलना चाहता हूं। आदमी भी नदी के जल की तरह बहता रहे, तभी अपने ठिकाने तक पहुंचता है। सिर्फ इतना है, आधी जिन्दगी जहां बीत गई, अलग होते मन का उदास हो आना स्वाभाविक ही है ना ?"

धाराप्रवाह बोलते-बोलते परमेश्वरी बाबू किसी दिव्य स्वप्न में होते चले जाने की तन्मयता में खो गए। भाषा में उनके सामने अभी ये सब बच्चे ही हैं, संघर्ष और तनावों से भरी जिन्दगी में से हाथ आया हुआ यह परितोष ही तो है, जो उन्हें थोड़ा ऊंचाई पर कर लेता है।

"बाबू जी !"

मुड़कर देखा, छोटी बह इस बार चाय की ट्रे लिए सामने कुछ फासले पर खड़ी दिखाई दी। परमेश्वरी बाबू सभलकर बैठ गए। इस बेवकूफ को भी क्या बड़ी बहू ने ही सिखाया है कि ऐसे में बड़ों से अदब से रहना चाहिए ?

"अरे, दिपो ! तू उधर ही खडी क्यों रह गई बेटे ! आ, इधर चली आ। मधु के पास आकर बैठ जा। चलो, इस वक्त की चाय हम तीनों मिलकर पिएं। कल से तुम दोनों साथ पीने बैठो, तब मुझे याद करना। हमारे शास्त्रों में कहा गया है कि स्मति से दिया हुआ सूर्य की किरणों की गति से परमात्मा और चंद्रकिरणों की गति से पितरों तक पहुंचता है।" परमेश्वरी बाबू ने हंसने की कोशिश की और सफल रहे।

माधवी ने भी संकेत किया, तो माथे पर का पल्ला थोड़ा-सा और नीचे करती, दीपक भी सामने बैठ गई और चाय बनाने लगी।

"तुम लोगों से तो, भई, हमें सिर्फ एक शिकायत हमेशा रही और मरते दम तक रहेगी, जाएगी नहीं !

परमेश्वरी बाबू को अब लग रहा था कि मुंह-अंधेरे उठने से लेकर दोपहर बाद तक लगातार कई घण्टों की चुप्पी में जो भारीपन और उदासी खुलकर हावी होने लगी थी, अब बहुओं के साथ वार्तालाप में टूटती गई है।

बड़ी बहू ने सिर उठाकर, उनकी ओर देखा, तो बोले, "देखो, भाई ! हम बड़ी हसरतों से चल रहे थे कि भाभी जी तो बुढ़ा गईं, अब फिर इस घर में नई बहुओं के पांव पड़ने चाहिए...मगर भगवान ने यह हसरत हमारी कभी पूरी नहीं होने दी।"

उन्होंने अपना चेहरा नाटकीय ढंग से उदास कर लिया और चुपचाप चाय की प्याली उठाकर, घूंट भरने लगे। दोनों बहुएं उनके इस रहस्य-भरे रुख से कुछ स्तब्ध थीं और तय नहीं कर पा रही थीं कि कहें। क्या।

"भाई, सुनो ! तुम लोग सोच रही होंगी बुड्ढा पहेलियां बुझाने लगा, मगर हकीकत तो यही है, बेटे ! कि तुम लोगों की 'बाबू जी, बाबू जी' ने हमे ससुर बनने का सुख ही न मिलने दिया। बस, यही लगता रहा कि दो बेटियां घर में पड़ी हैं, जिनके दहेज की चिता भी नहीं। नहीं तो बनिया, तो बनिया; बेटी का बड़ी होते जाना उसे तकलीफ देता है। और व्यापार का छोटा पड़ना !"

अब के उन्होंने खुलकर ठहाका लगाया और उठ खड़े हुए।

वे दोनों भी हंस पड़ीं। बड़ी बोली, "बाबू जी ! बहुत शरारती भी हैं..."

"तुम्हारे इस साले मूरचट्टे बेटे की तरह ना ? गधा अभी तक नहीं लौटा ? हालाकि मेरे विदा होते समय आंखों के आगे न रहे, तो अच्छा ही है। कच्ची उम्र में ही सयानो-सा देखने-समझने लगा है। बिलकुल हम पर गया है।"

उनके 'हम पर गया है' कहना सुनकर छोटी बहू ने तुरन्त ही, धीमे से

अपनी जेठानी को कुहनी से ठेला है और दोनों की आंखें शरारत से भर गई हैं, इतना उन्होंने, दोनों की तरफ पीठ होते-होते देख लिया।

परमेश्वरी बाबू, चाय की प्याली लिए-लिए, दालान में टहलने लगे थे। परमेश्वरी बाबु दस-पांच कदम जाकर, फिर दोनों के पास लौट आते।

इस बार दीपक माधवी से कह रही थी, "दीदी ! ये बाबू जी को अचानक नैनी चले जाने की क्यों सूझी ? कहीं हम लोगों से नाराज तो नहीं ?"

परमेश्वरी बाबू ने चाय की प्याली नीचे रख दी और बड़े स्नेह से दोनों बहुओं के सिर धीमे से आपस में टकरा दिए, "तुम दोनों तो जुड़वां बहनों की तरह बैठी हो और वैसी ही वेवकूफी-भरी बातें भी कर रही हो।"

"क्यो, जुड़वां बहने बेवकूफ ही हुआ करती हैं क्या, बाबू जी !"

"और नहीं तो क्या ? अपने मां-बाप की बेवकूफियों से ही तो जुड़वां पैदा होती हैं !" कहते-कहते परमेश्वरी बाबू एकाएक झेंप गए और दालान में दूर तक टहलते चले गए। दोनों बहुओं की सम्मिलित किन्तु धीमी-धीमी हंसी उन्हें अपनी पीठ की तरफ गौरइयों की तरह उड़ती-सी अनुभव हुई और कुछ क्षणों को वह अपने में ही तेज हवा के बीच होते, मुसकराते रह गए; लेकिन जल्दी ही उन्होंने अपने-आप को संतुलित कर लिया। हालांकि यह तय करने की कभी आवश्यकता ही नहीं पड़ी कि ऐसी विनोद-भरी बातें वह अनायास ही कह बैठते हैं या कि प्रयत्नपूर्वक बोलना होता है ? लेकिन फिर भी इस वक्त परमेश्वरी बाबू थोड़ा अटक गए। अगले ही किसी क्षण इन लोगों से नदी-पार के-से फासले पर होंगे। इन लोगों का कभी-कभार का वहां आना, परमेश्वरी बाबू का कोठी पर आना, यह रहेगा तो, लेकिन अब इनके बीच होने की प्रतीति न होगी। वार्तालाप में ही सही, अब इस तरह की मोहग्रस्तता में से उबरना होगा। यह सारी उत्फुल्लता तो इसलिए दिखानी है कि किसी के मन में बोझ न रहे कि कहीं कोई असंतोष या शिकायत उनके मन में ऐसी है, जिसे प्रकट किए बिना आखिर-आखिर रह नहीं पाए। अपने भीतर घुमड़ता तो न जाने कितना और कैसा-कैसा

था, जिसे इनको आंखों से ओझल रखते-रखते असुविधा होने लगी थी। अब दूर होगी।

इस बार परमेश्वरी बाबू अपेक्षाकृत तेज कदमों से लौटे और फिर आरामकुर्सी पर पसर गए, "देखो, बेटे ! तुम लोग बेकार के द्वंद्व में पड़ गईं। आखिर-आखिर तो मुझे वानप्रस्थ लेकर ज्वालापुर जाना ही है। नैनी जाने को इसकी रिहर्सल' समझ लो। सीधे ज्वालापुर पहुंचने का दम तो तुम लोगों ने हममें बचने नहीं दिया न ? शारदानन्द महाराज जब आए थे, तब तुम लोगों के सामने ही यही तो कहा था कि 'परमेश्वर, अब कुछ अपनी भी साधो।' सो स्वार्थ में ही जा रहा हूं। मैं कह चुका उनसे कि सैंतालीसवां चल रहा हैं। पचासवां लगा कि चला। यों भी यह बहुत पुराना संकल्प है मेरा कि तुम लोगों को सुखी देख लू, तो फिर अपने सुख की भी चिंता करूं।...अब वक्त आ गया। मेरा सूख इसी में है कि जिस परमात्मा ने मेरी लाज रख ली, टेक निबाह दी मेरी शेष रही उस परम पिता के स्मरण में गुजार दूं।...ना, बेटे ! यों कहने की जरूरत नहीं कि बाबू जी ! अभी तो आप पचास के भी नहीं हुए। आपकी उम्र में तो आजकल के बहुत-से लोग शादी किया करते हैं !...अरे, भाई ! जहां तक शादी-विवाह का प्रश्न है, उसमें आजकल की मिसाल क्या देनी है : वो महाभारत से राजा ययाति बाला प्रसंग तो तुम लोगों ने मुझसे सुना ही है ? और हमारे ऋषि-मुनि लोग तो अंग्रेजों की तरह अस्सी-नब्बे वर्षं की उम्र तक में शादी किया करते थे !"

परमेश्वरी बाबू हंस पड़े, फिर एकाएक खुद ही अपनी हंसी को चाकू से काटते-से बोले, "मैं होनी से बहुत डरता हूं, बेटे ! अपने होश सभालने के बाद के वर्षों में मैंने दादा जी,बाबू जी, मां, बड़ी बुआ, सिर्फ अड़तीस की उम्र में बड़े भाई साहब और फिर तुम लोगों की दोनों सासों को, एक-एक कर जाते देखा। अब सोचते भी दहशत होती है। यों लगता था, जैसे किसी ऊंची हवेली में अकेले बन्द हूं और उसकी दीवारें एक-एक कर ढहती जाती हैं। उस गर्दिश के जमाने में काशी बाबा विश्वनाथ के मन्दिर, फिर हरिद्वार, बद्रो-केदार और द्वारकाधीश जी के दशन को निकला था मैं। गाडी चलती

होती थी और खिड़की पर बैठा मैं भीख-सी मांगता होता था। कहो, प्रभु से जो मांगा, मिला। अब मुझे मोह से बना ही होगा। पगलो ! अभी तो फिलहाल मैं सिर्फ नैनी ही जा रहा हूं। यहां से कुल दो-ढाई मील के फासले पर। अजीब आदमी हूं मैं भी, तुम लोगों के बीच से मायके आई बेटी की तरह विदा होने की कोशिश कर रहा हूं। राधे और रामेश्वर देखेंगे तो हंसेंगे मुझ पर। अच्छा, सुनो ! कल तुम लोग उस तरफ जरूर चली आना। नहीं-नहीं, इस दिप्पो को मत लाना ! हिचकोले ठीक नहीं होते ऐसे में। बस, मधू बेटे ! तू चली आना और जरा देख तो लेना कि जिन्हें तुम लोग कोठरियों की शक्ल में देख आई थीं, उन्हें इस बुड्ढे के लिए कैसे खूबसूरत और बढ़िया कमरों में बदल दिया गया है। अच्छा चलो तुम लोग और बहू ! खाना जरा जल्दी बना लेना। सूर्यास्त होने से पहले ही चल भी देना ठीक होगा।"

सारा कुछ एक सांस में कह डालने पर, परमेश्वरी बाबू को धीमी-सी हंकनी चढ़ आई और वह चुपचाप होते, प्रयत्नपूर्वक मुसकराते, पीछे को पसर गए।

2

कारखाने से लौटते हुए, दोनों अपने-आप में केन्द्रित रहे। कार रामेश्वर ड्राइव कर रहा था। जमुना ब्रिज पर से गुजरते वक्त रफ्तार बिलकुल धीमी कर लेनी पड़ी। राधेश्याम ने खिड़की के पार जमुना की ओर झांका। झिलमिला-सी रही थी। दूर, किले के किनारे, दो-तीन चिताएं लगभग एक साथ जल रही थीं। यों ही, अनायास उसे याद आया कि जब उसके पिता का देहान्त हुआ था, तब उसकी उम्र मुश्किल से दस-ग्यारह की रही होगी। शायद, उनका दाह-संस्कार भी यहीं कहीं किया गया हो। परमेश्वरी बाबू के परम्परागत घर को छोड़कर चले जाने से एक अमूर्त्त-सा खालीपन मन में गड्ढे में एकत्र होते वर्षा-जल की तरह भर आया है और इस वापसी में शवयात्रा में से लोटन का सा बोझिलपन महसूस हो रहा है।

अब, इस वक्त, रात का पहला पहर बीतने को है।

धुंधली-सी स्मृति है, अपनी मृत्यु से कुछ देर पहले पिता ने उसे अपने निकट बुलवाया था। शायद, छोटे रामेश्वर को भी। तब वह सिर्फ राजो के बराबर रहा होगा। मां को कमरे से बाहर चले जाने का इशारा करने के बाद परमेश्वरी बाबू को उन्होंने अपने बिलकुल पास बुला लिया था और उसका छोटा-सा हाथ परमेश्वरी बाबू के हाथों में पकड़ा दिया था। बह स्पर्श बीसों साल बीत जाने पर भी स्मृति में है। और शब्दों में जाने क्या-क्या कहा था, कुछ स्मरण नहीं रह गया। शायद बाद में परमेश्वरी बाबू ने अपनी भाभी यानी मां को बताया होगा, मगर पिता का वह यंत्रणा में किसी भित्तिचित्र की तरह खिंचा चेहरा और दाढ़ी से भरे चेहरे पर की त्वचा में हवा में कांपते मटमैले वस्त्र कासा कम्पन और पीछे को धंसी आंखों में चमकती अबूझ कारुणिकता, वह सब कुछ जैसे उस एक क्षण में उसकी आंखों और स्मृति में खुद गया था। अभी तक है।

कहीं रामेश्वर 'मिरर' में इस विचलितता को लक्ष्य न कर रहा हो। अपने व्यतीत में खोने का ध्यान आते ही राधेश्याम पीछे की तरफ पसर गया और सीट पर पड़ा अखबार पढ़ने में डूव गया। चेहरा-भर ओझल हो जाए, तो अपना सारा अस्तित्व ओझल हो गया-सा प्रतीत होता है। हालांकि अभी कई-एक वर्षों तक साथ रहेगा, कोठी पर का-सा न सही, किन्तु फिर भी एक लम्बा मल्लयुद्ध लड़ चुकने के बाद की-सी थकान, इस वक्त, उस पर हावी है। नहीं, वानप्रस्थ की तैयारी में विलग होने की बात बहाना है, विराग नहीं है। रामेश्वर के भीतर जाने क्या है, बाहर कहीं द्वंद्व नहीं दिखाई पड़ता।

पुल पार आ जाने पर कार चौराहे पर रुकवाकर राधेश्याम पान लगवाने उतर गया। दुकान पर एकाएक पथिक जी मिल गए। राधेश्याम ने उनके लिए भी पान लगवाए। कुछ देर परमेश्वरी बाबू को लेकर बात होती रही। पथिक जी ने कहा, "चलो, अव परमेश्वरी के बहाने नैनी की तरफ का निकलना हो जाएगा।" इस बींच पथिक जी ने दो पैकेट गोल्ड फ्लैक और एक दियासलाई

पान वाले से मांग लिए और तब अपेक्षाकृत इतमीनान से बातें करने के 'मूड' में आते हुए पूछा, "और बाबू राधेश्याम जी ! नैनी वाला कारखाना ठीक-ठाक तो चल रहा है न ? वाह साहब ! जो समारोह आप लोगों ने उस दिन किया है, अभी तक सारे नगर में चर्चा है। एक बात हमारी और मानें आप... परमेश्वरी बाबू, सुना है, वानप्रस्थ लेने वाले हैं ?"

"आपसे किसने कहा ?"

"अरे, भई ! राधेश्याम जी ! आप लोगों को पता तो है कि हम दोनों सहपाठी रह चुके हैं। कालेज-यूनिवर्सिटी को छोड़िए, अपर प्राइमरी तक में साथ-साथ पढ़ते रहे। वह जो गऊ घाट से लगा प्राइमरी स्कूल है। अपनी आंखों से हमने आप लोगों के घर की रईसी, आपके स्वर्गीय पिता जी, गोयल साहब का जमींदाराना रोब-दाब देखा...और फिर गर्दिश कां वह दौर, जब कमीशन में खाली बोरों का बचना, नियामत मालूम पड़ता था परमेश्वरी बाबू को...और आज..." एक नजर सामने खड़ी नई, चमचमाती कार पर डालते पथिक जी ने एक लम्बा कश खींचा, फिर इतमीनान से धुआं छोड़ते हुए बोले, "माया सब भगवान की है, मगर निमित्त तो मनुष्य ही है। परमेश्वरी ने जो आप लोगों के घराने के लिए किया है, राधे साहब ! अद्‌भुत है। सिर्फ अद्‌भुत है ! हम साहित्यकार लोगों की जिन्दगी तो आप जानते ही हैं कि निराला जी जैस महाप्राग कवि की हम लोगों के देखते-देखते कैसी जिन्दगी बीती..."

सिगरेट के पैकिट और दियासलाई अपने पुराने और अधमैले कुर्ते की जेब में सहेजते हुए पथिक जी के ओठों पर एक करुण मुसकराहट फ़ैल गई। बोले, "आप लोग एक काम जरूर करिए। परमेश्वरी बाबू पर एक अभिनन्दन ग्रन्थ जरूर निकालिए। उसका सम्पादन मैं करूंगा। पंत, महादेवी और डा० रामकुमार वर्मा वगैरह से हमारे व्यक्तिगत संबंध हैं, इन सबसे परमेश्वरी बाबू के यशस्वी व्यक्तित्व के बारे में लिखवाना। मेरे जिम्मे रहा। कभी ऐसा नहीं हुआ कि किसी साहित्यिक सम्मेलन समारोह के लिए परमेश्वरी बाबू ने हम लोगों की आशा से कुछ ज्यादा ही न किया हो। हम लोग तो यह भी सोच रहे हैं कि मेयर के चुनाव के समय परमेश्वरी बाबू को

खड़ा किया जाए। साहब ! समाज-सेवा के पदों पर तो दरअसल ऐसे ही परमार्थी लोगों को आना चाहिए। मगर आ जाते हैं कैसे-कैसे चपरकनाती लोग ! ऐसेम्बली के चुनाव में परमेश्वरी बाबू जैसा समाजसेवी रह गया, जेब में दारू की बोतल रखने वाला नाऊ जीत गया।...खैर, यह दूसरा प्रसंग है। अच्छा तो अभी चलता हूं, फिर मिलूंगा। ध्यान जरूर दीजिएगा। अभिनन्दन ग्रन्थ वाले प्रसंग पर।"

"जी नमस्कार !"

'नमस्कार' कहते हुए पथिक जी बाजार वाली गली में ओझल हो। गए, तो राधेश्याम ने पान वाले की तरफ दस रुपये का नोट बढ़ाया।

"गोयल साहब ? ये कविराज जी क्या आपके कोई नजदीकी जन हैं ?"

"कौन, पथिक जी ? हां, हां, हमारे चाचा जी के दोस्तों में से हैं।"

"साहब ! दो रुपये हमारे महिजों पुराने रह गए हैं। ले लें ? हम तो इन्हें इसी सिलसिले में रोके रहे कि आप आ पहुंचे। जान-पहचान के लोगों के बीच किसी की तौहीन करना अच्छा लगता नहीं हमारे जी को..."

"ले लो, भई चौरसिया ! इतना विस्तार से बताने की जरूरत ही वथा थी। बाकी के पैसे लौटा दो।"

वापस लौटकर कार के अन्दर बैठते हुए राधेश्याम ने अपने छोटे भाई की तरफ पान बढ़ाए और धीमे-धीमे बोला, "पथिक जी मिले थे। कह रहे थे, चाचा जी का एक ठो अभिनन्दन ग्रन्थ निकाला जाना चाहिए..."

"अरे, भाई साहब ! आप भी कैसे-कैसे चक्रमों को मुह लगाए रहते हैं। पथिक जी तो अपनी वसूली में लगे ही रहते हैं। अभिनन्दन-वभिनन्दन सब ठग विद्या है। यह तो हरामखोरों और नेताओं का काम है। हमारे चाचा जी इस चक्कर में कहां पड़ेंगे ? एसेम्बली के इलेक्शन में पड़ के देख चुके।"

रामेश्वर ने रफ्तार और भी तेज कर दी और सीध ज्वाला प्रसाद-गोपीवल्लभ वालों के गोदाम के पास ही रोकी।

घरबड़ा , लेकिन पुराने समय का, संकरी गली में है। कार यहीं सेठ गोरीवल्लभ के गोदाम के टिनछह में छोड़ देनी होती है। चाबी के गुच्छे को उंगली में डालकर नचाते हुए रामेश्वर बोला, "बड़े भैया ! कहीं गैरेज-बैरेज का जुगाड़ बिठाइए। दूसरे घर तो भैंस का बांधना भी शोभा नहीं देता, यह तो अम्बेसडर है और यहां 'सेक्यूरिटी' भी नहीं।"

"मैं तो चाहता था, बाबू जी अपने पास रख लें। वहां कारखाने में जगह की भी कमी नहीं। दो दिन में गैरेज तैयार हो जाता। कम-से-कम उन्हें सुविधा तो हो जाती !"

रामेश्वर गौर से देखा, तो राधेश्याम को लगा, कहीं पूछ न बैठे कि क्या सचमुच चाहते थे ?

"आप तो बड़े भैया ! हमेशा ही बड़े भावुक ढंग से सोचते हैं। चाचा जी का अब 'मूवमेण्ट' ही कितना रहेगा ! वह भी समझते हैं कि गाड़ी की जरूरत जितनी परिवार में है, शहर में है, उनको निजी तौर पर नहीं। इसीलिए मैं कहता हूं, चाचा जी हमारे ग्रेट हैं। और फिर कार कोई भैंस तो है नहीं, जो सामने बधी रहे और दूध दे कि लो, परमेश्वरी बाबू ! पियो। संन्यासियों को दूध खूब पीना चाहिए।... लेट मि इन्ज्वाय हिज ओन लाइफ !"

राधेश्याम कुछ उत्तर दे इससे पहले ही वह कुछ तेजी से उछलता-कूदता-सा अगन पार करके भीतर पहुंचा, "भाभी ! खाना लगवाओ, भूख लगी है।"

माधवी परोस रही थी। दोनों भाई और दीपक साथ-साथ खा रहे थे। जो अपनी चाची की थाली में अंगुलियां चला रहा था। इतने में कहीं गलियारे की तरफ से गधे के रेंकने की आवाज सुनाई दी, तो राजो चौकन्ना होकर, इधर-उधर देखने लगा। अंगुलियों को वह थाली में टिकाए हुए था और आंखों में उसके जंगली पशुओं को देखने को-सी चमक तैरन लगी थी।

माधवी थोड़ी देर इंसती रह गई। बो ली, "बाबू जी इसको दिन-भर में इतनी बार गधा कहते थे कि अब यह खुद को गधा ही समझने लगा। परसों गेट खुला रह गया होगा, एक छोटा-सा गधा आंगन में चला आया। यह उल्लू बड़ी

देर उसे घूरता रह गया..."

"जैसे अपने पिता को देख रहा हो..." कहते हुए रामेश्वर ने वाक्य पूरा किया, तो सारा चौका ठहाकों से भर गया।

"बस, छोटे भैया ! तुम्हारा दिमाग तो ऐसी ही ऊल-जलूल बातों में तेज चला करता है।" माधवी ने जलते हुए फुलके को तेजी से पलटा और फिर खुद हंसती चली गई।

"भाभी ! इस तरह खुलकर हंसती हुई तुम बहुत खूबसूरत हो जाती हो..."

"क्यों तुम्हारी बहू से भी ज्यादा...?"

"अजी, आपने भी किसका नाम ले दिया।" कहते हुए रामेश्वर ने मुंह बिरा लिया।

थोड़ी देर खुलकर लगाए गए ठहाकों के बाद की चुप्पी देर तक छाई रही। रामेश्वर उठने को हुआ, तो माधवी ने कहा, "आप लोगों के जाने के बाद एलनगंज वाले बड़े भैया आए थे। बताया, तो कह रहे थे कि हम लोग रविवार को जाएंगे। पहले पता होता, यहां आ जाते।' कुछ उदास थे। कहते थे, 'मुझे तो विश्वास नहीं हो रहा है, चाचा जी से यह घर जीते जी छूट गया।" कहीं उन्हें भी यही न लगा हो कि हम लोगों के व्यवहार से दुखी होकर ही उन्हें अलग जाने की सूझी होगी ?"

एक क्षण में माधवी का कुछ ही देर पहले हंसी की खिलखिलाहट से भरा चेहरा, उतरकर, हलका-सा स्याह हो आया। रामेश्वर, यों कहता हाथ धोने को उठ खड़ा हुआ कि 'अगर कोई ऐसा सोचे भी तो इसमें आश्चर्य करने जैसी कोई बात नहीं। जनता पार्टी का राज है, कोई इमर्जेन्सी नहीं। लोगों को बोलने की आजादी तक मुहैया कर दी ई, सोचने की तो संजय गांधी ने भी नहीं छीनी थी। सोचने वाले सोचा करें, आप लोग अपना काम देखती रहो।'

हाथ-मुंह धो-पोंछकर वापस आते रामेश्वर ने एक बार बोझिल कदमों से बाहर की ओर जाते भाई की तरफ गौर से देखा। ऐसा प्रायः हो जाता

है कि राधेश्याम के खाने पर से उठ जाने के बाद भी वह चौके में कुछ देर भाभी से बतियाता बैठा रह जाता है और एकाध फुलका भाभी और पत्नी का साथ देने को ले लेता है। कुछ क्षण तो वह गरदन तिरछी कि राधेश्याम को दालान में हाथ धोते और फिर अपने सोने के कमरे की तरफ ओंझल होते देखता रहा, फिर भाभी की तरफ मुड़ता बोला, "भाभी ! तुम बहुत ज्यादा 'सेंसिटिव' हो। हमें तो लगता है, चाचा जी ने बहुत सही कदम उठाया है और बहुत सही वक्त पर उठाया है। मुझे तो भाभी ! माफ करना, पहली बार घर में आजादी का वातावरण दिखाई दे रहा है। चाचा जी होते, तो हंसी फुटने को होते ही तुम धोती मुंह में खोंस लेतीं और हमें लगता कि आंगन में पीपल डोला।'

"नहीं, ऐसी कोई बात नहीं थी। मैं तो खुद उनके सामने यों ही ठहाका लगाया करती थी। ससुर का-सा व्यवहार तो उन्होंने हम लोगों से कभी किया ही नहीं। हमेशा बेटियों की तरह प्यार करते रहे। नहीं, उन्होंने दूसरों पर लदने की कोशिश कभी नहीं की। वो तो हमीं लोगों को अच्छा लगता था कि बाबू जी के आसपास रहें। तुम जवान लोगों को, बस, रात को ही फुर्सत मिलती है। बाबू जी ही थे, जो कारोबार में से वक्त निकाल लेते थे।"

"तो भाई ! अब इसमें यों उदास होने की क्या बात है ? बेटियों और बाप का साथ जिंदगी-भर कहां रहा है ?" कहते हुए रामेश्वर ने हंसने की कोशिश की, मगर हो नहीं पाया।

"क्यों रे गधा ! तुझे भी दादा की याद आ रही है या नहीं ?" कहते हुए, दीपक ने उसकी ठुड्डी को अपनी ओर उठा लिया, तो वह यों ही रो पड़ा।

"क्यों अब यह उल्लू क्यों बिन कारण बें-बें चिल्लाने लगा ?" माधवी के स्वर में थोड़ी-सी खीझ थी।

"सभी गधे ऐसा ही करते हैं। जब कहीं एक रेंकता है, तो दूसरे भी रेंकना शुरू कर देते हैं ! हो सकता है, वहां इसके दादा इसकी याद में रोए हों !" कहते हुए रामेश्वर ने फिर ठहाका लगाने की कोशिश की, मगर दोनों स्त्रियों के खिंचे हुए चेहरों से टकराकर उसका हंसना जैसे फर्श पर बिखरकर रह गया। कुछ

ज्यादा तीखा मजाक हो गया, यह अहसास खुद उसे भी हो गया। बात संभालने की कोशिश में बोला, "तुम्हारी तो वह मिसाल है, भाभी ! गडे ससुर के चुभे बहू को। अपने भतार को भी तुम साफ बचा ले गईं। लोग उल्लू का पट्ठा बनाते हैं। आपने उल्लू का बाप बना दिया।"

"बाबू जी के बारे में ऐसी बदजबानी हमको करनी नहीं चाहिए, रामे भैया !" माधवी जैसे अभी वहीं थी, परमेश्वरी बाबू को गधा कह दिए जाने के क्षण में। बोली, "बड़ों का किया छोटों को भूल न जाना चाहिए। आज हम सब लोग जो कुछ हैं, बाबू जी का पसीना है इसमें।"

"तुम लोगो पर तो चाचा जी का भूत हावी हो गया है।" कहते हुए एक झटके के साथ उठ खड़ा हुआ। माधवी 'क्यों भैया, एक फुलका और नहीं लोगे मेरे साथ ?' पूछती रह गई। दीपक ने धीरे से उसकी ओर खिसकते हुए कहा, "जीजी ! यह तो जनम के झक्की हैं। इनका जी कठोर है..."

"अरे, नहीं। तूने-हमने बड़े बाबू जी को देखा नहीं, मगर मां जी कहती थीं कि गुस्सा उनका-सा नहीं देखा। हंसी-खेल में ही कब त्योरियां चढ़ जाएंगी, कब मुंह-सामने का परोसा उठाकर फेंक देंगे, कुछ ठिकाना नहीं। तुम्हारे मियां तो बहुत गनीमत हैं।" मुसकराते हुए माधवी ने दीपक की थाली में एक फुलका और छोड़ दिया, तो वह हाथ समेटकर बैठ गई, "जीजी ! अब तुम भी आ जाओ।"

"जगतारो आज भी नहीं आई," कहती, माधवी आटा समेटने लगी, "मैं सोच रही थी, क्यों न जगतारो को बाबू जी के साथ लगा दिया जाए ?"

इस बार दीपक हंस पड़ी, "वाह जी, तुमने भी क्या जोड़ा तलाशा... उस बुढ़िया से अपना शरीर तो संभलता नहीं, वह बाबू जी की सेवा-टहल क्या करेगी ?" उसके कहने में छिपे विनोद ने माधवा को वह बीता प्रसंग याद दिला दिया, जब जगतारो परमेश्वरी बाबू के सिर पर मालिश कर रही होती थी। बोली, "जगतारो हमारे बाबू जी से पन्द्रह-सोलह वर्ष बड़ी होगी। बताती नहीं थी कि जिस साल बाबू जी पैदा हुए थे, जगतारो का गौना हुआ था ?"

रामेश्वर जाने किस काम से अचानक चौके में लौट आया था। अपनी पत्नी की बात सुनकर बोला, "वह तो शायद यह भी बताया करती थी कि जब बाबू जी के सिरदर्द हुआ करता था, तो माथे पर अमृत..."

माधवी ने आंखों से तरेरा और कहा कि 'तुम्हें रामे भैया ! यह बात शायद तुम्हारी इसी नानी ने बताई होगी ?' तो दीपक के मुंह पर खीझ उभरी और रामेश्वर ने बात घोंट ली। कुछ तेज स्वर में ही दीपक बोली, "अब वक्त दूसरा है। तब रिश्ते ही चलते रहे। भगनें भी चाची-ताई-मौसी करके ही जानी जाती रहीं। हमें भले ही खटकता हो कभी, मगर देखा नहीं कि बाबू जी ने जगतारो को ऊंची आवाज में कभी कुछ न कहा। कहते थे, 'बुरे वक्त में छाया साथ छोड़ जाती है, तब जो साथ रहे, उसको छोटा करके न देखना चाहिए।' क्यों दीदी ! जगतारो से कह के रधिया को न लगा दें एकाध महीने को ? नहाने-धोने, खाने-पीने की परेशानी न होने देगी।"

"तू ठीक कहती है," कहती माधवी राधेश्याम वाले आसन पर आकर बैठ गई, "आज खाना पकाने में और दिनों का-सा जी नहीं लगा मेरा तो। रधिया होती, तो कह देती, तू ही बना डाल..."

रात रामेश्वर औंधा लेटा, तकिये पर ठोड़ी टिकाए कोई किताब पढ़ रहा था। दूध का गिलास तिपाई पर रखती, दीपक उसकी तरफ बढ़ी और किताब अपने हाथों में लेते ही धत् कहते हुए, फेंक दी।

रामेश्वर ने उसकी कलाई पकडकर, अपनी ओर खींच लिया, "देखूं, बिच्छू ने काटा क्या ?"

"बस ! तुम्हें तो हर समय गुण्डई सूझती रहती है। अच्छी किताबों में तुम्हारा मन रमता नहीं, गन्दी किताबें सिरहाने रखे रहते हो। एक दिन यों ही बाबू जी कमरे में चले आए और इधर-उधर देखते टहलने लगे, तो जब तक वापस नहीं चले गए, लगातार जी कांपता रहा कि 'देखूं, रामे क्या पढ़ता है ?' कहते कहीं तुम्हारी अलमारी न खोल लें। शर्म के मारे खड़ा रहना भारी हो गया कि बाबू जी यह न सोच लें कि दिप्पो भी पढ़ती होगी और ह्स्किी..."

"अरे, चाचा जी कोई इतने नादान नहीं। ही इज ए मैन आफ अंडर-स्टैंडिंग ! वह भी जानते हैं कि बहुओं के पेट में बच्चे गुटका रामायण पढ़कर नहीं आ गए।" कहते रामेश्वर ने उसे और पास खींच लिया और गुदगुदी करने लगा। किसी तरह छुड़ाकर, दीपक तेजी से दरवाजे की तरफ चली गई। किवाड़ बन्द करके वापस लौटी, तो अपनी वाली चारपाई पर बैठती बोली, "देखो, अब कुछ समय तक तुम शैतानी न किया करो। कल जीजी पूछ रही थीं, 'तुम थकी हुई-सी लग रही हो।' शर्म के मारे आंखें मिलाना मुश्किल हो गया। ज्यों-त्यों नहीं-नहीं में सिर हिलाया। कहने लगीं, 'सातवें के बाद बहुत एहतियात बरतना चाहिए।' राजो की दफा जीजी ने तो तीसरे-चौथे से ही मना कर दिया... मंझले भैया हैं भी तो गऊ आदमी, कहा मान लेते हैं..."

"अरे, गऊ नहीं, बैल कहो, बैल ! ऐसे बैल बहुत दिखाई पड़ते हैं, जो चेहरा-भर देखो, तो गऊ माता मालूम पड़ें। गाड़ी के बल का-सा ठण्डापन ही उन्हें हमेशा दब्बू बनाए रहता है। वैसे तुम्हें बताऊं, मंझले भैया हम तीनों में सबसे सयाने और शातिर हैं। चील उनके सिर पर झपट्टा मारती उड़े, तो पाए कि अपना ही कुछ नीचे छूट गया होगा और भाभी तो यों ही मजा लेने को पूछ लेती होंगी। औरतों का ऐसा स्वभाव ही होता है।"

"अजी, बस, तुम्हीं तो हो औरतों के विशेषज्ञ !"

"कम-से-कम तुम्हारा तो हूं ही।" कहते हुए, रामेश्वर उसकी पीठ से लाकर बैठ गया, तो दीपक ने अपने पांव सिकोड़ लिए, "तुम तो पैदाइशी बदमाश हो... अच्छा, यह तुम्हारी क्या गंदी-सी आदत है कि जब वह रधिया आमने-सामने आती-जाती होती है, तुम उसे भी घूरने लगते हो। परसों जीजी कह रही थीं कि 'छोटे भैया का मन रधिया पर ललकता दिखता है।'...दरअसल वह जो कहा है कि जात का घोड़ा, औकात का बछड़ा...तुम्हारे बाबू जी के तो बड़े-बड़े किस्से सुनने को मिलते हैं..."

"सब्र करो, धीरे-धीरे हमारे भी मिलेंगे। मगर, मेम साहब ! इतना तुम भी जानती हो कि वह सब हमारे बस का नहीं। हम तो, बस, कागज के शेर

हैं। इन मामलों में तो चुप्पे और झेंपू किस्म के लोग ज्यादा तेज होते हैं...रधिया के लिए अब ज्यादा सही ठिकाना सोचा है तुमने। चलो, चाचा जी का कुछ कायाकल्प होगा।"

"छी-छी ! पिता समान बुजुर्गों के बारे में गंदी बातें बोलते भी तुम्हें हिचक नहीं होती ! न जाने क्यों तुम और भी ऊल-जलूल बाते मन में लिए बैठे रहते हो। बाबू जी कहते हैं कि ऐसा पूत पीढ़ियों के पुण्य से आता है। शीतल और विनम्र। तुम तो बाबू जी का लिहाज रख नहीं पाते हो। मुझे लगता है कि अगर परिवार की तरफ से कहीं कोई चीज उन्हें चुभी होगी, तो तुम्हारा ही हुड़दंगी स्वभाव चुभा होगा। मंझले भैया को तो कभी पलटकर ऊंचा बोलते नहीं सुना।"

"मैंने कहा नहीं कि मंझले भैया बैल हैं, जो चारे की उम्मीद में मूंड़ी दिए रहते हैं। मुझे लिजलिजापन पसन्द नहीं है, साफ बात। मैं भी चाचा का आदर करता हूं। मुझे भी इस बात का अहसास है कि आज हम जो कुछ हैं, इसमें उनका हाथ सबसे ज्यादा है, मगर इसके बदले में दिन-रात मानसिक गुलामी ओढ़े रहना जरूरी नहीं। आदमी जो कुछ करता है, अपने लिए करता है। अपने लिए उन्होंने कारोबार संभाला, अपने लिए वानप्रस्थ-संन्यास लेंगे। हमें तो मंझले भैया का पराये लोगों के सामने चाचा जी न कहकर, 'बाबू जी-बाबू जी' लगाए रहना भी हमेशा बेवकूफी-भरा लगता रहा। एलनगंज वाले बड़े भैया चाचा जी कहते हैं, मैं भी चाचा जी कहता हूं...यह महाशय अकेले ही क्या उनके सगे बेटे..."

छि-छि-छि यह क्या तुम उजबकों की तरह बकते रहते हो ? कम-से-कम खुद की मां को तो बख्शो !" कहते हुए, पलटकर दीपा ने अपनी हथेली उसके मुंह पर रखी थी कि उसने धीरे से काट लिया।

"तुमसे तो, भगवान करे, किसी दुश्मन का भी पाला न पड़े। सिवा बेहयाई के तुम्हें कुछ सूझता ही नहीं। चलो, दुध पी लो और चुपके सो जाओ। हम लोगों को भी सवेरे जरा जल्दी खाना-वाना बनाकर नैनी जाना है..."

"मुझे भी जाना है, मेम साहब ! मगर आज तो चाचा जी के घर से दूर होने के गम में थोड़ी-सी ह्विस्की ले लूं या शुद्ध दूध चलेगा...?"

"तुम्हारा तो दिमाग पागल हो गया। हो-हो-हो-हो हंसे जा रहे हो। शर्म जो नहीं आती। मंझले भैया और जीजी सुनें तो।"

"वे लोग भी 'इन्ज्वाय' ही करेंगे !" कहते रामेश्वर ने उसे फिर बिस्तर पर खींच लिया, "दरअसल आज यह पुश्तैनी मन्दिर पहली बार मुझे एक घर महसूस हो रहा है। नहीं तो अधी-आधी रात तक गीता, पूजा-पाठ का माहौल बना रहता था और लगता था, यह तो गृहस्थी नहीं, बल्कि एक लम्बी तीर्थ-यात्रा है..."

"बड़े बाबू जी के बारे में..."

"मैं जो भी बात करता हूं, तुम लोगों से ज्यादा सोच-समझकर करता हू, दीपक जी ! और मेरे लिए यह वास्तव में आश्चर्य की चीज है कि इतने अच्छे कद-स्वास्थ्य के बावजूद चाचा जी ब्रह्मचर्य जैसी नामुमकिन चीज का पालन कैसे करते रहे होंगे। इतना तो तय है कि किसी बाहरी औरत-वौरत से उनका कोई संबंध नहीं था और अब तो वह अकेलेपन के 'हैबीच्युअल' भी हो चुके होंगे... मगर जब चाची जी का स्वर्गवास हुआ था, यह मुश्किल से सत्ताइस-अट्ठाइस साल के रहे होंगे... तब से इतने लम्बे पीरियड तक मेरे ख्याल से चाचा जी..."

अगला शब्द कनखजूरे की-सी शक्ल में कानों तक पहुंचा, तो तुम्हारीं जीभ में तो कीड़ों का वास है, कहती दीपक तमककर खड़ी हो गई। गुस्से से उसका चेहरा तमतमा गया। झेंपने की जगह इस बार उसने तरेर-कर उसकी ओर देखा और काफी कटुता के साथ बोली, "तुम्हें सब अपने-से ही दिखते हैं। अच्छा, तुम सोओ या जागो, दूध पियो या शराब पियो या कमरे में नंगे नाचो... मैं यहां नहीं सोने की। मैं उधर जाकर जीजी के पास सोती हूं..."

"मगर मेम साहब ! इस वक्त तो खुद आपकी जीजी मंझले भैया के साथ होंगी !" इस बार रामेश्वर थोड़ा नरम पड़ गया।

दीपक ज्यों-की-त्यों रही, "मैं राजो बेटे के साथ दूसरे वाले कमरे में चली जाऊंगी।"

"दिप्पो !"

रामेश्वर इतनी जोर से चिल्लाया कि उसे अपने तलुवों और फर्श के वीच

एक झन्नाटा-सा अनुभव हुआ। इतनी सख्त आवाज उसके लिए लग-भग अप्रत्याशित थी। वह कुछ विचलित हो गई। सहमी-सी आंखें उसने रामेश्वर की ओर उठाई, तो उसका कठोर और क्रुद्ध चेहरा उसको किसी अपरिचित का-सा लगा और वह बदहवासी में बच्चों की तरह रो पड़ी। परमेश्वर के उठकर समीप आने तक वह रोती-रोती फर्श पर बैठ चुकी थी और उसका शरीर एक अमूर्त-से त्रास में धीरे-धीरे कांप रहा था।

रामेश्वर ने उसे हलके हाथों से उठा लिया और धीमे से चारपाई पर लिटाते, आत्मीय ढंग से बोला, "दिप्पो ! चुप हो जाओ। तुम तो बस, सिर्फ एक बेवकूफ लड़की हो। पढ़ी-लिखी हो, मगर दिमाग से तुम्हारा कोई वास्ता नहीं। चाचा जी की 'गार्जियनशिप' ने तुम लोगों को बिलकुल लिबलिबा बना दिया।...अच्छा... लो, यह दूध अब तुम पी जाओ। भाभी ने तुम्हें यह नहीं बताया कि सातवें महीने में बच्चों की तरह रोना-धोना नहीं चाहिए ?"

अपनी दायीं बांह का सहारा देते हुए रामेश्वर ने उसे बिठा दिया, "अच्छा, चलो, 'फिफ्टी-फिफ्टी' में 'कम्प्रोमाइज' कर लेते हैं। ठीक ? जितना तुम दूध पियोगी, इससे आधी हम ह्विस्की ले लेंगे..."

उसने बड़े प्यार से गिलास होंठों पर लगा दिया, तो सहज होती दीपक के चेहरे पर मद्धिम-सी मुसकराहट फैल गई।

"कायदे से तो दूध के मामले में 'इक्सचेंज पालिसी' से काम लेते वक्त हमें और ब बार्गेन करनी थी, मगर आज मेम साहब का पारा जरा ऊंचाई पर है, है ना ?" रामेश्वर इस बार फिर उसकी पीठ से सटकर बैठ गया। दीपक ने आपत्ति नहीं की। रामेश्वर ने दीपक से पीठ सटाए ही अलमारी का पल्ला खोला और ह्विस्की की बोतल व गिलास निकालते बोला, "उठकर थोड़ा जल प्रदान करो। हालांकि यह भोजन से पहले लिए जाने की चीज है, मगर मंझले भैया बार में चाहे जितनी चढ़ा लें, चौके में स्पर्श नहीं होगा। नहीं तो फ्रिज में रखी होती यही बोतल। मजा आ जाता।"

"यह तुम क्या बकते हो ? मंझले भैया..."

"तुम्हें मालूम है, दीपक ! मैं गप्पें जरूर लगाता हूं, मगर झूठ नहीं बोलता।"

"कल तुम यही बात बाबू जी के बारे..."

"नहीं, वह नहीं पीते। उनके रहते मैंने तुमसे जिक्र नहीं किया। अभी भी तुम जिक्र न करना। न बाबू जी से, न भाभी से...उनका तुमसे जानना ठीक नहीं।...और जानकर भी क्या होना है ? भैया अब इकानामिकली फ्री हैं... वोकली फ्री होना है।"

गिलास में ली हुई पी चुकने पर रामेश्वर ने गिलास और बोतल को सिरहाने के पास वाली 'कार्निस' पर रख दिया और दीपक का मुंह अपनी ओर घुमाया ही था कि सड़क पर से अंधड़ की तरह उठता शोर भीतर पहुंचा।

राम नाम सत है...हरी का नाम सत है...

रामेश्वर ने अपनी अंगुलियों की गिरफ्त में लिए दीपक के चेहरे को नामालूम-से ढंग से हवा में छोड़ दिया और चुपचाप पीछे की तरफ लेटते हुए, दीपक को भी अपनी बायीं बांह पर लिटा लिया। शोर के आंधी में उड़ती धूल की तरह दूर चले जाने तक, दोनो चुपचाप यों ही लेटे रहे। कुछ देर बाद दीपक उठी, अलग चारपाई पर सो गई। वह अन्यमनस्क और कुंद हो चुकी थी। कुछ ही देर बाद उसे लगा कमरे में घुप्प अंधेरे में कोई आवाज अंगुलियों से स्पर्श करती-सी उसके चारों ओर मंडरा रही है। वह नदी में डुबकी लेने की तरह नींद में हो चुकी थी। प्रारम्भ होते किसी स्वप्न-दृश्य में से अलग होते हुए उसे नदी पार करने जितनी शक्ति लगाने की अनुभूति हुई और ठीक से नींद खुलते-खुलते तक वह काफी थक-सी गई।

रामेश्वर का इससे पूर्व का कहा अंधेरे में घुल चुका था। आधे में से रस्सी के हाथ आने की तरह, दीपक ने अपने सुनने को एकाग्र किया, तो पाया कि वह सपनों में नहीं बड़बड़ा रहा है, जगा है। उसके बोलते जाने में न दीपक के जगे होने का इतमीनान था, न सो चुके का अहसास। उसने उसकी ओर मुंह करने को हलके से करवट बदली। लगा, कहीं किसी से टकराई है।

रामेश्वर उससे फासले पर और एकालाप में था।

"मौत से बड़ी इस दुनिया में कोई ताकत नहीं। हमारे बाबू जी काफी कम उम्र में ही मर गए। उनकी मौत मैंने देखी थी। मैं बहुत छोटा था। डर गया। बाबू जी ने मंझले भैया का हाथ चाचा जी के हाथ में दिया; लेकिन मुझे लगा कि मेरा हाथ खुद-ब-खुद साथ खिंच गया है। मैं बहुत डर गया था। बाद में मौत से भी डरावनी लगी, परिवार-बालों की चीखें और कफन-अर्थी की तैयारी में लगे लोग। आखिर जब अर्थी उठाई गई और हम दोनों भाइयों के कंधों से स्पर्श कराया गया, लगा जैसे बाबू जी ने अपने दोनों हाथों की अंगुलियों से पंजों की तरह मेरे कंधों को दबोच लिया है..."

वह लगभग हांफने लगा था और शराब की गंध उसकी जीभ से फूटती प्रतीत हो रही थी।

तेजी से करवट लेकर दीपक उसके पास आ गई और उसके मुंह पर हाथ रख दिया। शरारत में दांत गड़ाने की जगह इस बार रामेश्वर ने धीमे से उसका हाथ हटा दिया और बोला, "तुमसे सिर्फ एक चीज कहना चाहता हूं... दीपक ! आदमी को अपने दिमाग में बनाए तरीकों से टटोलने की कोशिश करना अपनी मान्यता में से परखने की जगह, जैसा भी वह है, उसी में देखना चाहिए। चाचा जी के प्रति मेरा 'एटीच्यूड' तुम लोगों को खटकता रहता है। मेरे कुछ भी कहने को तुम लोग अंग्रे जी पढ़ लेने की खराबी बताकर मजाक में उड़ा देती हो। सिर्फ इतना है कि मैं तुम लोगों की तरह उनको किसी रहस्यमय अलौकिक प्राणी के रूप में नहीं देखता। चाचा जी बहुत समझदार, प्रेमी और धर्मात्मा व्यक्ति हैं, इसमें कोई शक नहीं, मगर धर्म से आदमी अवसर अपनी किन्हीं कमियों को 'कम्पनसेट' करने की कोशिश भी करता है। तुम लोग चाचा जी को आदमी नहीं, मूर्ति मानकर चलती हो। इतना तो तुम भी जानती हो कि चाची जी 'प्रेगनैण्ट' तो हुई थी ? 'प्रेगनैन्सी' अब इस युग में मकरध्वज की माता की तरह तो हर किसी को होती नहीं न ? और सुनो, इस बात को सिर्फ अपने तक रखना, मधु भाभी से भी न कहना।" कहकर वह थोड़ी देर को चुप लगा गया।

रामेश्वर की कही बातें चिड़िया के बीटने की तरह उस पर गिरती चली

गई, "हो सकता है, मंझले भैया और बड़े भैया जी इस बात को जानते हों और मानकर चलते रहे हों कि पचाए रहने की बात है।...या हो सकता है, जैसे मैंने तुमसे, वैसे उन लोगों ने भी कभी अपनी-अपनी बीवी से कहा हो..." रामेश्वर छत की ओर टकटकी बांधे कहता गया, "शुरू में हम छोटे थे। बड़े भैया तो ननिहाल में ही पलते-पुसते रहें अपनी। कुछ दिनों की छुट्टियों में आ जाते थे और जब तक हम लोगों ने होश सम्भाला मां ही जाती रहीं। मुझे याद है, मां के न रहने के बाद कई लोगो ने कई तरह से यह बात चलाई थी कि चाचा जी को शादी कर लेनी चाहिए। बिना औरत का घर वीराना होता है। मगर चाचा जी यही कहते सुने गए कि मेरा यह स्त्री का नहीं, अब तो बहुओं के आने पर ही घर औरतों वाला बनेगा !...' मुझे जाने क्यों लगता है कि मां के न रहने के बाद चाचा जी का यह आदर्शवादी रूप ज्यादा तेजी से सामने आता गया कि अपने भाई के कुटुम्ब के लिए सब कुछ न्योछावर कर देने वाले व्यक्ति के रूप में ही उनको पहचाना जाए।...हालांकि मैं दावे के साथ ही कह सकता कि मां के साथ उनके 'सेक्सुअल रिलेशन' किस हद तक थे; लेकिन तुम खुद अगर उस सारी सिचुएन्शस' पर गौर करो, तो सब कुछ 'लाजिकल' मालूम पड़ेगा।"

"यूनिवर्सिटी में तो, बड़े भैया की जगह तुम्हें लेक्चरार होना चाहिए था। जो तुम दुनियाभर के अंट-शंट विदेशी नावेल पढ़ते रहे हो, उसी का असर है तुम पर। गप्प है सब तुम्हारी। बहुत गंदी गप्प ! अपनी मां तक को बख्शा नहीं आया तुम्हें। इस तरह के झूठे मजाक..."

"झूठ ? ज्यादा मैं नहीं जानता, मंगर दो बार 'किस' करते और गले में हाथ डालते मैंने खुद देखा था बाबू परमेश्वरी शरण गोयल को।" अंतिम वाक्य आवाज को दबाकर, मगर पूरी तल्खी के साथ कहा रामेश्वर ने, लेकिन धीरे-धीरे संयत हो गया, "मुश्कल से छः-सात साल का रहा होऊंगा मैं। भूला कभी नही, मगर जैसाकि मैंने तुमसे कहा, अब अजूबा इसमें नहीं लगता।

"दीपक ! इंगलिश लिटरेचर लेने वाली लड़की ऐसा सवाल करे, आश्चर्य है। दरअसल हम लोगों की 'टेंडेंसी' ही चीजों को दरकिनार करते जाने की है

और वे लोग 'ह्यू मन रिलेशंस' की तह में जाने की कोशिश करते हैं।"

"सुना है, बाजार में सारी जिन्सों में तेजी की धारणा चल रही है। आवक में खामोशी है। 'सेल्स-टैक्स' न हटाने से जनता गवर्नमेंट की निकासी की सोची जा रही है। बिचौलिए 'इलेक्शन' में माता जी को वापस लाने की धारणा ...।" अपने अब तक की संजीदगी को जोरों से झटक फेंकने की-सी तुर्शी में दीपक ने कहा, तो उसने हाथ आगे बढ़कर दीपक के कंधे पर रख दिया, "यार ! तुमने तो सट्टा मार दिया। लाख पढ़ा-लिखा, मगर बनिये की औकात कितनी !...मगर जैसा कि मैंने तुमसे कहा, थमे पानी को मुहाना मिला है, तो बोलता चला गया हूं आज। चाचा जी अपने कमरे में होते भी घर के रेशे-रेशे में मौजूद मालूम पड़ते थे।"

"तो यों कहो कि उन्हें इस घर से एक तरह से हटाने की कोशिश की गई है ? मंझले भैया को तो कभी यह शिकायत नहीं हुई कि बाबू जी कंधों पर हाथ रखे खड़े हैं।...उन्होंने कभी ऐसी गंदी कल्पना भी न की होगी।" अब दीपक का स्वर फिर सख्त हो आया।

"दिप्पो ! तुम अक्सर मंझले भैया का जिक्र करती हो और उनकी शराफत के गाने गाना शुरू कर देती हो; मगर इस कड़वी दवा को चुपचाप हलक से नीचे उतार लो कि कम-से-कम मैं उन बनियों में से नहीं, जो अपनी बदसूरत और बेडौल बीवियों के सामने भी गणेश जी का-सा सूड हिलाते 'हांज्जी-हांज्जी' करते चरणामृत और रखैलों के यहां जूठी शराब गटकते हैं। मंझले भैया जिस तरह की अति विनम्रता और सज्जनता पाले हुए हैं, निभा ले जाएं, तो जानो। हमारे बस की तो नहीं। हमारे बाबू जी बिगड़ैल स्वभाव के और अय्याश किस्म के आदमी थे। यह बात बिरादरी के लोग भी जानते हैं, मगर यह कोई विरासती तमगा नहीं कि इसे मेरे कोट की जेब में लटका दिया जाए।"

3

यों भी मुंह-अंधेरे ही उठने का उनका अभ्यास है। अभी-अभी रेल की लम्बी सीटी सुनाई दी और उन्होंने अनुमान लगा लिया कि असम मेल की होगी। कारोबार के सिलसिले में फतेहपुर, कानपुर, अलीगढ़, दिल्ली की तरफ ज्यादातर इसी ट्रैन से जाते रहे हैं और धीरे-धीरे यह घरेलू-सी लगती गई है। इतनी अपनी तो अम्बेसडर भी नहीं लगी, जो अभी कुछ ही महीने पहले खरीदी है।

नया बना क्वार्टर कारखाने से लगभग आधे फर्लांग की दूरी पर है। संक्षिप्त-सी एक वैठक, अपेक्षाकृत बड़ा सोने का कमरा। छोटा-सा पूजा घर अलग बना है। असुविधा सिर्फ इतनी है, 'फ्लश' नहीं अभी।

यह शायद जिन्दगी में पहला अवसर होगा, जब वह कहीं खुले में जाएंगे। चलते-चलते रुककर, उन्होंने शाल उठाकर लपेट लिया। सर्दी अभी इतनी नहीं, मगर हो सकता है, तब तक उजाला हो आए। लौटते हुए तो टहलकर आने की प्रतीति कराई जा सकती है, मगर कहीं उसी तरफ भीमा चौकीदार भी दिशा को आ गया तो फजीहत होगी।

भीमा बाहर बरामदे के एक कोने में सोया था। उसको पार कर चुकने पर निपट एकांत और सन्नाटे में चले आने की प्रतीति हुई।

जिस घर को छोड़ आए, उसके साथ सैतालिस वर्षों का अतीत जुड़ा है। यहां बसने के मनोभाव में कल ही शाम आए और सिर्फ एक आदमी की जरूरत-भर का सामान साथ लाए हैं। सम्पत्ति की प्रतीति कराने वाली हर चीज वहीं छोड़ दी है, चाहे उसे कितने मोह से क्यों न जोड़ा हो। अंतिम रूप से वैरागी होने तक कार अपने इस्तेमाल के लिए रोक रखने की बात कहना अपने चेहरे पर नकाब महसूस करना न होता ?

परमेश्वरी बाबू को लग रहा है, किसी बड़े-से-बड़े एकांत वन को भी सिर्फ एक अकेला आदमी अपनी स्मृतियों से भर सकता है। मुक्तिदायी हैं ये क्षण। सिर्फ शहर से नहीं, व्यतीत से भी फासले पर आ चुके होने का अहसास हो रहा है। सामान्यतया यहां काकांत वीराना होने की प्रतीति। दे सकता था; किंतु स्मृतियों के होने से इसे लम्बी यात्रा के बाद का पड़ाव बना दिया है। प्रभु चाहेंगे,

तो यहां के बाद का चलना सचमुच मुक्ति की दिशा में चलना बन पाएगा। शारदानन्द जी के शब्दों में बोझा लिए कुली की तरह का चलना नहीं होगा।

तब भाभी के वार्षिक श्राद्ध के नाम पर हरिद्वार-ऋषिकेश की यात्रा पर थे।

कैसा है प्रभु का खेलमखेला। माया के सरोवर में डूबा आदमी सिर उठाए और आकाश की ओर देखे, तो उसे शायद, औरों से ज्यादा दिखता है। सिर से ऊपर का पानी में डूबा भी नहीं, यह परमेश्वरी बाबू कभी नहीं बिसरे कि जल से डूबा शरीर भी अपना ही है, सिर्फ ऊपर दिखता मस्तक नहीं। परमेश्वरी बाबू खुद के अपनेपन को कभी बिसारते नहीं। अहंकार से बचने की हमेशा कोशिश की है। स्वयं शारदानन्द महाराज का यही कहना था कि 'परमेश्वर ! तू नामरूप है। चंदन की सुगन्ध की तरह नामगंध तुझमें उतर आई है।'

लौट आने पर, उन्होंने नहाया। पूजा घर में दिया जलाया और फूल न होने की असुविधा में पूजा पर बैठते-बैठते बाहर निकल आए।

भीमा अभी सोया ही था। उन्होंने पहले धीमे-धीमे, फिर जोर से आवाज दी, तो स्वप्न से जागता-सा उठा। उन्हें देखा, तो चारपाई पर से लगभग कूद पड़ा, "जी, मालिक !"

"भले मानस ! सूरज की रोशनी माथे पर आने को है और तू अभी तक टमटम चलाए जा रहा है। रात को सोते समय खूब पानी पीकर सोया कर और जरा देख, कहीं दो-चार फूल नहीं मिल सकते यहां ?"

"लाता हूं, मालिक !" कहता वह तेजी से भाग खड़ा हुआ। काफी दूर पहुंच जाने पर उसने मुड़कर देखा, तो परमेश्वरी बाबू को हंसी आ गई। अंदाजा लगाया, फूल कहीं बस्ती के आसपास का बड़े कारखानों के लान में ही मिलेंगे। दौड़ लगाने पर भी, कुछ दिलम्ब से ही लौटेगा।

क्वार्टर के चारों तरफ की जमीन अभी बंजर है। उन्होंने मन-ही-मन उतनी जमीन को नाप लिया, जितने में फूल-पौधे लगाए जा सकें। अभी तीन वर्ष यहां गुजारने हैं। राधे बाबू से उन्होंने कल ही कह दिया था कि अब बो हिसाब-किताब कुछ नहीं देखेंगे। सिर्फ परामर्शदाता की हैसियत से काम करेंगे और

कारखाने के कर्मचारियों से संबंध रखेंगे। हड़ताल और अन्दोलन आजकल के मजदूरों के लिए दाल-भात की तरह रोजमर्रा की चीज हो गए हैं। परमेश्वरी बाबू के रहते-रहते तक हड़ताल-हुड़दंग की नौबत न आए और कारखाना उन्नतिं करके अपने पैरों पर खड़ा हो जाए, तो फिर चिता नहीं रहेगी। वंश-भर की नींव हो जाएगी।

कारखाने की ऊंची चिमनी की ओर देखते उन्हें एक गहरे संतोष की अनुभूति हुई, 'हे परमात्मा ! तू तो हर रूप में उद्धारक है। कर्ज में चुटिया तक दबे वंश को तूने उबारा है और मूंगफली का खोमचा लगाने की नौबत को हुए बनिये को व्यापारी मण्डल के मंत्री पद तक पहुंचाया ! अब यह अपनी विशाल मूर्ति आंखों के सामने खड़ी कर दी है, तो तू ही निबाह ले जाना।'

नहीं, बोरे बचाने के दिन न भूले हैं, न भूलते हैं।

दोनों हाथ जोड़ते, आंखों से आंसू बहने लगे। अब आत्मतृप्ति में से फूटते हैं। उन दिनों पीड़ा में से, जब कर्जदारों के द्वारा किए गए तगादों में मां, भाभी और पत्नी के जेवर तक गिरवी पड़ गए और डेढ़ सौ वर्ष पुरानी कोठी नीलामी पर चढ़ने लगी।

किस तरह से उबरना हुआ दलदल में फंसे पूरे कुनबे का, सोचते हैं, तो कुएं में गिरे हाथी का बाहर निकलना मालूम पड़ता है। बीते बीस वर्षों के संघर्ष में उनका रोम-रोम अतिरिक्त रूप से संवेदनशील हो गया है और अक्सर अनायास ही कृतार्थता के आंसू उमड़ आते हैं। अप्रैल में कारखाने के उद्घाटन के पहले-पहले अम्बेसडर खरीदी थी, तो पहली बार उसमें बैठते भी यही हुआ था। राधेश्याम खुद कार चला रहा था। यह उनका ही आग्रह था कि इस कार को सबसे पहले शारदानन्द महाराज की कुटिया पर ले जाया जाए और आशीर्वाद लिया जाए कि जिस परमात्मा ने जीवन दिया, वही लाज भी रखे। उस वक्त पिछली सीट पर वह खुद बैठे थे, साथ में राजो था और अगली सीट पर रामेश्वर। बहुओं को साथ ले आते, मगर, एक अस्वस्थ थी, दूसरी अशुद्धि में। कुर्त्ते की बांह से अपने आंसू पोंछते अचानक उन्हें पता चला था कि सामने लगे 'मिरर' पर राधेश्याम उन्हें देखता जा रहा है।

सोचते भी उनका मन विचलित होने लगता है कि उनके अति भावुक स्वभाव पर राधेश्याम, रामेश्वर और बहुएं सब लोग शुरू से ही हंसते रहे। होंगे ? बाहर के लोगों के सामने तो संतुलित रहने की कला कभी खोई नहीं उन्होंने, न विपदा में, नसुख में, मगर अपनों के बीच संयम निभ नहीं पाया उनसे। बाहर-भीतर एक हो आते हैं। क्या कहा था एक दिन बड़ी बहू ने ? यही कि 'आप तो हम लोगों पर अण्डों पर की मुर्गी की तरह बैठे रहे हैं।'... नहीं, व्यंग्य में नहीं कहा होगा उसने। बाहर-भीतर फर्क वाली औरत वह नहीं दिखती है।

हालांकि मधु, दीपक और राजो से तो ऐसा लगता है, कि उनकी वत्सलता को ये सिर्फ देखते नहीं, अनुभव भी करते हैं। मगर कुछ-कुछ राधेश्याम, हर वक्त आधे अंधेरे, आधे उजाले में चलता हुआ-सा और रामेश्वर ! उसमें व्यंग्य ही नहीं, अक्सर हिकारत की हद तक ही तल्खी भी दिख जाती रही है। दब गई, ईमानदारी और बेबाकपन, सारी-की-सारी आदतें सुसरा अपने बाप से लेकर बैठा है।

सोचते-सोचते ही उन्हें भीमा के आ चुक लेने का-सा अहसास हुआ और देखा कि अपने में डुबे-डुबे इस बार फिर क्वार्टर से अच्छी-खासी दूरी तक निकल आए हैं।

सड़क पर किसी ट्रक के गुजरने और उसके शोर के दूर तक अजगर की तरह रेंगने के खतम होने के बाद, उनका ध्यान फिर से 'महाभारत में रमा था कि किसी महिला की-सी अवाज सुनाई दी। पहले सोचा, शायद जमादारिन होगी। औरत कामगार तो न अभी कोई है और न कारखाने का सायरन बजने का वक्त हुआ है। जमादारिन ही होगी और खाली पाकर कहीं यह अनुमान न लगाए कि सेठ जी जंगल हो आए होंगे। पूजा से निवृत हो चुकना तो उनके माथे पर चंदन, तिलक से ही प्रकट हो रहा होगा। बाथरूम खाली रहने की वजह यह भी तो हो सकती है कि पेट में कुछ कब्ज-वब्ज हो और वह अभी तक शौच गए ही न हों, लेकिन जमादारिन कहां इतनी दूर तक सोचेगी। कहां, कब से और जाने कैसे सारा अंतःकरण इतना संवेदी होता गया कि सामने का सन्नाटा भी अपने को देखता और सम्बोधित करता-सा लगता है।

'महाभारत' पढ़ते, ये सब बातें सोचना अच्छा नहीं। परमेश्वरी बाबू ने जमादारिन को अपनी आंखों से ही नहीं, बल्कि अस्तित्व में से ही ओझल कर देने की-सी सावधानी में अपने को रोम-रोम 'महाभारत' के खुले पृष्ठों पर कर लिया।

आवाज अब कुछ और समीप आती-सी लगी। ऐसा भी कि कोई एक औरत है, जो बातें कर रही है और साथ में कोई सुनने वाला है। एकाएक ही इस बात का अहसास हुआ कि अरे, यह तो राधे की मां जगतारो की-सी आवाज है!

अगले ही झण उनकी दृष्टि घड़ी की तरफ चली गई, सवा आठ ही बजे यह बेचारी क्यों चली आई होगी इतनी दूर ? कहीं बड़ी बहू भी न आई हो ?

खुले पृष्ठों के बीच चमेली की कली रखते परमेश्वरी बाबू ने 'महाभारत' धीमे से बन्द कर दिया और उठ खड़े हुए। आवाज के अनुमान से वे लोग अब तक बरामदे में पहुंच गई होंगी।

"बच्चा बाबू !...ठीक से तो हो, भैया !" जगतारो ने दायें हाथ की हथेली कुशल चाहने की मुद्रा में सामने करते कहा।

परमेश्वरी बाबू के मुंह से अचानक ही निकला, "हां, ठीक ही-सा हूं।" और हाथ नमस्कार को जुड़ गए। आदर हमेशा देते आए हैं, अगर हाथ कभी जोड़े हों, स्मृति में नहीं। अपना व्यवहार स्वयं परमेश्वरी बाबू को कुछ आकस्मिक लगा और जब देखा, रधिया हाथ जोड़े खड़ी है, तो सहसा कुछ कह नहीं पाए, देखते रह गए और उसका संकोच में सिर झुका लेना अपनी देह पर छाया के पड़ने जैसा महसूस हुआ।

जगतारो नौकरानी है, मगर हाथ नहीं जोड़ती। इसको कुछ अंतराल के बाद देखते हैं, परमेश्वरी बाबू, बिजली की-सी कौंध. की तरह स्वर्गीय पत्नी का वह विनोद याद आ जाता है कि जगतारो बतला रही थी, 'बहू ! अब तुमसे क्या पर्दा है। हमसे तो बच्चा बाबू को सेठ जी कहा न जाएगा। हमने तो इनकी पेशाब में का मैल तक साफ किया। पहली बार तब नहलाया, जब सिर्फ कुछ एक महीनों के रहे। तब से सात-आठ साल होने को आए, सैकड़ों बार नहलाया, मगर बाद में यों कह के भाग खड़े होते कि हमें शरम आती है।' हमसे भी इसका

बर्ताव यूं ही है। काम सारे नौकरानियों की तरह करेगी, मगर बातें करते वक्त अम्मा हो जाएगी।

"क्यों बच्चा बाबू , यों सोचते-से क्यों खड़े हो ? आश्चर्य कर रहे होगे, सबेरे-सबेरे बुढ़िया का मूंड़ कहां से सानने आ गया ?"

जगतारो हमेशा मुक्त भाव से हंसती है। सारे दांत कत्थई और छिदहा हो चुके हैं और बाल खिचड़ी, फिर भी कुछ ऐसा है, जो एक पारदर्शी मोहकता की तरह इसके चेहरे और आंखों में तैरता है।

"तुम्हारा मुंह देखने से तो आज तक कभी बुरा हुआ नहीं, जगतारो !"

"आगे भी कभी नहीं होगा, निसाखातिर रहें, बच्चा बाबू ! आदमी को तो भीतर की भावना लगती है। चाहे अपनी, चाहे परायी। रध्दो, तू जरा कमरों की सफाई वगैरह देख ले। जब तक बच्चा बाबू बाहर खड़े हैं, भीतर के कमरे देख ले। काम ऐसा करना, सुई की नोक-भर नुदस न मिले। नहीं तो बहू यही कहेगी, जगतारो ! तैने बेटी अपनी-सी नहीं जनी ! मैं जरा बाबू के संग बात करूंगी।... भैया ! तुम तो डेढ़-दो मील पर क्या चले आए, लगा जी को कहीं दूर तीरथ करने निकल गए।"

जगतारो का चेहरा, उन्होंने देखा, अचानक उदास हो आया है। बारामदे के बाहर भाभी वाली चारपाई पड़ी थी।

"डेढ़-दो मील कहां तीन-चार मील से कम न होगी यह जगह। आ इस खटोले पर बैठ जाएं, तो बातें करें।" कहते, परमेश्वरी बाबू बाहर को बढ़ आए।

जगतारो संकोच जताती बोली, "अब आप खड़े रहो, हम बैठे..."

"तो क्या हुआ ? दोनों साथ-साथ बैठ जाते हैं।" कहते अभी परमेश्वरी बाबू बैठे ही थे कि चारपाई बोल गई।

नीचे धंसे परमेश्वरी बाबू को हाथ पकड़कर ऊपर उठाती जगतारो बोली, "खुले में खाट का,अपशगुन नहीं होता, बच्चा बाबू !"

थोड़ी ही देर में रधिया बाहर निकली, तो परमेश्वरी बाबू बैठक के कमरे की तरफ बढ़ गए। अन्दर पहुंचकर शाल खूंटी पर टांग दिया। जग-तारो जमीन पर बैठने लगी, तो हाथ पकड़ कोच पर बैठा दिया, "आज तो तुम मेरी मेहमान

हो, जगतारो !"

जगतारो घुटनों के बल बैठी, तो उन्हें हंसी आ गई।

"सोफासेट और पलंग-फर्नीचर बहुत देखे हैं, बच्चा बाबू !" इत्मी-नान की सांस खींचती जगतारो बोली, "मगर तुम्हारी उम्र अधेड़ होने को आई, तो क्या हुआ, सयाने होने को नहीं आए। हमने तुमको बिना दांतों का हंसता देखा। लिहाज बरतने का कभी ध्यान ही न रहा। बैठने की आदत ऐसे ही पड़ी रही हमारी..."

"तुम तो मुझे अब भी बिना दांतों का होने तक देखोगी, जगतारो ! मैं बुढ़ाकर मर जाऊंगा, मगर तुम्हें छूते यमराज डरेंगे।"

"जम यों भी डरेगा, बच्चा बाबू ! कि कहीं जगतारो मेरे घर न बैठ जाए। वह मुझको उठाने से जहां तक हो सकेगा बचेगा ही।" जगतारो के हंसने से कमरे का कोना-कोना भर गया।

परमेश्वरी बाबू बोल पड़े, "जगतारो ! अपनी आंखों के देखते मैंने अपनी मां के बाद तुम-सी निर्मल आत्मा किसी और की नहीं देखी। अलबत्ता थोड़ा मां का-सा देखना-परखना, सुनना-बोलना और हंसना-रोना, पहले शारदा में और अब बड़ी बहू में जरूर है। कुछ गलत तो नहीं कह रहा, जगतारो !"

"तुम्हारी यह बहू तो बूढ़ी सास की जनी-सी है। मुझको तो इसे देखते ही बड़ी बहू जी को देखने का-सा भरम होता है। इसीलिए उसे बड़ी बहू का ही जैसा मान भी देती हूं। कुछ कहो, बच्चा बाबू ! तुम्हारी अम्मा और शारदा बहू के जाते में घर उजड़ना शुरू हुआ। सारी शान-शौकत मिट्टी में मिलने को होती ही गई। बिन्देश्वरी बहू थीं, तो गोरी-चिट्टी, मगर वैसा भरम नहीं बना पायीं। औरत शरीर से ही नहीं आत्मा से भी खरी हो तो ही बात बनती है। हम तो यही सोचती थीं, 'हे, भगवान ! विपदा की आंधी में यह कुनबा अब कागज की नैया रह गया।... मगर तुम्हें तो इस घोर कलजुग में बड़ी बहू सतजुग का साया छोड़ गई थीं ना। अरे, भैया ! तुमने जैसे इस बिनास में जाते कुनबे को उबार लिया, बच्चा बाबू ! आंखों का देखा, सपने को देखता लगता है।"

हालांकि परमेश्वरी बाबू इस अवसाद में हो गए थे कि जगतारो को भाभी

पसन्द आई नहीं; लेकिन संभल गए। बोले, "मेरी क्या औकात जगतारो ! सब उस परमपिता का उबारना है।"

"हम लोगों की बस्ती तो जानते ही हो, जमुना मैया से लगी है, और फिर इसके ताऊ किसना का इधर की तरफ इक्का चलता है, उसने बिठवा लिया। बस, टेसन से जरूर यहां तक पैदल चलती आईं, सो कौन दूर है।"

बातें करते, उन्हें इस जगतारो के सामने भी कुछ व्यतीत में धकेलने लगता है। बचपन से ही इसे नीम के पेड़ की तरह अस्तित्व में देखा है। परिवार से इसके सम्बन्ध खद परमेश्वरी बाबू से भी ज्यादा पुराने हैं। एक-एक ईंट पहचानती है और अपनापा इतना रखती है कि आंखों से भीतर तक बींधती-सी बोलती है।

जगतारो को एकटक देखते में अनायास हो आई यह कल्पना उन्हें अच्छी ही लगी कि जब बचपन में नंग-धड़ंग नहाते होंगे, तब जगतारो की उम्र यही कोई सत्रह-अठारह साल रही होगी। भाभी जी ने उन्हें एक बार मजाक में बताया था कि बड़े बाबू जी, यानी उनके पिता जी का इससे काफी हंसना-बोलना था।

परमेश्वरी बाबू उठ खड़े हुए। कोने में लगी अलमारी की तरफ जाकर, एक बड़ी प्लेट में ढेर सारे काजू, बादाम, किशमिश डाल लाए। तिपाई पर रखते बोले, "भाई ! तुम तो चाय की शौकीन हो, मगर अभी यहां दूध का कोई बन्दोबस्त नहीं। क्या नाम है उसका, तुम्हारी बेटी को भी बुला लो। राधे बेटा ढेर सारे मेवे जिद करके रखवाता गया कि बाबू जी, एक वक्त का तो आपका यों ही उपवास रहता है। तुमने बताया कि इतनी सुबह चली कैसे आई, मगर यह नहीं कि आखिर क्यों ? मैं तो तुम्हारी आवाज सुनकर, सोच रहा था, बड़ी बहू साथ आई हो। उससे मैं कह भी आया था आने को कि अपनी आंखों से देखकर तसल्ली कर ले। कच्ची कोठरियां तब देख गई थी, जब मिल का उद्घाटन हुआ था। घर पहुंचकर कहती थी कि बाबू जी, वह तो ठेले वालों की-सी रहने की जगह है। लाख समझाया मगर उसकी उदासी नहीं गई।"

"बहू आएगी, शाम का खाना लेते हुए। मैं तो परसों की बिरादरी की शादी में गई, कल रात देर गए लौटी। सुबह उजाला होते ही पहुंची, तो पता चला, तुम

नैनी चले आए हो। बहू का कहना था, तुम आंखों से ओझल हुए हो कि उसकी आंखें छिपकलियों-सी सूनी कोठी की दीवारों पर दौड़ गईं। घर सूना खंडहर दिखने लगा। बुरा तो मनोगे, बच्चा बाबू ! मगर जो बात कुछ देर में कहती, अब मुंह में आई को क्या रोकूं—तुमने यह भला नहीं किया।"

जगतारो ने अब घुटने नीचे कर लिए थे। उसकी सिसकारियों से कमरे के बिलकुल ऊपरी कोनों में लगे मकड़ी के जालों के साफ किए जाने की-सी आवाज आती चली गई, उन्हें पता है, उनके परिवार-भर को जगतारो ने कभी नौकरानी की-सी आंखों से नहीं देखा।

चुप कराने की औपचारिकता बरतने से कुछ नहीं होगा, उन्होंने सोचा, और सामने रैक में लगी धार्मिक पुस्तकों की ओर यही देखते रहे।

"अम्मां !" उस तरफ से रधिया की पुकार आई, तो हाथ में कब के ज्यों-के-त्यों थामे काजू प्लेट में ही छोड़ती जगतारो उठ खड़ी हुई। लौटी, तब उसका चेहरा कुछ बदल चुका था।

"पूछती थी कि पूजाघर की सफाई हम करें या नहीं। कहीं बाबू जी नाराज तो नहीं होंगे ? मैंने कह दिया कि नाराज होने को तो बच्चा बाबू को कोई अगला जनम लेना पड़ेगा। यों मूर्तियां छूने को मना कर आई हूं। तुम बुरा तो नहीं मान गए, बच्चा बाबू ! तुम्हारे कुनबे में जिस तरह हम पलीं, जैसा हमारा लगाव रहा, तुमसे कोई छिपा तो है नहीं ना ? बड़े बाबू जी मरे थे, तब एक बार को लगा था, हवेली खाली भई। एक आज सबेरे लगा। मेरे मुंह में कीड़े पड़े, बच्चा बाबू ! मगर बहू ने ज्यों ही कहा कि बाबू जी तो नै ती गए और अब वहीं तीन साल बिताकर वानप्रस्थ लेने की बात करते हैं। और रो पड़ी है, तो मेरा जी धसक गया। तुम लाख छिपाए रहो, बच्चा बाबू ! मगर कोई-न-कोई कील तुम्हारी पसलियों में गड़ी है जरूर। नहीं तो ढहते का खड़ा किया मकान तुम यों फकीरों की तरह न छोड़ आते। हमने तो राधे बाबू को भी पकड़ा था। कहते थे, जगतारो मौसी ! हमने तो बाबू जी की बात न कभी काटी न, कभी काटेंगे। ठीक ही कहते थे राधे बाबू कि यों कहने को तो हमारे बड़े बाबू जी की जिद और दबंगई की चर्चा होती है। घर में भी, बाहर भी कि लोहे

की सलाख टूट जाए, गोयल साहब में दरार नहीं पड़ सकती। मगर बाहर से बच्चों के-से कोमल दिखते यह बाबू जी उनसे कहीं ज्यादा पत्थर हैं। संगमरमर की तरह।...सच भी यही है, बच्चा बाबू, तुम्हारे भीतर की बरफ का पिघलना तो सबने देखा, परबत बयों नहीं देख पाया।...अब तुम यहां से कोई जगतारो के कहे से थोड़े लौटोगे। लौटना होता, तो तुम लगाए के नहीं आते।...बहू कह रही थी, जगतारो ! हमारे भाग में ही अपजस लिखा। होगा। कुछ कह नहीं सके पूरी जबान खोलकर, मगर इधर बाबू जी ने दरवाजे के बाहर पांव रखा है कि हमें अपने बाबू के मरे जैसा रोना आ गया।...हमारी समझ में तो यही नहीं आया कि ऐसी लक्ष्मी बहू के रहते तुम्हारे कलेजे में ऐसी क्या अनी चुभ गई ?"

सुनते-सुनते परमेशरी बाबू बहुत विचलित हो चुके थे। उन्होंने चाहा कि कोई गिद्ध आ जाए और इस जगतारो की चुटिया पकड़कर ऊपर आसमान में उठा ले जाए और तब तक जमीन पर न छोड़ें, जब तक वो अपनी विगलितता को संभाल न लें। जगतारो संकल्प करके बैठी-सी लग रही थी। उनका मन हुआ, हाथ-मुंह धोने के बहाने उठ खड़े हों। एक मन हुआ, कहें कि राधे बाबू शायद हमसे बीस ही पड़ते हैं, मगर कहें कैसे।

4

परमेश्वरी बाबू ने कैमरे से बाहर निकलते में ही यह अनुभव कर लिया कि भीतर समेटा मुंह तक आ गया तो बिखरेगा।

कुछ दूर तक टहल आते और जगतारो की बुद्धि और व्यवहार से निबटने का फैसला लेते हुए, उन्हें लगा कि क्यों न आसपास कहीं दूध मिलता हो, तो लेते आएं। चाय की इच्छा अलग से अनुभव करने का अवसर इससे पहले कब मिला, याद नहीं। क्या कल बहुओं के विदा करते में दिखती और आज जगतारो के मुंह से सुनी करुणा में कही कुछ अर्थी को विदा करने का-सा भाव भी रहा होगा ?

रसोई घर वाली कोठरी में से छोटी बालटी लिए बाहर निकलते हुए उन्हें फिर यही अनुभव हुआ कि यह अकेले-भर को पर्याप्त दिखती प्रत्येक सामग्री

उनके विरागी बनने के संकल्पी चित्त को परितोष देते-देते अभी काफी वक्त लेगी। सामग्री-साधनों के घटने से नहीं, मन के भीतर का जल घटने पर ही अपने में से बाहर निकल पाना सम्भव होगा।

टहलते ही काफी दूर निकल गए। पहले इस तरह मिलता नहीं था—इतना एकांत और निजीपन। कल रात-भर का सन्नाटा, सुबह-सुबह अपने चारों ओर जंगल में के कोहरे की तरह भर आया लगता है। चलते में पांवों से टकराया हुआ-सा।

लौटा तो पाया बरामदे में कई नवयुवक एकत्र हैं।

"नमस्कार सेठ जी !"

"नमस्कार !...नमस्कार ! कहिए साहब ! भोर की बेला में आप लोग इस बियाबान में कैसे ?"

चन्दा मांगने दस-बीस लोग भी इकट्ठे आएं, तो उनका चेहरा एक हो जाता है। अनुभवों से गुजरे व्यक्ति को एक ही झलक में पता चल जाता है कि चन्दा उगाहने वालों का मन्तव्य उनके चेहरे पर की त्वचा पर एकत्र होता है, तब कहीं होंठों पर से प्रकट होता है।

जगतारो और रधिया एक किनारे खड़ी थीं। दूध की बाल्टी देते हुए उन्हें रसोई-घर की तरफ जाने को कहकर परमेश्वरी बांबू ने उन लोगों को साथ आने का संकेत किया और बैठक में चले आए।

"कहिए, आप लोग सुबह-सुबह पांडवों की तरह कहां से निकल आए ? सुबह महाभारत में विराट् पर्व के कुछ पन्ने पलट रहा था। अजब संयोग है कि..."

"जी माफ कीजिएगा, सुबह-सुबह आपको परेशान कर रहे हैं, मगर सांस्कृतिक किस्म के कार्यों में आप ही जैसे कार्य में समर्थ लोगों का आशीर्वाद हम नवयुवकों के उत्साह और मनोबल को बढ़ाता है। हमने सोचा, बाद में शायद आप कारखाने के कामों में व्यस्त हो जाएं, इसलिए यहां चले आने का दुस्साहस...।"

"अजी दुस्साहस कैसा ? मैं कोई नेता या जंगली जानवर थोड़े ही हूं और फिर आज के नौजवान छुरा भोंकने, तमंचा-बम ठोक देने को साहस से भी नीचे की, यानी स्वभाव की चीज समझते हैं। खैर, कृपा करने का कारण बताए?"

पांचों के चेहरे पर परमेश्वरी बाबू की सवालिया नजर मक्खी की तरह बैठती, उड़ती चली गई। परमेश्वरी बाबू भांप गए, ये नवयुवक किसी राजनैतिक दल की दीक्षा से गुजरे नहीं है। मोहल्ला स्तर की गतिविधियों तक सीमित होने की गंध उनके व्यक्तित्व में व्याप्त थी। परमेश्वरी बाबू हलके से मुसकरा दिए, "आप लोग कोई कवि-सम्मेलन तो नहीं करवा रहे हैं ?"

"जी नहीं, तो...।"

"अच्छा ! दरअसल मैं आप लोगों की साहित्यिक भाषा से भ्रम में पड़ गया। पथिक जी का नाम तो सुना होगा आप लोगों ने ? बड़े क्रांतिकारी कवि-पत्रकार हैं। दक्षिणा वसूलना तो कोई उनसे सीखे।"

"जी, ज्जी !" अपने अपेक्षाकृत लम्बे बालों से साथियों का प्रतिनिधित्व करते युवक ने दोनों हाथ अपने नीले कुर्ते की जेबों में डाल लिए।

परमेश्वरी बाबू हंस पड़े, "अरे भाई ! तुम लोग यों घूर-घूरकर क्यों देख रहे हो मुझे ? ये काजू-बादाम खाओ न। भई, यहां तो फिलहाल बनवास में आया समझो और कोई खिदमत तो कर नहीं सकता...।"

'और—कोई—खिदमत तो—कर नहीं—सकता—' परमेश्वरी बाबू का प्रत्येक शब्द उन लोगों के चेहरे पर ब्लैकबोर्ड पर खड़िया से लिख दिए गए अक्षरों की तरह उभर आया।

इतने में जगतारो बैठक के दरवाजे पर आ खड़ी हुई, "बच्चा बाबू ! कोई भले घर की औरतजात आई हैं। आपसे मिलना चाहती हैं।"

परमेश्वरी बाबू, 'आप लोग बैठें' कहते बाहर चले आए। आगन्तुक महिला बरामदे में खड़ी थी। देखते ही नमस्कार किया, एक क्षण परमेश्वरी बाबू उसके कद्दावर और खूबसूरत शरीर को देखते रह गए। स्मृति में हलके से कौंधा, शायद पहले भी कहीं देखा है। सम्पूर्ण रूप से बैजनी परिधान में वह गोरी-लम्बी महिला स्त्री आभिजात्य का प्रतीक लग रही थी।

"आपने पहचाना न होगा मुझे ? सिर्फ एक बार ही तो आपसे भेंट हुई। आपकी गोयल इण्डस्ट्रीज की ओपनिंग सिरेमनी में आई थी मैं। आपसे कुछ देर बातें करने का अवसर मिला तो था; लेकिन..."

"अरे-अरे ! माफ कीजिएगा, याददाश्त अच्छी होते भी आपको एकाएक पहचान नहीं पाया। आइए-आइए, अन्दर बैठिए न।" कहते, आदरपूर्वक साथ ले आए और जहां अब तक खुद बैठे थे, बैठा दिया। नीले कुर्त्ते वाला लड़का सोफे से उठ खड़ा हुआ, "आप बैठिए, सेठ जी !

'ठीक है-ठीक है' कहते हुए परमेश्वरी बाबू बैठ गए और महिला के प्रति केन्द्रित होते, बोले, "आप मिसेज खोसला हैं ना ? नेशनल टायर एण्ड ट्यूब्स, शायद यही आप लोगों की फैक्ट्री का नाम है ?"

"जी, मेरी नहीं।" महिला के ओठों पर धीमी-सी मुसकराहट फैल गई, "वैसे आपने गलत नहीं पहचाना। उस दिन के समारोह में मिसेज खोसला के रूप में ही आई थी मैं। अब तो मुझे आप सिर्फ अनुराधा या राधा शर्मा कह सकते हैं।" लेकिन अपना वाक्य पूरा करते तक में ही वह झेंप गई। उन पांचों लड़कों की उपस्थिति उसके पारदर्शी चेहरे पर साफ-साफ दिख गई।

परमेश्वरी बाबू ने स्थिति को सम्भालने के-से मनोभाव में पूछा, "इस वक्त आप कैसे अचानक आ गईं। मेरे योग्य कोई सेवा हो, तो बताइए ?" इस वाक्य को पूरा करते हुए ही, परमेश्वरी बाबू लड़कों की तरफ मुड़ गए, "हां भई, आप लोग किस संस्था की तरफ से आए थे ?"

"आए थे नहीं, गोयल साहब ! आए हैं।"

"ओह, ठीक कहा तुमने। दरअसल कभी-कभी आदमी या तो खुद अचानक अपने अतीत में जा पहुंचता है, या दूसरों को भूत में डाल देता है।" कहकर, परमेश्वरी बाबू ने हंसने की कोशिश की ही थी कि थम गए। नीले कुर्ते वाला एकटक श्रीमती खोसला की तरफ देखता, रहस्य-मयता में खोया-सा, 'जी हां, जी हां।' कहता जा रहा था।

"क्यों, भई, नीले कुरते वाले ! तुम्हारे मां-बाप क्या काम करते हैं ?"

परमेश्वरी बाबू के इस प्रसंगातीत सवाल से वह कुछ हतप्रभ हो गया। 'नीली छतरी वाले' के वजन पर अपने को सम्बोधित किया जाना उसे अच्छा नहीं लगा था और एक महिला की उपस्थिति में वह यूं भी 'विटी' दिखना तो चाहता था, मगर चंदे की रसीद-बुक उसके कुर्ते की जेब में पड़ी-पड़ी उसके

आक्रामक हो सकने के उत्साह को ब्लाटिंग पेपर की तरह सोख रही थी।

"भई, अभी इतनी ठंड तो पड़े नहीं रही, नीले कुर्ते वाले ! तुम्हारा नाम भी नहीं पूछा...कितने भाई, बहन हो ?"

उसे अब परमेश्वरी बाबू के पूछने में शरारत की गंध साफ महसूस होने लगी थी। तेजी से हाथ कुर्ते से बाहर निकाला, लेकिन चाहने पर भी तुर्श वह हो नहीं पाया, किंचित् खिसियाया-सा बोला, "जी, मेरा नाम प्रेम प्रकाश सिंह है। हमारे पिता जी यहीं बैद्यनाथ आयुर्वेद में काम करते हैं। जी...हम दो भाई हैं और पांच बहनें।"

"सो तो मैं पहले ही समझ गया था।" कहते इस बार परमेश्वरी बाबू ने मिसेज खोसला की तरफ देखा और हंस पड़े। औपचारिक तौर पर मिसेज खोसला भी हंस पड़ीं, तो उनके चेहरे पर पारदर्शी हंसी पर विमुग्ध होने की जगह, वह कुछ खीझ गया। उसे लगा, श्रीमती खोसला से एकांत गपप्प लड़ाने के चक्कर में ही परमेश्वरी बाबू उन लोगों को चलता कर देना चाहते हैं। अचानक उसने फैसला किया कि पिण्ड छोड़ेगा नहीं। वह प्रयत्न करके चुप्पी में डूब गया और कमरे में टंगे धार्मिक कैलेण्डर को गौर से देखने लगा, "आपकी धार्मिक वृत्ति के बारे में काफी सुना है।"

हालांकि वह अपने में स्थिर था, मगर उसे लगा, बिच्छू की तरह दीवार पर रेंगा है।

"तुम्हारे चारों साथी तो निरे शाकाहारी मालूम पड़ते हैं; लेकिन तुम बोल लेते हो।" परमेश्वरी बाबू ने अपने को उन चारों की तरफ घुमा लिया, "भई, आप लोग बिलकुल चुप-सी क्यों साधे हैं ? खैर, बेकार की बातों में उलझाए जा रहा हूं आप लोगों को। परिवार में से एकाएक जंगल में आ पहुंचा और कल शाम से लगातार मौन रहा...भई, वहां घर पर मैं आप लोगों की कुछ खातिर भी कर पाता, यहां तो सिर्फ इन सूखे मेवों के अलावा और कोई रसदार चीज है नहीं। चाय-सिगरेट तो आप लोग पीते ही होंगे ?"

"जी नहीं, हम लोग चाय-सिगरेट कुछ नहीं पीते।" कहते हुए नीले कुरते वाले ने अपनी आंखों को कैलेण्डर पर से नीचे उतारते हुए, बीच में ही सख्त आवाज में कहा, फिर एकाएक ही विनयी हो आया, "आपको यों ही बहुत कष्ट

दिया हमने।" मगर परमेश्वरी बाबू की तेज नजर से यह छिपा नहीं रहा कि जब उन्होंने और 'कोई रसदार चीज है नहीं' कहा था, तो इसने कनखियों से मिसेज खोसला की ओर देखा था।

कुछ क्षण परमेश्वरी बाबू चुप रहे। इस बीच नीले कुर्ते वाला तो उन्हीं को देखता रहा, मगर बाकी चारों की आंखें अस्थिरता से भरी थीं।

"तुम लोगों ने बताया नहीं भई, कि किस कमेटी की तरफ से आए हो ? भइया ! मैं तो तुम जैसे होनहार नौजवानों को चंदे की कापी लिए दर-दर भटकते देखता हूं, तो आत्मा को कुछ तकलीफ-सी होती है। निहायत फालतू किस्म के फंक्शनों और आंदोलनों में नौजवानों की दिलचस्पी का मतलब होता है, उनके पास भविष्य का अभाव।"

"जी, जी, जी..."

यह ध्यान आने पर भी कि खुद ही बहस को बढ़ा रहे हैं, कहते गए, "शायद, दुनिया के किसी और मुल्क में यह हालत नहीं होगी कि नौजवान लोग हम जैसे बूढ़ों के मोहताज हों। नहीं, तो सारी दुनिया की हालत वही होती, जो हमारे देश की है। क्या राजनीति, क्या पैसा नौजवान हर जगह बूढ़ों का मोहताज हो गया है। करने के नाम पर चंदा इकट्ठा करने और राजनैतिक हुड़दंगों के अलावा कोई काम रह भी नहीं गया, शायद !

उसका कहने को मन हुआ, 'सारे कामों को तो तुम साले अपने नीचे दबाकर बैठे हुए हो !' मगर पूरा वाक्य मदारी की डिबिया में बंद बिच्छू की तरह दुम उठाए उसके ही भीतर चक्कर काटता रह गया।

उसे एक असुविधा यह भी थी कि चारों साथी उस पर निर्भर थे और उसने दावा कर रखा था कि खाली हाथ नहीं लौटेंगे। उसे खीझ होने लगी कि परमेश्वरी बाबू खाली हाथ हीन टरका दें।

सोचते-सोचते ही, इस बार वह अचानक तुर्श हो गया, "माफ कीजिएगा गोयल साहब ! सुना है कि अपने खुद बहुत बदतर और गरीबी की हालत में पहुंच जाने के बाद यह लाखों का कारबार खड़ा किया...मगर आपकी ट्रेनिंग जिस परम्परा में हुई, वह सारे हिन्दुस्तान को मयस्सर नहीं। हम लोगों ने अंग्रेजों

की गुलामी जरूर नहीं देखी, मगर चंदा मांग-मांगकर आजादी लाने और चंदे मांगकर सरकार चलाने वालों की गुलामी जरूर देखी है। भाषण झाड़ने वालों की जीभ हम लोगों की सारी नैतिकता और भविष्य को चाट चुकी। माफ कीजिएगा, मैं शायद कुछ गलत बातें कह गया ?"

"नहीं, नहीं ! तुम तो खुद अच्छे-खासे भाषणबाज दिखते हो, भई !" परमेश्वरी बाबू ने टीप लगाई, तो वह धीमे से मुसकरा दिया, "जी, जब मैं पढ़ता था, तब कालेज यूनियन की मीटिंगों में और बाद में कई पब्लिक मीटिंगों में भी बोल चुका हूं।"

"क्या करते हो ?"

"जी, बेकारी कर रहा हूं।"

उसने 'नौकरी कर रहा हूं' की तर्ज में कहा, तो परमेश्वरी बाबू हंस पड़े। थोड़ी देर सबके बीच सिर्फ सन्नाटा पड़ा रहा। मिसेज खोसला ने पल्लू सम्भाला, तो आवाज साफ सुनाई दे गई।

परमेश्वरी बाबू को एहसास हुआ, ऊब रही होगी। वह तय नहीं कर पाए कि किस उपाय से ये जल्दी विदा होंगे। इतने विवाद के बाद 'लो चन्दा ले जाओ, विदा होओ।' कहने की गुंजाइश भी नहीं रही।

"तुम लोगों में से कोई तीर्थराज महिला उद्धार संघ का मेम्बर भी है ?" अपनी स्मृति पर जोर देते, परमेश्वरी बाबू ने एकाएक पूछा, तो पांचों के सिर नकार में हिलकर अपनी जगह थम गए।

"मुझे यों ही याद आ गया।"

इस बार चटख पीले रंग की बुश्शर्ट पहने साथियों में कम-उम्र लड़के को शरारत सूझी, "सेठ जी ! आप उस विद्यार्थी संघ के बारे में पूछ रहे हैं, जो मीरगंज में वेश्याएं हटाओ आंदोलन चला रहा है ?"

जिस शरारती ढंग से सारे-के-सारे एक साथ और एक लय में मुसकराए, एक क्षण को कमरे का हलका तनाव-भरा-सा वातावरण और ज्यादा गहरा होकर रह गया।

उन लोगों से वार्तालाप समाप्त करने की तैयारी में परमेश्वरी बाबू जल्दी-जल्दी बोले, "जिस देस में नयी उम्र के विद्यार्थियों को इस तरह के गन्दे काम

अपने हाथों में लेने पड़े, उस देश की सरकार और बुजुर्गियत को तो, साहब ! सिर्फ धिक्कार ही कहा जा सकता है। हमारे तो रोंगटे खड़े हो गए। कुछ दिन पहले चौक की तरफ गए थे। भीड़ देखकर यों ही पूछ लिया, तो पता चला तीर्थराज महिला उद्धार संघ वाले नीचे धरना दिए बैठे हैं और ऊपर से महिलाएं बेचारियां वाही-तबाही चिल्ला रही हैं...हरे राम ! हरे राम ! अच्छा भाई, आप लोग बताएं, तो सही कि आप लोगों की संस्था कौन-सी है ?"

इस बार पांचों बोलने की मुद्रा में दिखे, मगर एक तो सिर्फ 'जी' कहकर, खामोश हो गया। दूसरा बोला, "अभी पिछले महीने भी हम लोगों का एक फंक्शन हुआ था 'भावी पीढ़ी का भविष्य' टापिक पर।"

"हम लोग दशहरे का सांस्कृतिक प्रोग्राम करने जा रहे थे...।"

मिसेज खोसला ने अपनी साड़ी को ठीक से फैलाने की कोशिश की तो फिर से किसी वाद्ययन्त्र के उठाकर अलग रखे जाने की-सी आवाज हुई और लड़कों का ध्यान फिर श्रीमती खोसला पर केन्द्रित हो गया।

उम्र पैंतीस-छत्तीस से कम नहीं होगी मिसेज खोसला की। आंखों के नीचे हलके-से स्याह गड्ढे साफ दिख बते हैं; लेकिन पल्लू नीचे ढला रहने पर गले के पास ऊपर का भराव खुल-सा आता है।

अचानक परमेश्वरी बाबू को ध्यान आया कि लड़के कहीं कुछ और कल्पना न करते हों। अपने स्वर को बदलते हुए बोले, "भई आप लोगों से मैंने बताया था कि बनवास में आया हुआ हूं। अब तो कारोबार से ही संन्यास लेने की तैयारी है, इसीलिए शहर से इस बियाबान में चला आया। वहां कोठी पर मेरे दोनों भतीजे...।"

"जी, पहले हम लोग वहीं गए थे। हमने आपके बड़े भतीजे राधेश्याम जी से निवेदन किया, तो उन्होंने यही कहा कि इस तरह के सारे काम बाबू जी की ही इजाजत से होते हैं।"

परमेश्वरी बाबू उठे और अलमारी में से पर्स निकाल लाए। लड़कों ने बिजली की तेजी से एक-दूसरे को देखा और नामालूम ढंग से मुसकराए।

"लीजिए...आप लोग आए हैं, तो कुछ-न-कुछ सेवा तो करनी ही है।" कहते हुए उन्होंने पांच का नोट आगे बढ़ाया, तो लड़कों को दस-पांच कदम

पीछे धकेल दिए जाने की-सी तकलीफ हुई।

"हम तो गोयल साहब ! कम-से-कम इक्यावन की आशा लेकर आए थे। रसीद हम अपनी संस्था की तरफ से आपकी फर्म के नाम काट देंगे।" कहते-कहते, नीले कुर्ते वाले ने अपनी जेब से रसीद की कापी ऐसे निकाली, जैसे कोई जादुई नुस्खा हो। जब वह कापी बाहर निकाल चुका, तब उसे ध्यान आया कि कहीं देखना शुरू कर दिया, तो कटी रसीदों में से अधिकांश में तो और भी छोटी राशियां चढ़ी हैं।

परमेश्वरी बाबू ने, इस बीच, पांच का नोट वापस रख लिया था। ग्यारह रुपये निकालकर, नीले कुर्ते वाले की तरफ बढ़ाते बोले, "लो भई, अभी इतना ले लो, यह देखो, बटुवे में दो-तीन रुपये और रह गए होंगे, फिर कभी अगले किसी फंक्शन में देखा जाएगा और भई, तुम्हारा क्या नाम नीले कुर्ते वाले...तुम जरा इस चिट पर अपना पता छोड़ते जाना।"

"जी, आप चाहें तो संस्था के नाम पर चेक दे दें।" पते वाली बात के प्रति उदासीन होता हुआ-सा वह बोला।

"भैया ! न तो मेरे पास अब चेक बुक है, न एकाउण्ट ही रह गया है। सारा कारोबार अब भतीजे देखते हैं। चेकों पर भी उन्हीं दोनों के ज्वाइंट साइन होते हैं।" परमेश्वरी बाबू नीले कुर्ते वाले का कंधा थपथपाते हुए, उन लोगों को बाहर तक छोड़ने की-सी मुद्रा में उठ खड़े हुए। नीले कुर्ते वाले ने, जल्दी-जल्दी, अपना पता घसीटकर कागज वहीं सोफे पर रख दिया।

बाहर निकल जाने पर, लड़कों ने एक बार उन्हें नमस्कार किया और तेज कदमों से आगे बढ़ गए। लड़कों के ओझल हो चुकने पर परमेश्वरी बाबू बरामदे में आई खड़ी जगतारो से बोले, "रधिया से चाय बनवा देतीं जगतारो !"

परमेश्वरी बाबू को अन्दर आते देखकर मिसेज खोसला अपनी जगह पर उठीं, तो उन्होंने हाथ जोड़ते हुए, बैठ जाने का संकेत किया। खुद भी बैठ चकने पर बोले, "अब, आप बताएं; लेकिन आपने जो कहा कि आप..."

"जी, दरअसल खोसला साहब से मेरे संबंध अब नहीं रहे। यहीं नैनी बाजार में किराये पर अलग रह रही हूं। इस वक्त तो यहां जरा डे कम्पनी की तरफ भी

निकली थी।...कुछ यूं है कि...मेरा विचार यहां एक बच्चों का स्कूल खोलने का है।" अब वह बात जल्दी करके उठ जाना चाहती थी। ग्यारह रुपये परमेश्वरी बाबू ने उन लड़कों को पकड़ाए थे। खुद के लिए पच्चीस-पचास से ज्यादा की आशा करना गलत था और इतने के लिए हाथ फैलाना सिर्फ शर्मनाक होगा। वह इस इरादे से आई थी कि सुबह के खलीपन में इतमीनान से अपनी योजना बताएंगी और संरक्षक सदस्य बनने का परमेश्वरी बाबू से आग्रह करेंगी। प्रारम्भ में एक हजार या पांच सौ की राशि के बीस-पच्चीस सदस्य बनाने का उद्देश्य था उनका।

"अच्छा, अब चलती हूं। सुबह-सुबह आपको परेशान किया, माफ करेंगे।" कहना चाहती ही थीं कि परमेश्वरी बाबू बोले, "आप कुछ हड़बड़ी में दिखती हैं। मैं तो फुर्सत में हूं। कारखाने में काम शुरू होने को होगा; लेकिन मैं वही ग्यारह-साढ़े ग्यारह तक जाऊंगा। उन लड़कों के मारे आपसे कुछ सुन नहीं सका। कैसे आईं, क्या सेवा मुझे करनी है ?"

"जी, कभी जरूर कष्ट दूंगी। इस वक्त यूं ही चली आई थी। मुझे किसी ने बताया था कि शहर से आकर आप यहीं रहने लगे। आपकी भल-मनसाहत की चर्चा सुनती ही आई थी। हालांकि जिस्म और पहनावे से नहीं लगती होऊंगी, मगर मुझे भी अध्यात्म और मायथोलाजी में रुचि है।"

"ऐसा है, मिसेज खोसला ! हिंदू मायथोलाजी में नारी चरित्र जैसे वसन-आभूषण धारण करती है, वैसी बेश-भूषा में आप शायद, घूमने भी निकल न पाएंगी।" कहते हुए, परमेश्वरी बाबू मधुर भाव, लेकिन गरिमापूर्ण ढंग से हंसे।

कुछ क्षणों की चुप्पी के बाद परमेश्वरी बाबू ही बोले, "खैर, ये बातें फिर कभी। आपने कोई स्कूल खोलने की बात बताई थी। उसके लिए डोनेशन्स इकट्ठा कर रही होंगी ?"

"जी...जी ! संतपिता परांजपे बालविहार...अभी सिर्फ नर्सरी क्लासेज शुरू करने जा रही हूं। फिलहाल उधर नैनी ग्लास वर्क्स वाली साइड में एक जगह किराये पर ली है। खोसला साहब के यहां से मैं कुछ लाई नहीं। स्कूल इसलिए खोल रही हूं कि परांजपे साहब पिता समान ही रहे हैं। अब से काफी पहले उनकी मृत्यु हो चुकी। मगर आज भी अगर कोई अपने साथ चलता महसूस होता है, तो

सिर्फ संत पिता। आपको यह देखकर हैरत हो रही होगी या नहीं, कह नहीं सकती, भाषण मैं भी अच्छा-खासा झाड़ लेती हूं।" इस बार उन्होंने खुलकर ठहाका लगाया और हथेलियों को कुर्सी के हत्थों पर ताजा पत्तों की तरह फैला दिया।

"मिसेज खोसला ! अगर आपने आते ही ठहाका लगाया होता, तो मैं तुरन्त पहचान जाता कि यह वही महिला हैं, जिन्होंने उद्घाटन समारोह के दिन धीमे से मेरे कंधे पर हाथ रखा था। मुझे ताज्जुब हो रहा है कि इस बीच ऐसी क्या बात हो गई ?"

"अब इस वक्त मुख्तसर में बता नहीं पाऊं शायद।"

"कोई बात नहीं ; लेकिन फिर कभी आइएगा जरूर, तब बातें होंगी। अब इधर ही रहूंगा। मैं भी कोशिश करने ही आया हूं कि बाकी की जिंदगी परमात्मा की दया से ठीक-ठाक कट जाए। जितनी देर से आप इस कमरे में हैं, किसी देवी की मूर्ति की गलतफहमी हो रही है।"

"जी, ठीक कहा आपने। गलत फहमी ही हो भी सकती है।"

"मैंने मजाक में नहीं कहा, मिसेज खोसला ! कुछ लोग ऐसे होते हैं, जो अपनी उपस्थिति से दूसरों को बहुत गहरे प्रभावित करते हैं।"

परमेश्वरी बाबू ने धीमे स्वर में बोलते-बोलते ही पूछ लिया, "माफ कीजिएगा, आई तो होंगी आप डोनेशन के सिलसिले में ही ना ? देखिए, संकोच करके, मुझे दुखी न कीजिएगा।"

"जी, आई तो इसीलिए थी। दरअसल अभी शुरुआत ही करनी है और कहना चाहती हूं कि मिशनरी भावना से ही। शहर में ज्यादा सहूलियत होती, मगर मुझे यहां ज्यादा ठीक लगा।"

"आपने बहुत सही फैसला किया। गिनती के वर्षों में यह खुद में शहर बन जाएगा। 'इण्डस्ट्रियलाइजेशन' धीमी रफ्तार से, मगर हो रहा है। अच्छा, आप एक मिनट ठहरें।" कहते परमेश्वरी बाबू सामने अलमारी की ओर बढ़े और सेफ में से अपने 'सेविंग्स एकाउण्ट' की चेक बुक निकाल लाए, 'स्कूल के नाम से अपने एकाउण्ट खोल लिया या नहीं ?"

"जो, अभी तक तो नहीं। संस्था के नाम से तो करेण्ट एकाउण्ट खोलना

होगा। सेविंग्स एकाउण्ट है। देखिए, हूं भी कैसी विचित्र औरत। एक महीना नहीं बीता, खोसला साहब से बिदा होने का फैसला लिया। हफ्ता ने गुजरा होगा, स्कूल खोलने की सोची। लोगों से आपके बारे में सुनती आई थी। देखा, उसी उत्सव में रात दिमाग में। आया कि पहल किसी भद्र व्यक्ति से हो सके।"

"इसीलिए तो मैंने कहा कि आप देवी-तुल्य लगती हैं। बस, समझिए कि यह प्रभु-कृपा है कि यहां रहने की शुरुआत आप जैसी महिला से हो रही है।" एक क्षण अपने कथन के अन्तिम अंश को मिसेज खोसला के इर्द-गिर्द तितली की तरह मंड़राते देखा और बोले, "मेरा ब्रह्म कहता है, आप जिस काम को हाथ में लेंगी, सफल होंगी। मैं आपको बेयरर चेक देता हूं; लेकिन यह है चौक वाले इलाहाबाद बैंक का। यहां अभी मेरा पर्सनल एकाउण्ट नहीं किसी बैंक में।"

परमेश्वरी बाबू जिस मानसिक ऊंचाई पर से बोल रहे थे, वह समझ नहीं पा रही थीं कि चेक उनसे लिया भी जाए या नहीं।

वो अभी द्वंद्व में थीं कि परमेश्वरी बाबू ने चेक बना भी दिया, "आप आजकल में कभी शहर की तरफ तो नहीं निकलेंगी ?" परमेश्वरी बाबू ने पूछा, तो चौंकती-सी बोलीं, "जी, निकलूंगी तो। शायद एकाध घंटे बाद ही।"

"तब इसे आप लेती जाएं।" कहते परमेश्वरी बाबू ने चेक फाड़कर दिया, तो मिसेज खोसला ने बिना देखे ही रख लिया। एक अप्रत्यक्ष-सी असुविधा उन्हें अब भी अनुभव हो रही थी। हाथ जोड़ती वह उठीं, "अच्छा, गोयल साहब ! बहुत-बहुत धन्यवाद ! आप भी सोचेंगे, नई जगह में रहने की शुरुआत मंगतों से हुई।"

परमेश्वरी बाबू ने अनुमान लगा लिया, मिसेज खोसला ग्लानि अनुभव कर रही हैं। बाहर कुछ दूर तक छोड़ने आए। कुछ देर चुपचाप चलते रहने के बाद बोले, "मिसेज खोसला ! जिस आदमी को अच्छा काम करना हो, उसमें एक चीज जरूर हो। अच्छे कार्य के लिए मांगी गई भीख को भी गरिमा और स्वाभिमान का काम समझने की नैतिक शक्ति। अच्छा, फिर कभी दर्शन

दीजिएगा जरूर और भी मेरे योग्य कोई सेवा हो बताइएगा।"

मिसेज खोसला एक क्षण विचलित-सी देखती रहीं, फिर नमस्कार करती आगे बढ़ गईं। हदबंदी से बाहर आ चुकने पर ही, उन्होंने चेक को खोलकर देखा। पांच सौ एक का था। फिर तेज कदमों से आगे निकलती, मेनरोड पर आ गईं। दूर से शहर की ओर जाने वाली बस आती दिखाई पड़ रही थी।

उन सभी को पता था कि निकलकर पहले सीधे रंजना रेस्तरां तक पहुंचना है। उनके कदमों में अब उत्फुल्लता थी। गोयल इण्डस्ट्रीज की चारदीवारी से बाहर होते ही वे सब अपने पूरेपन में वापस आ गए थे। गहरे पीले रंग की बुश्शर्ट वाले ने नारा लगाने की-सी मुद्रा में दायें हाथ को परमेश्वरी बाबू के क्वार्टर की तरफ उठाया, "सेठ परमेश्वरी शरण गोयल की अम्मा...!"

बाकी के चारों ने समवेत स्वर में उसके वाक्य को पूरा किया और ठहाका लगाते आगे बढ़ गए। सबसे ज्यादा चुप्पा जमीन पर ठोकरें मारता चल रहा था। यह शायद उसकी बचपन की आदत थी, क्योंकि ऐसा करने में उसका चेहरा आर्द्र' हो आता था। वह, इस बीच, अपनी जीन्स की जेब से 'सिगरेट केस' निकाल चुका था।

"क्यों बे, भरी है या यूं ही भूसा रखे हो ?"

वह खामोश, नीले कुर्ते वाले की तरफ हाथों से माचिस के लिए संकेत करने लगा। सिगरेट सुलगाने के बाद उसने बगल वाले को पकड़ा दी, "साले ! पी के देख, भरी है या खाली।" और फिर खामोश हो गया।

पीली बुश्शर्ट वाला बोला, "उस्ताद, इस नीले कुर्ते में तुम जंचते हो। वह स्साला सेठ तो तुम्हारा बाकायदा इंटरव्यू ले रहा था ! शेरवानियों के चमचों के मक्खन लगाने की जगह, तुमने इसी परमेश्वरी सेठ को क्यों नहीं पटाया ? सुना है, स्साला बहुत मूडी है। नौकरी पर रख लेता, तो फटीचरी छूटती। तुम्हारी मां बहुत बीमार रहती है। बाबू भी तो तुम्हारे अब बेकार ही हो गए।"

नीले कुर्ते वाला बोला, "मैं तो परमेश्वरी सेठ को इक्यावन का ही चूना लगा देता, मगर उस पंजाबन की वजह से जवाब साधे रहा। तुम लोग तो जानते ही

हो, औरत मेरी सबसे बड़ी कमजोरी है।"

"हम...सब...लोगों की...भी..." कहते हुए, उन चारों ने कोई अश्लील गीत गाना शुरू कर किया। चुप्पा सिर्फ अचानक बोल उछालकर, फिर खामोश हो जाता था। गाना खत्म होने पर वह काफी इतमीनान से बोला, "वह बुड्ढा उसको जरूर...।" और फिर खामोश हो गया।

5

परमेश्वरी बाबू कुछ देर यों ही अंगुलियां पीछे फंसाए खड़े रहे। मिसेज खोसला ओझल हो चुकीं, तो लौटने को हुए।

सामने देखा, जगतारो बरामदे की रेलिंग से लगी खड़ी थी। परमेश्वरी बाबू मुसकराते बैठक की तरफ बढ़ गए, "आ, जगतारो !"

जगतारो का सलीका संस्कारी घराने की बहुओं का-सा है। साफ धुले कपड़े पहनकर बतियाने, परोसने बैठती है, तो न जानने वाला सोच नहीं सकता, नौकरानी होगी।

"यह मेम साहब कौन रहीं, बच्चा बाबू !"

"यहीं एक फैक्टरी है इन लोगों की भी। साइकिलों के टायर-ट्यूब बनाते हैं। खुद पूरबिया पंडित परिवार की थीं। पंजाबी से लव-मैरेज की। अब तो बता रही थीं, तलाक ले रही हैं।"

"उधर से तलाक लेकर, इधर क्या तुमसे सम्बन्ध बिठाने आई थी, बच्चा बाबू ! जानती तो होगी कि कुआंरे ही हो ? चलने-फिरने से तो बड़ी जबरदस्त किस्म की जनाना लगती थी, जैसे रजवाड़ों की रिहायशी हो।"

परमेश्वरी बाबू को असमंजस में पड़ गया-सा देख, जगतारो ने अपना स्वर झट बदल लिया, "हम शायद अपनी औकात से ज्यादा ही बोल जाती हैं, बच्चा बाबू ! मगर मुंह तो तुम्हारे ही लगाए को हैं ना। तुम दोनों को बतियाते देखते रहीं, जाने क्यों जी में आता रहा, कहीं तुम ऐसे ही बहू-समेत होते। मरते तक को यहीं बस जातीं हम तो।"

जगतारो बोलते-बोलते अचानक जिस तरह गम्भीर और उदास पड़ गई, परमेश्वरी बाबू को हंसी आ गई। अब बाहर बरामदे में खड़ी इधर-उधर देख रही रधियों को पुकारते बोले, "तेरी महतारी अचानक पागल हो गई राधो! इसे संभाल तो।"

रधिया हड़बड़ा-सी भीतर को आती दिखी, तो जगतारो ने कड़क आवाज में डपट दिया, "मरी नहीं जा रही तेरी अम्मा! दौड़ी चली आ रही है भतारखाऊ! तनिक बरामदे में पोंछा ही लगा देती। मार लौंडे-लफंगों के जूतों की मिट्टी झड़ी पड़ी है। देख, वहीं रसोई में टाट पड़ा दिखता था। आज कौन नई बात है, बच्चा बाबू! हम तो हमेशा ऐसे ही पगलपने में झींकती रहीं, तुम हंसकर मजा लेते रहे। मगर विस्वास मानो, जीभ से नहीं, जिगर से बोलती रही हैं। तुमको जब बांस की तरह का अकेला देखती हूं, बहुत खटकते हो।"

"सो तो ठीक, मगर हद करती हो। रंडुआ तुम्हें कुआंरा दिखाई पड़ता है? कब से कहा कि सीतापुर अस्पताल चली जाओ, आंखें दिखाकर, चश्मा बनवा लो।" कहते-कहते परमेश्वरी बाबू ने जगतारो के कंधे पर हाथ रख दिया। चाहते थे ठहाका लगाएं, मगर जाने क्यों सिर्फ मुंह खुलकर रह गया। यूं ही यह भी याद आया कि कोठी पर की आदत साथ चली आई है। बहुओं के कंधों पर हाथ रखकर बोलने की आदत अब छोड़ देना ठीक, इतना अहसास तो हुआ था, मगर वहां रहते छोड़ने का मतलब उन लोगों की दबिश में आ जाना होता।

जगतारो को संजीदगी से उबारने की कोशिश में मजाक करते बोले, "क्या तुम्हें तो रानी साहिबा पसन्द आ गई थीं?"

जगतारो का स्वर अप्रत्याशित रूप से सख्त हो आया, "राम कहो, जाने किस-किस की जूठन तुम्हें ही परसने को रह गई।"

"नहीं-नहीं, जगतारो! वह भली औरत है, ऐसी-वैसी...।"

"ऐसी-वैसी का क्या? जैसन विधवा, तैसन तल-कियाई रांड! कौनो कमीटी वाली रही क्या, चंदा-वंदा मांगे खातिर आई रही हो?"

"तुमने कैसे जाना कमेटी वाली होगी? पहरावे और जिस्म से तो लखपतियों के घराने की लगती थी।"

"बच्चा बाबू ! लेते का चेहरा और, देते का और। मांगते में से तो भगवान् बामन हो गए और क्या कमेटियों वाली हमने देखी नहीं है ? सुराज के जमाने में बड़े बाबू की गद्दी पर आती रहीं हरी किनारी की खद्दर की धोतियां पहने। तुम्हारे पास ही वहां क्या कोठी पर कोई कम आते रहे चंदा उसूलने वाले लोग ? अलबत्ता यह औरत भीतर की जबरा दिखती थी। हमें लगता है, इसके तो कोई बाल-बच्चा हुआ न दिखता।"

"तुम तो जगतारो ! कहां घरेलू कामों में समय बिताती रहीं। तुम्हें तो कहीं अड्डा बनाकर ज्योतिषगीरी करनी थी। तुम्हारे तो पीठ पर भी आंखें हैं। जाने कब जिप्सी औरतों पर कहीं कुछ पढ़ रहा था..."

"अब जिब्सी कहो, चाहे हब्शी। जैसा कुम्हार ने चाक पर धरा, वैसे उतर आए, बच्चा बाबू ! चा और बनवाऊं तुम्हारे लिए ?"

"यह क्यों नहीं कहती हो कि गप्पें और लड़ाना चाहती हो ?"

"वहां ऐसा निर्जना नहीं मिला रहा हमें। सच तो ये है, बच्चा बाबू ! जाने कितना हमारे मन में वहां का न कहा भरा है। तुम जो घोंघे के-से सींग समेटते गए हो धीरे-धीरे हमसे छिपा नहीं। इक्के से उतरे हैं और यहां का रास्ता पकड़ा है, तो जानो जंगल में चलना हो गया। हम तुम्हारे डेरे को कदम बढ़ाती चलें और चित्त तलाब होता जाए। लगे कि और भी अकेले ही आई होती जगतारो तो अच्छा रहता। कोठी में तुम्हारा जनमना और मेरा काम पर आना संग-संग ही हुआ होगा। पहले हम खुद आई थीं। बाद में राधे बाबू की अम्मा का जमाना रहा। तुम तो रण पड़े सिपाही हो गए। रात-दिन को भागमभाग। कभी भतीजी-भतीजों के हिस्से लगे, कभी बहुओं के, अलग से पूरे तो यहां दिखाई पड़े हो हमें। कौन है तुम्हारा यहां संगी ? न मां, न बाप। न धरम, न करम की लुगाई...न बांस को पीपल बनाने वाले।"

जगतारो का रोना कब शुरू हुआ और कब उसकी सिसकियों से कोहरे से भरा-सा हो गया कमरा, पता नहीं चला। परमेश्वरी बाबू ने हाथ कब हटा लिया था, मगर जगतारो के कंधे का स्पर्श उसमें अभी था।

जगतारो जै से बिखरी थी, वैसे ही समेट भी लिया अपने को, "अरी राधे !

तनिक बढ़िया-सी चा बना तो।"

रधिया के चाय लाने तक का वक्त सन्नाटे में ही बीत गया। परमेश्वरी बाबू ने अब संकोच में डूबी-सी रधिया की ओर देखा और बोले, "अम्मा के लिए गिलास में लाई होती। इसके लिए कोई घरजमाई ढूंढ़ने के चक्कर में है, जगतारो ! जो हथिनी बनाए चली जा रही है इसे ? तुम्हारी बिरादरी में तो इससे छोटी-छोटियों के बाल-बच्चे हो जाया करते हैं। कब कर रही है इसकी शादी ?" वह मुंह ढांपती बाहर भाग गई।

"कभी मेरा इतना ध्यान नहीं गया छोकरी की तरफ। हाल तक तो इसका आंगन में रस्सी कूदना चला करता था।"

"यह तो कद की तुझसे भी इक्कीस ही उतरी है। अभी बाहर को भागी है, तो जाने मुझे क्यों लगा कि बढ़िया कपड़े पहन ले, तो किसी से कम न दिखेगी। कितने बरसों की हो गई ?"

इसी अगहन में इक्कीसवां चला होगा। मैं तो दो बार लड़का देख चुकी। पहले की दफे तो इसने मुंह विरा लिया, 'इस कलूटे के संग जिये से तो मरी भली रहूंगी।' और अब दो साल बाद दूसरा दिखा, तो कहती क्या है निगोड़ी कि 'पहले तू मर जा, मैं खुद अपना खसम कर लूंगी।'...पागल तो है।" जगतारो के हंसने में एकाएक ऐसा ममत्व झलक आया, जैसे दीवार पर टंगा नया वस्त्र उतारकर पहन लिया हो। उसका पूरा चेहरा बदल गया। परमेश्वरी बाबू उसे चुपचाप देखते रहे।

"बाप तो इसे मेरे जिस्म से इकतारे का तार जैसा लपेट के गायब हो गया, बच्चा बाबू ! लड़की और मां-बाप का तो भी यूं आधे रास्ते का साथ। मर्यादा, मान-भरम तो लड़कों से है। बड़े भैया कृष्णा बाबू बढ़े भगवान रहे, जो हीरे गेर गए घर में। आज खुद नहीं, वंश तो चलता है। हमारा घर-वंश, तो बस इसी पराये गोत के लिए सेंती पर ही खत्म समझो।"

"और मेरा ?"

अपने इस अचानक के प्रश्न से परमेश्वरी बाबू खुद ही चौंक उठे। किसी गहरे अंधे कुएं के किनारे पछाड़े जाते कपड़े की प्रतिध्वनि की तरह उनके अस्तित्व के किस अंधेरे कोने में से फूट पड़े ये शब्द ?

जगतारो, इस बीच, अपने बीते में डूब गई थी। संभलती-सी बोली; "सयाने

ज़ो कहते आए कि अनाज के बीए से ज्यादा आदमी के बीए को टटोलना होता है, मूरख न थे, मगर विधाता की करनी भी कैसी अनोखी, बच्चा बाबू ! चोट्टे तो बेर की ज्यों फलते जाते हैं, अच्छों का रेती में का जल हो जाता है। गोयलों के इस खानदान को बचाने में तो बच्चा बाबू ! तुमने भीष्म पितामै की जैसी जिनगी भले ही काट दी, मगर हमारी आंखों में से बड़ी बहू का वो रूप आज तक न उतरा, जब तुम्हारी शादी हुई थी। अपनी अम्मा का वो रूप तुम्हें याद रह गया होता, तो तुम इतने हठी न रह पाते। तुम अभी कह रहे थे रंडुवे को क्वांरा क्यों कहती हो, आज की उमर में होते तो न कहती कुंवारा तुम्हें...मगर तब तुम सत्ताइस-अट्ठाइस के मुश्किल से रहे होगे।...शारदा बहू थी, तो रतन, तुम्हारे भाग को न रही होगी।" जगतारो ने फिर आंखों पर पल्ला कर लिया।

परमेश्वरी बाबू इस बीच सोफे पर से उठ खड़े हुए थे। अपना टहलना उन्हें लगा, जगतारो की बातों की प्रतिक्रिया में हो रहा है। वह नीचे झुके, तिपाई पर से चाय की प्याली उठाई और दो-चार घूंट भर, सोफे पर बैठ गए।

"सच पूछो तो सब इस मन का भ्रम है। वंश ईश्वर का है, हम लोग तो निमित्त हैं। तेरे-मेरे का शोक ही बेकार है। भई, मैं तो तुझे तसल्ली देने-भर को कह रहा था कि तेरे लड़की तो है, मेरे कुछ भी नहीं; लेकिन इससे फर्क क्या पड़ता है ? हमारे आने से पहले भी सृष्टि चलती आई, जाने के बाद भी चलती रहेगी। तू तो किन्हीं पूर्व जन्मों की संस्कारवान औरत है, जगतारो चाची ! धार्मिक कथाओं का तुझे बहुत ज्ञान है। बीते के पछतावे से आते को धुंधला करना ठीक नहीं। तू भी इस पराये धन से मुक्ति ले और बाकी के दिन हरि-स्मरण में बिता।"

बोलते-बोलते कब आंखें मींच गईं, ध्यान न रहा। जगतारो चुपचाप सुनती जा रही थी। अपनी बात कह चुकने पर उन्हें ठीक-ठीक अमुभव नहीं हो पाया कि जो कुछ कहा, वह जगतारो की तसल्ली के लिए था, या अपनी भी।

"अम्मा !"

रधिया की बाहर से संकोच में डूबी आवाज आई, तो जगतारो बरामदे

तक चली आई। लौटने पर बोली, "राधो पूछती रही, बाबू जी के कपड़े-वपड़े तो नहीं धोने ?"

"अरे, तुम जानती ही हो, अपने नहाए-धोए के कपड़े अब तो अपने हाथों ही धोया करता हूं और फिर यह क्या तुम दोनों ने आते ही काम-काम लगा रखी है। अरी भागवान ! दूर से यहां आई हो। चैन से बैठो। कह तो इसकी शादी भीमा से ही करवा दूं ?"

अंतिम वाक्य परमेश्वरी बाबू ने, काफी जोर से कहा था। रधिया जहां भी खड़ी रही होगी, अपनी जगह से हिली है, ऐसा चूड़ियों की खनक से साफ पता चल गया और भीतर बैठे दोनों का हंसना बाहर तक निकल आया।

"अब यहां से शाम को घर लौटेगी, तब मेरी कमर में चूटियां भरेगी कि तू जहां ले जाती है, बस, शादी-ब्याह के अलावा कुछ सूझता ही नहीं। ज्यादा चिढ़ जाती है, तो कहती है कि 'इतना ही शौक है, तो तु ख़ुद की ही शादी कर ले, मेहंदी तेरे हाथ-पांवों में रचा दूंगी।' पगली तो है ही।"

'संकोची और चुप्पा है। इसकी कही कोई बात पूरी मेरे कानों में पहुंची हो, याद नहीं पड़ता। जब तिलंगी-सी थी, तो अकसर मुंह बिराती थी, मगर ज्यों-ज्यों सयानी होती गई, जलकुम्भी बन गई है;..लेकिन जगतारो ! यह छबिल्ली शाम तक यहां क्या करेगी ? क्या बहू कहती थी कि शाम तक यहीं रुकेंगे वो लोग ?"

नहीं-नहीं, बहुएं तो शायद खाना लेकर आएंगी और लौट जाएंगी। मैं भी उन्हीं लोगों के संग चली जाऊंगी।...कार-मोटर का बैठना बड़े भाग से ही नसीब होता है।"

"और यह ?"

"यह राधो... ?" जगतारो के चेहरे पर कुछ हड़बड़ी-सी उभरकर माथे की सलवटों में समा गई, "यह संध्या को अपने ताऊ के तांगे में चली आएगी। यों माधवी बहू का कहना है कि बाबू जी सुबह की बेला तो कुछ खाते नहीं। यहां से सुबह-दोपहर का भेजा, कब तक खाएंगे बासी। सादा फकीरों का-सा तो खाना रहता है उनका। कुछ अरसा रधिया को वहां छोड़ दो, तो ताजे फुलके

सेंक देगी।”

“अरी, जगतारो ! तू सचमुच तो पागल नहीं हो गई ?” परमेश्वरी बाबू ने उसके सिर के बाल पकड़कर थोड़ा झिटक दिया, फिर धीरे-धीरे छोड़ते बोले, “बहू भी बस एक ही है। यह छमकछल्लो भला यहां बियाबान में क्या करेगी ? वहां घर पर बहुओं के बीच रहने की अभ्यासी, इसका यहां मन लगेगा ? यह बंदरिया कहीं इस तरफ से छम्म करती उधर को जाएगी और कहीं उस तरफ से छम्म करती इस तरफ को आएगी। ‘बाबू जी, चाय बना दूं ? बाबू जी, सब्जी क्या बनाऊं ? बाबू जी, रोटी मिस्सा वनेगी कि’...हरे राम !” कहते परमेश्वरी बाबू ने हवा में हाथ हिला दिया, “नहीं, भाई, नहीं।”

“बच्चा बाबू !” जगतारो की आवाज कुछ भारी हो आई थी। परमेश्वरी बाबू की तरफ से आंखें हटाती बोली, “हम तो कुछ कहे-वहे नहीं हैं। खुद माधौ बहू कहती थी कि मर्द नौकरों के किए-धरे का ना बाबू जी का अभ्यास है, न मर्दों से देख-रेख होती किसी की।”

“अरे, तो कोई मैं बच्चा हूं, जो यह अम्मा-ताई यहां गोद में लिए मुझे दूध पिलाया करेगी ?”

जगतारो हंस पड़ी जोर से, तब परमेश्वरी बाबू को इस बात का अहसास हुआ कि बेवकूफी की बात कह गए। संभलते-से बोले, “बहू को तो वहम हो गया, जगतारो ! अरे, भई, अपनी मर्जी से इस एकांत में आया हूं, तो कोई रईसी करने थोड़े आया हूं।”

“माधौ बहू यही कहती थी। कहती थी, जितनी बार बावू जी बाजार की चाय मंगाएंगे, हमें गाली पड़ेगी। दो-चार दिन आकर खाना भी अपने सामने-सामने बनवाकर देख जाऊंगी।”

“जगतारो, कोई अपनी बेटी तूने खाना बनाने की नुमाइश में तो भेजनी नहीं ? मेरा सर्टिफिकेट किस दिन के लिए चाहिए ? दूल्हा इसका शौकीन निकला और मुझसे पूछने आया, तो मैं बिना खाए-पिए ही सिफारिश कर दूंगा कि हां लाखों में एक बनाती है !”

मुक्त मनोभाव में दिखाई पड़ने के लिए खुलकर हंसने की कोशिश तो की

परमेश्वरी बाबू ने, मगर गले में कुछ खराश-सी महसूस हुई और हंसना-खांसना साथ कैसे हो ! कुछ विराम लेकर बोले, "फिर साथ-संगत बराबरी का हो, तो ही ठीक। इसके अभी सहेलियों में खेलने के दिन हैं।" कहकर इधर-उधर टहलने लगे।

टहलते-टहलते ही ध्यान आया, कहीं रधिया के यहां रहने या न रहने की बात को लेकर ही तो द्वंद्व नहीं ? साफ दो टूक के ना कहने में बाधा क्यों ? पलटकर, बोले, "रहना ही हो, तो तू यहीं रह जाया करना। कहीं रात-बिरात कोई लकड़बग्घा उठा भी ले गया, तो अफसोस न करना पड़ेगा।" कहते, परमेश्वरी बाबू ने इस बार कोशिश करके जोरों का ठहाका लगाया।

"बातों में भला तुमसे पार पाना है, बच्चा बाबू ! मगर जब तक यहां रहो, बड़ों का रहना किए रहो। कोठी वालों को भी ये गुमान ना रहे कि हमारे मोहताज हो चुके थे। मेरी तो बात-पित्त-कफ के मारे सकत ना रही और बढ़े जी के आदमी की देख-रेख, तो हाथी का पालना है। घंटी-सी सुनते रहो कि अब बच्चा बाबू को किस चीज की जरूरत होगी।...इतना तो कहूंगी कि बिंदेश्वरी बहू ने देख-रेख तो घरवाली से कम न रखी।...आज चलो, वो ही जिन्दा होतीं, तो भी बंधन रहता। आजकल के लौंडे-लौंडियो को कहां फुर्सत है कि बूढ़ों का खांसना-खंखारना सुनें।...रधिया भी कितना कर लेगी, राम जाने; लेकिन एक हमारे मन को भी संतोष रहेगा कि चलो, कुछ समय मेरी औलाद को ही सही, सेवा करने का पुन्न मिल तो गया।...शाम को लौटने का क्या है, कौन-सा घर दूर है ? जब चाहो, पांव-पांव चले आओ। यों इसका ताऊ गऊघाट-नैनी के बीच दिन-भर इक्का चलाता है। अकसर तो संझा को ही जीम लेते हो और फिर रात हो भी गई कभी ज्यादा तो कौन-सा परायों का घर है ? मां के घर ना सही, पिता के।"

परमेश्वरी बाबू दूसरे सोफे पर ठीक उसके सामने बैठ गए। बोले, "तेरा हाड़-मांस सूखने को आ गया, जगतारो ! करुणा न सूखी। मगर पगली ! यहां करने-धरने को कुछ हो भी तो ?"

"जब तुम छोटे थे, बच्चा बाबू ! तब हम इसी निगोड़ी की तरह जवान रहे होंगे। यह तो हमारी बेबखत की है। तुम्हें तो अब याद भी न होगा कि बरसों तक

हमीं नहलाते-धुलाते रहे तुम्हें। बड़ी बहू जी तो उम्र-भर परसूत की मरीज रहीं। बहू ने बताया है, तो जी ने संभाला गया। यहां तुम्हारी संतों की-सी बाणी सुनकर अब कुछ चैन तो मिला, मगर आज जो तुम अकेले गोबर गणेश जैसे इस कमरे में बैठे हो, बच्चा बाबू ! जगतारो से कहे बिना रहा न जाएगा कि बिंदेश्वरी बहू ने अपनी गिरस्थी आबाद करने को तुम्हें जड़ न डालने दी। देखने में चौकस, मगर बड़ी चालाक औरत निकली, भइया ! बृच्छ होते तुम, पौदा रख गई। चांपे रही तुम्हें सयानी, गमले से बाहर न निकलने दिया। नहीं तो आज...राधे-रामे से तनिक छोटे ही सही; लेकिन तुम्हारे खुद के..."

"जगतारो !" परमेश्वरी बाबू अपने जाने जोर से चीखने को हुए, मगर बना नहीं। भीतर हुआ कि ये मां-बेटी किसी तरह विदा हों तो थोड़ा बिंदेश्वरी भाभी जी की स्मृति में हों। बहुत कुछ है, जो सिर्फ उनके, परमेश्वरी बाबू और परमात्मा के बीच है।

"तुम मना ही करते हो, बच्चा बाबू ! तो हमीं रह जाया करेंगे। दरअसल अब हमसे कुछ ठीक-ठीक सधता नहीं। रात को कूकुरखांसी उठती है। दूसरों का सोना हराम करना जी को अच्छा नहीं लगता।" जगतारो जैसे अब तक के सारे प्रसंग से अपने को अलग करती-सी बोली।

"तू तो बस, कभी यू ही मेसहानों की तरह आ जाया कर। हम लोगों की तूने बहुत सेवा की, अब हमें भी तो मौका दे...जा अपने लिए चाय और बनवा ले। थोड़ा विश्राम कर। खाने का क्या करोगी तुम दोनों ? रंधवा ले कुछ यहीं राधो से।...और देख, इस रधिया का रिश्ता तय हो जाए तो खर्चे-वर्चे की फिक्र न करना। बहुएं जो कर दें ठीक। राधे-रामे से न कहना। सारा खर्च मैं दूंगा। समझी ? जा अब जा। कुछ कागज-पत्र देख के मैं भी कारखाने जाने की तैयारी करूंगा। मधु लोग तो अभी आए नहीं।" जगतारो उठकर, रसोई घर की ओर जाने को खड़ी हुई ही थी कि अचानक कुछ याद आ जाने की-सी त्वरा में परमेश्वरी बाबू बोले, "अरे, विधवा मां की बेटी। कौन शान-शौकत दिखानी है। हजार-पांच सौ में ही सारा खर्चा निबटा लेगी तू।"

बच्चा बाबू ! नौकर-चाकरों का इतना मान कौन रखता है। हमें तो बस

तुम्हें नहलाए-धुलाए का पुन्न फल गया और क्या कहूं।" कहते-कहते जगतारो रो पड़ी, तो परमेश्वरी बावू का हाथ अनायास ही उसके सिर पर फैल गया, "अच्छा-अच्छा, तू जीती, मैं हारा। अपनी छमकछल्लो को यहीं छोड़ जाना। देखता हूं, इस बियाबान में बूढ़े के साथ से कब तक नहीं ऊबती।"

"कह चुके तो ध्यान आया कि इस बार जगतारो ने तो कहीं यह नहीं कहा था कि रधिया को यहीं छोड़ती जाएगी। अभी द्वंद्व में ही अटके थे कि रधिया बच्चों जैसे उत्साह में बोली, "अम्मा, बहू जी लोग आती दिखती हैं। मोटर इधर ही आ रही है।"

जगतारो जल्दी-जल्दी बरामदे में निकल आई। परमेश्वरी बाबू को लगा, अपने में ही स्थिर हैं।

रधिया सभी के लिए चाय बनाकर ले आई। राधेश्याम और रामेश्वर चाय पीकर कारखाने की तरफ चले गए। राजो भी उन्हीं के साथ निकल गया। कुछ देर तक परमेश्वरी बाबू वातावरण में डुबकी लिए बैठे रहे। राजो का यहां न रुककर पिता के साथ चला जाना उन्हें पानी के भीतर के पत्थर का-सा गड़ता रहा।

"भई, गैस का चूल्हा तुम लोगों ने बेकार यहां भिजवा दिया। यहां तो स्टोव से काम चल जाता। इसे तुम लोग वापस लेती जाना।"

"जी बाबू जी ! घर के लिए तो दूसरे चूल्हे को खुन्नूलाल वालों के यहां ये लोग कह भी आए। कल शाम तक पहुंच जाएगा। यहां एक तो चाय के लिए जरूरत पड़ेगी, फिर एक वक्त का तो आप खाना खाते हैं। गैस में खाना आसानी से बन जाएगा। कल से रधिया यहीं खाना बनाना शुरू कर देगी।"

"भई, यह तो तुम लोग बेकार की झंझट पाले जा रही हो।"

"जी, भेजने को तो सुबह रोज वहीं से बनाकर भेज दें, मगर शाम तक में 'टिफिन' का खाना उमस जाता है। अब तो वहां का चौका आपके बिना खाली-सा लगने लगा।"

"तुम तो, बेटे ! यू ही जी रुआंसा कर लेती हो। जिस वजह से मैं आया हूं, तुम लोगों को समझा चुका हूं।"

परमेश्वरी बाबू ने हथेलियों को कानों पर इतने जोर से किया और चेहरा पीड़ा से आक्रांत कि थोड़ी देर को दोनों बहुएं स्तब्ध रह गईं।

धीरे-धीरे कानों पर से हाथ हटाए परमेश्वरी बाबू ने, तो साथ-साथ आंखें भर आईं। कुछ देर चुपचाप करुणा में डूबे अब तक में काफी ठंडी पड़ चुकी चाय सुड़कते रहे।

"लेकिन, बाबू जी ! आपको एक प्रार्थना तो माननी होगी। सिर्फ अपनी तसल्ली को कह रही हूं। आपकी खिदमत करने वाला यहां कोई नहीं। नौकरों का किया-धरा कभी आपको पसन्द नहीं आ सका, मगर यह रधिया नजदीक की देखी है। सारे काम सलीके से कर लेगी।"

"अच्छा-अच्छा, जैसी तुम लोगों की मर्जी। अब इस चतुर्थावस्था में भी तुम लोग मुझे भोग-विलास में ही रखे रहना चाहती हो, तो छोड़ जाओ इसे।"

परमेश्वरी बाबू ने स्वर को साधकर, मगर उतने ही अनासक्त भाव से और अनायास कहा, किन्तु प्रतिक्रिया दोनों में हुई। बहुओं के किंचित् सख्त पड़े चेहरों को आंखों से छूते हुए-से परमेश्वरी बाबू हंस पड़े, "भई, सोचा था, वानप्रस्थ के लिए अभ्यास साधूंगा। दो मुट्ठी चावलों की खिचड़ी खुद ही रांधूंगा। अपनी खिचड़ी अलग ही पकाने का भी तो एक सुख होता है ना ?"

अपने प्रयत्न को अपने में ही समेटते परमेश्वरी बाबू घूम गए और हाथ पीछे ले जाकर, अंगुलियां आपस में कस लीं। पलटे तो चेहरा और स्वर, दोनों स्निग्ध, "वहां तुम लोगों के द्वारा देवता को लगाया गया-सा भोग, भूलने की चीज थोड़े ही है।"

पीछे फंसाई अंगुलियों को खोल एक-एक पदार्थ की आकृति-सी हवा में गढ़ते चले गए परमेश्वरी बाबू और फिर हाथ सोफे के इस कोने बैठी माधवी के कंधे पर रख दिया, "मधु बेटे ! जितने व्यंजन तुम लोगों ने मेरी जीभ को चटा दिये, भूलने को कोई अगला जनम लेना होगा।...अच्छा, तो रधिया को ये समझाती जाना, जो कहूंगा, सो बनेगा। जितना चाहूंगा, खाऊंगा। अब राग का बीत चुका, विराग का जीवन बिताना है।"

"बाबू जी ! अब उधर मुट्ठीगंज की ओर आप कब जाएंगे ? इस महीने तो तीज-त्योहार भी जाने कितने पड़ रहे हैं। हरतालिका, गणेश चतुर्थी, पुष्पांजलि, संतान सप्तमी...नंदा...जाने क्या-क्या आपके वहां रहते किसे फिक्र थी कि किस त्योहार पर क्या आना है। कौन-सी चीज कैसे बननी है। कौन-सा कारज कैसे निबटना है। हम लोगों को तो बस, यह था कि बाबू जी हैं।...अब वह सब बीती बात हो गई।"

साड़ी के पल्लू को कभी अत्यन्त कोमल भाव से थोड़ा फैलाते, फिर संभालते माधवी बोलती ही गई तो परमेश्वरी बाबू सम्मोहित-से देखते ही रह गए।

एक नजर उन्होंने दीपक की ओर देखा। उसका चेहरा कुछ ऐसे संधिभाव में किंचित् नीचे झुका था कि सिर्फ वत्सलता ही अनुभव की जा सकती थी। किसी तरह बोले, "अरे, भाई ! अभी-अभी तो आया हूं। आज क्या है बृहस्पति ? देखो, अगले रविवार तक आने की कोशिश करूंगा...अच्छा, भई, अब कारखाने की तरफ चलूं ; शायद आज किसी वक्त कानपुर से एस० पी० इंजीनियरिंग वालों का रीजनल डिस्ट्रीब्यूटर आने वाला है।"

परमेश्वरी बाबू के साथ-साथ दोनों बहुएं भी थोड़ा बाहर चली आईं। दीपा सकुचाई, धीमे-धीमे चल रही थी। कमरे में उसकी उपस्थिति जिठानी में समाई रही थी और बातचीत के दौरान वह पूरे समय सिर्फ चुप रही थी।

परमेश्वरी बाबू ने उसके सिर पर हाथ फेरते हुए कहा, "इस गूंगी को चले आने को किसने कहा था ? कल ही मना कर आया था कि ऐसे में गाड़ी का सफर ठीक नहीं, फिर रामे चलाता भी ऐसे है, जैसे कहीं कार-रेस में हिस्सा ले रहा हो। बहुत तूफानी लड़का है। खतरा है कि कहीं अपने बाबू जी की तरह भटक न जाए। खैर, दिप्पो संभाल लेगी और बेटे ! अपने ससुर के बारे में कही-सुनी बातों से कोई वहम न पालना तुम लोग। भाई साहब को तो मैं जानता हूं। वैसी निर्मल आत्मा बहुत कम के हिस्से आती है।...अच्छा, मधु ! तुम लोग चले जाना अब। मैं रामे को भेजता हूं।"

परमेश्वरी बाबू जाने को आगे बढ़े, तो दोनों बहुओं ने झुककर पांव छुए,

मगर माथे से अंगुलियां सिर्फ माधवी ने ही छुआई हैं, इतना परमेश्वरी बाबू ने पलक झपकते देख लिया।

कुछ दूर पहुंचकर, परमेश्वरी बाबू ने मुड़कर देखा, जगतारो गेट वाले खम्भे से लगी खड़ी है। एक मुसकराहट उनके चेहरे पर फैली और ओझल हो गई, "मां-बेटी भी चली जाना वह लोगों के साथ।"

ध्यान उनका पहले ही चला गया था; लेकिन दफ्तर के पास पहुंचे, तब याद आया कि दोनों को यहीं खा लेने को कहा था। उन्हें यह भी याद आया कि रधिया उस वक्त घूंघट किए, मां की पीठ से लगी खड़ी थी।

परमेश्वरी बाबू अपनी केबिन में बैठे दफ्तर के पते पर पहली बार आया 'कल्याण' का नया अंक देख रहे थे। कुछ देर इसी अनुभूति में डूबे रहे कि यही धार्मिक पत्रिका है, जिसने सदैव साथ दिया। घोर गरीबी में भी 'कल्याण' का चंदा बंद नहीं किया गया। वहां कानपुर में गोमती के डेरे पर छूट गया था। नयागंज के किसी आढ़ती का, 'बिंदेश्वरी आयल मिल' के नाम आया कोई पोस्टकार्ड 'कल्याण' के भीतर रह गया था और जब गोमती के द्वारा भेजा गया 'कल्याण' का वह अंक मिल के पते पर आया, तो राधेश्याम ने पूछा था कि 'बाबू जी, क्या आपने मिल की तरफ से भी सालाना चंदा भेजा है ?' तो कैसे भौचक रह गए थे परनेश्वरी बाबू !

दो-चार पन्ने पलटने के बाद घंटी बजाई और राधेश्याम को बुलवाया। राधेश्याम आया, तो उन्होंने धीमे से चश्मा हटाते, उसकी ओर देखा।

"बाबू जी ! यहां केबिन में तो एक टेबिल-लैम्प रखवा लीजिए। दिन में भी कुछ मद्धिम रहती है रोशनी। मैंने तो कहा था, आप बाहर वाली बड़ी 'केबिन' में बैठा करे...।"

"अरे, भाई ! तुम लोग वहां मिल का काम देखोगे। क्लाइंट्स से निबटना होगा। मेरे लिए यह पर्याप्त है और फिर कौन दिन-भर यहां बैठना। घुमन्तू रहना चाहता हूं अब। गद्दी पर बैठे-बैठे पांव लग गए। वो 'कल्याण के पुराने अंक दिए थे..."

"जी, दफ्तरी कल-परसों में तैयार कर देगा...उधर तेल मिल में हर

नामगंज से सरसों की ट्रकें आई हैं। रामे कह रहा था, बच्चों को घर पर छोड़ता, सेल्सटैक्स निकल जाएगा। मैं ही हो आऊं तेल मिल। आप बाहर वाले कमरे में बैठ जाइएगा। खन्ना अभी आए नहीं, इस बीच आएं, तो आप ही बात कर लें। 'सेक्यूरिटी' भी तय कर लीजिएगा। अगले हफ्ते तक फोन का कनेक्शन मिल जाएगा।"

परमेश्वरी बाबू 'ठीक है' की मुद्रा में फिर 'कल्याण' बांचने को तत्पर हुए ही थे कि राधेश्याम ने पूछ लिया, "रात को कार यहां वापस भिजवा दें क्या ?"

"क्यों ?" परमेश्वरी बाबू को लगा, उन्हें कुर्सी पर से थोड़ा उचकना पड़ा है।

"आप परसों शारदा महाराज के आश्रम जाने की बात कर रहे थे, यहां से तो बहुत दूर पड़ेगा ?"

"अरे, नहीं ! शादी-ब्याह में थोड़े जाना है। साधु-संतों के यहां तो पैदल का जाना अच्छा। जगतारो और रधिया को भी लेते जाना। आज का खाना तो मधु लेती आई है। यह जाने-वबाल बहु बेकार लगा रही है। इससे तो जगतारो पड़ी रहती, कुछ बोलना-बतियाना तो हो पाता। यह छमकछल्लो तो बस, खरगोश की तरह इधर-उधर सरकती रहेगी..."

"राजो की मां की यह जिद तो आप रख ही लीजिए, बाबू जी ! नहीं तो वह रट लगाए रहेगी।"

सारी बातें गंभीरतापूर्वक कहने के बावजूद, जाने क्यों राधेश्याम को हलकी-सी हंसी आ गई। पांव छूने को झुका, तो परमेश्वरी बाबू ने बीच में ही उठा लिया, "अरे, भई, कौन-सा परदेश आ बसा कि रोज पांव छुओगे।"

तभी टाई की नाट ठीक करता रामेश्वर भीतर आ पहुंचा, "चाचा जी ! पूछने आया था कि फोन का आपके क्वार्टर के लिए भी तो कनेक्शन लेना होगा ?"

"अरे नहीं, सिर्फ कारखाने के लिए व्यवस्था करो। यहां फोन की क्या जरूरत है ? अच्छा, सुनो। एक कोई लड़का...क्या नाम...प्रेम शरण या प्रकाश, ऐसा ही कुछ। इंटर कामर्स पास है, शायद, कभी आए। जरा, देख लेस।।

जगदम्बा प्रसाद जी को 'असिस्ट' कर सके, तो रख लेना।...अच्छा, अब तुम लोग जाओ।" कहते-कहते परमेश्वरी बाबू राधेश्याम की ओर मुड़े, "एक इच्छा जरूर होती है यहां। एक हारमोनियम और तबले की जोड़ी और एक ठो मंजीरा.... यह बन्दोबस्त कर देना। कभी-कभी यह रामे बेटा ही भजन सुना दिया करेगा। इस बीच, शायद, एकाध धार्मिक संगीत में रुचि रखने वाले से कभी परिचय हो जाए। एकांत का सबसे उत्तम साथी संगीत ही होता है।... अच्छा, तुम लोग चलो।"

परमेश्वरी बाबू ने अपने को अब पूरी तरह 'कल्याण' के पृष्ठों पर कर लिया।

6

शाम के वक्त दीपक को लेकर रामेश्वर कल्याणी चला गया था। थोड़ी देर मन्दिर हो आने के साथ-साय, नर्सिंग होम में भर्ती होने-संबंधी पूछ-ताछ के लिए डाक्टर मिसेज रस्तोगी के पास भी जाना है।

माधवी बनवारी की बहू के साथ रसोई घर में थी। राधेश्याम ने पूछ लिया, "क्यों, जगतारो और रधिया नहीं आए ?"

माधवी ने सिर्फ 'नहीं'-भर कहा। इतने में बनवारी की बहू गंगा समेटे हुए बरतन लेकर दालान में निकल गई, तो धीमे स्वर में बोली, "बैठोगे नहीं ? चाय बना देती हूं। उन दो मां-बेटियों को तो अब इस घर से वास्ता रहा दिखता नहीं। रधिया तो खैर यों ही रोज नैनी चली जाया करेगी। देखा नहीं था, नैनी से लौटने में पुल-पार आते ही उतर गई थी जगतारो ! यों कहती कि 'हमारा घर तो यहां से नजदीक पड़ेगा बहू !'... मैं सोचती थी, संझा की बेला जरूर आएंगी दोनों, मगर अभी तक तो आई नहीं। सुबह नहीं देखा था ? मेरे मुंह से निकलने की देर हुई कि 'रधिया को बाबू जी सेवा-टहल में लगा देतीं मौसी, तो ठीक रहता।' बस, घड़ी-भर नहीं थमी। कई दिनों के बाद तो आई थी कि तबीयत ठीक नहीं चल रही। बन ऐसी रही थी, जैसे बाबू जी के नैनी रहने वाली बात कल ही सुनी हो रधिया से। दाई की तरह टोह रही थी 'हमें तो विश्वास नहीं आ रहा, बहू !

परान रहते ये पुश्तैनी कोठी बच्चा बाबू से छूटती हमें तो ना दिखती थी...' ...जी में आया कि कहें, 'भगा दिया हम लोगों ने' मगर नौकरों की जात को तो टीका लगाने-भर को मिल जाए, पूरी हवेली पोतकर रख दे।"

अभी वह कुछ और कहती कि सासने की तरफ जगतारो आती दिख गई। जल्दी-जल्दी बोली, "तुम वहीं कमरे में चलो, चाय वहीं भिजवाती हूं। कुछ नाश्ते में लोगे ?"

"नहीं, फिर ठीक से खाया नहीं जाता, देर के नाश्ते के बाद।" कहता राधेश्याम मोढ़े पर से उठ खड़ा हुआ।

रात सोने के वक्त दूध के गिलास को गुलदस्ते की तरह हाथ में लेते। और उंगलियों के सहारे घुमाते राधेश्याम ने 'हां तो, तुम कह रही थीं, जगतारो बाबू जी के नैनी-प्रवास के बारे में कुछ जिज्ञासा कर रही थी ?' ऐसे कहा, जैसे अभी-अभी हाथ से फिसली किसी चीज को पकड़ रहा हो।

उसकी उम्र अभी सिर्फ चौंतीस साल है, मगर लगभग गमले के ऊपरी हिस्से की-सी शकल में बाहर को निकलती-सी तोंद, उम्र के अनुपात में बेडौल नाभि और बासी पड़ते होने की तरह कुछ सख्त दिखते चेहरे के कारण वह अच्छा-खासा सयाना मालूम देता है।

"हमने तो कोशिश की है और अब भी करेंगे। क्या रखा है विवाद में। जोर पड़े पर नमे, टूटे नहीं। हकीकत को देखता-सुनता-समझता चले। हमने देखा, आदमी गुजरता है, वक्त नहीं। वो भी अपनी जगह पर ठीक ही हैं समझो। शरीर ढलने पर संतान की ज्यादा सूझती होगी, स्त्री की तो सदा सूझती है।"

उसने अपना कहना छोटी बहर की गजल पढ़ने की तरह खत्म किया और नसवार सूंघने लगा।

माधवी ऊपर मुंह किए एकटक छत की ओर देखने लगी, "देखो, मैं तुम्हें बताती हूं। दीपक तो तब आई न थी। हमें ही आए मुश्किल से साल-डेढ़ साल हुआ होगा। अम्माजी ढल चुकी थीं। जगतारो कहती थी, 'दो-चार साल पहले देखा होता अपनी सास को।' उनके चलने-फिरने-बतियाने के ठसके का जिक्र हमें तो बस, सुनने को ही मिला।...हम कोई सयानी तो न थीं, मगर इतना तो

समझ गई कि मानता दोनों में बहुत है। बाबू जी उनकी कही को हुक्म समझते थे और अम्मा जी का यह था कि धुलने से बनियान-कच्छा न छूट जाए, खाने में अचार-पापड़ न रह जाए, छोटे लाला जी का बड़ा ध्यान रखना।...गरीबी के दिन भी हमने कानों से ही सुने। तेल मिल तो सामने खरीदी गई, गल्ला-बारदाने की तब भी खूब चली थी। जगतारो-रधिया भी बासमती फांकती दिखाई पड़ें।...बात, शायद, हमें कुछ और कहनी थी। हां, वह गुमान हमें हो गया, सेंटर में रहते आए हैं। ठीक भी है। जो घर संभाले, उसको पलस्तर झड़े की फिक्र क्यों न हो। हो सकता है, अम्मा-जितना हम न कर पाई हों, मगर अपने जाने "बाबू जी' कहा भी, निभाया भी, सच पूछो, तो मायके रहते अपने बाबू जी की सेवा उतनी नहीं की हमने। यहां आए, तो लगा कि एक दिन विदा होना था, तब बाबू जी की सेवा-टहल कुछ यूं कर आनी थी कि वक्त-बेवक्त याद करते रहते कि मधु बेटी न हुई।...यूं भी याद तो करेंगे। कहते तो हैं ही, करेंगे भी। वानप्रस्थी हो जाने पर भी साथ के वीतरागी बूढ़ों से जिक्र जरूर करेंगे कि बहू का सुख भोग के आए हैं।"

कुछ क्षण उसे शायद अपने अंतिम वाक्य की रचना में रुक जाना पड़ा। कुछ क्षण प्रसंग बदलने में लगे, मगर रही वह छत से चिपकी छिपकली-सी स्थिर। बिनते में छूटा फंदा उठाती-सी बोली, "तुम ठीक कह रहे थे। हो सकता है, अम्मा के न रहने पर अब उन्होंने यह सोचा हो कि दूसरे की नाव खेते रह गए।"

वह अपने में ही तरंगित होने की तरह हरकत में आया, लेकिन अब तक नसवार सूंघते रहने के बाद आती छींक को चेष्टापूर्वक रोके होने की मुद्रा में से विसर्जित करता हुआ, खामोश हो गया।

"चालीस के बाद सुना है, औरत को अपना निपूत होना गड़ने लगता है और मर्द को अपना कुंवारा या रंडुवा होना।...अब बहुएं लाख 'बाबू जी, बाबू जी' करें। कीर्तन-भजन-कथा-वार्ता में पल्लू माथे पर किए इर्द-गिर्द बैठी रहें, मगर फासला तो जगह का नहीं, रिश्ते का है। बेटी का होना बहुएं भुला सकती हैं, भइया, घरवाली का न होना कौन भुलाए ?"

अपना कहना समाप्त करते ही, वह छंद पूरा कर चुकने की-सी मुद्रा

में उसकी ओर पलटी; लेकिन वे फिर अपने में ही तरंगित होता-सा चुप हो रहा। पत्नी के स्पर्श में होने को उसने नितांत भाव से लिया और सोना तोलने की-सी तत्परता में कहता गया, "हमें नहीं खलता था। रामे कंधे उचकाने लगा। वो तो शायद कुछ अरसे से यों घर पर ज्यादा रहने लगे थे कि हम लोग जिम्मेदारियां उठाने जोग हो लिए, मगर रामे यों कहने लगा एक दिन कि 'दिन-भर को तो ये औरतें मौसियां हो गईं।...'अब, भाई अपना-अपना स्वभाव। जवान हम भी थे। दिन में तो चाय-नाश्ते, नहाने-भोजन के वक्त देवी-दर्शन कर लिए, बहुत हुआ। अब रामे को तो तुमने देखा होगा, दालान, रसोई, बैठका, जहां बाबू जी विराजमान न मिले, वहीं ईद-मिलन कर लिया। पिछले कुछ महीनों से तो बाबू जी के ही सामने कंधे-पीट-सिर पर हाथ रखने लगा था। भई, बुजुर्गों का तो ये ही है कि उनका लिहाज न करके औरत को छुओ, तो समझो कि घोड़े पर मक्खी बैठी।.. हम क्यों हस्तक्षेप करते, टोकते ? रामे और मुंह फटा हो जाता। देखती नहीं थीं तुम कार में रधिया तक पर छींटाकशी कर रहा था।"

"हमसे तो शिकायत रधिया ने एक बार तुम्हारी की थी।"

"अब हंसी-मजाक की भी शिकायत कोई करे, तो करे। बीती होलियों पर की बात करती होगी, यों ही थोड़ी कौली भर ली थी। बिदकने लगी। तुम तो जानती ही हो, तब से हमने रधिया से 'इधर आ' कहने को भी तौबा कर ली।" उसका स्वर इतना संतुलित था कि पत्नी का चिकोटी काटने के तौर पर व्यंग्य करना उसके इर्द-गिर्द जैसे गंध की तरह प्रकट हुआ था, वैसे ही विलीन हो गया।

"मेरा कुछ-कुछ ध्यान ऐसा है कि तुम लोगों को देख-देखकर बाबू जी को अपना ध्यान आता होगा ? जगतारो बतियाती थी, शारदा अम्मा जी शादी के तीसरे ही साल गुजर गई थीं। तुम्हें याद है, इस साल शुरू से ही उनका जी उखड़ा-सा ही चलता रहा ? तुमसे तनातनी के रोज तो बार-बार रोते भी थे। कहते सुने गए थे, 'ये घर में जवान बीवियों के होते बाइयों का गाना सुनने जाएंगे। तोहमत मढ़ने को हमें ढूढ़ेंगे।' तुम क्या सोचते थे कि बाबू जी तुम लोगों की कुछ खोज-खबर नहीं रखते ?"

"वो क्या सोचते थे कि उनकी खोज-खबर कोई नहीं रखता था, बहुत पहले तुमने उनके कपड़े अचानक धूप में डाले थे, तो टेरीकाट की बुश्शर्ट-पैण्ट सूखने डाले गए देखकर कैसे भौंचक हुए थे कि 'लगता है, कानपुर से लौटते में खेमचन्द के कपड़े भी समेट लिए हमने। अब वो गाजियाबाद पहुंचने पर ढूंढता होगा !'...राम ने कहा, 'बाबू जी खेमचन्द जी का पता दे दीजिए। पार्सल से भेज देंगे कि आपके कपड़े होटल से चाचा जी के कपड़ों के साथ आ गए थे।'...तो हड़बड़ाए। बोले कि 'अगले ही हफ्ते तो हमें फिर जाना है कानपुर। दीपचन्द भी आएगा। एक ही तारीख को पहुंचने की नक्की हुई है।'...शाम कपड़े सहेजकर रखते में तुम बतला रही थीं, 'प्रकाशचन्द भी क्या कहता होगा' कह रहे थे।"

"हां, बड़े परेशान-से थे। आदर्शवादी आदमी का ऐसा ही होता है। नौसिखिये चोर का-सा जी।"

"बुश्शर्ट-पैण्ट पहनने को जी हुआ, पहना, इसमें कौन छिपाने की बात हुई ? मगर घर वालों, जान-पहचान वालों की निगाह में धोतीपरसाद जी को छवि बनाई हुई है ना।"

"तुम तो धोती ही पहनकर बाइयों के यहां भी हो आते हो ?"

पत्नी का सींक चुभोने की तरह का कहना, उसने नसवार सूंघने के साथ जज्ब कर लिया।

"तुम लक्कड़ हजम -पत्थर हजम आदमी हो। हाथी लील जाओगे और कुछ नहीं। छवि बनाने की चिन्ता तुम्हें भी कम नहीं।...मगर यह कि पान चबा लिया, बू जाती रही।"

"एक्यूपंक्चरिंग में तुम्हारा जवाब नहीं, राजो की मां !"

कुछ क्षण यत्नपूर्वक बिता लेने के बाद, उसने कहना शुरू किया, "शायद, मिसफिट महसूस करने लगे थे अपने को धीरे-धीरे। बहुरंगी, चित्त के मानुस थे। मर्यादा, धरम, करन, पूजा-पाठ-दूकानदार, बुजुर्गी, बच्चों के-से खिलंदड़ेपन, सभी कुछ को एक संग साधे रहे। यह भी सच है, उनका किया बहुत है। कौन अपनी जिन्दगी इस तरह खपाता है, भाइयों-भौजाइयों के कुनबे में ? चलो, जो कुछ कमाया-जोड़ा, वो भी आखिर-आखिर तुम्हीं लोगों के लिए छोड़े जा रहे

हैं। दस-पांच हजार कुसुम के बच्चों को भले दे जाएं। हम बतला रहे थे, गोयल इण्डस्ट्री में भी पार्टनरशिप की डीड हुई है ?"

"अब देखो, जाट मरा कब जानिए, तेरहीं के बाद। पूछो कि भइया, इतने वैरागी हो, तीन साल में वानप्रस्थी हो जाओगे। ज्यादा जिन्दा रहे, संन्यास ले लोगे। तब साली यह पार्टनरशिप की डीड करते जाने की जरूरत क्या थी ?"

"सोचते होंगे, जाने-जाने तक तो लेन-देन का हक बना रहे। हमें शक है, जाते वक्त अपना हिस्सा बेचकर धर्मादे में न लगा दें। अपनी मानता का बड़ा मोह है। अब देखो यहां से इसी बात से तो जी उतरना शुरू हुआ कि पहले जैसा रौब-दाब न रहा। हमने तो कतई रुख न बदला, मगर रामे और उसकी बहू कोई हमारे कहने पर चलेंगे ? हम तो यही सोचते थे, तीन साल और गुजरते क्या देर। उनके जाने से बिरादरी के लोगों में कानाफूसी जरूर होगी कि आखिर-आखिर तो विग्रह हुआ, सारी लछमनगीरी निकल गई।"

"नहीं, यह नौबत बाबू जी की तरफ से न आएगी। अपने को बेवकूफ साबित करेंगे वो ? जो जिज्ञासा करेगा, बाबू जी वही जवाब देंगे, जो हम तुम्हें देते हैं।"

"रासे भइया एक बार कह रहे थे, 'बड़े भइया का चाचा जी को 'बाबू जी, बाबू जी' कहना हमें ठीक नहीं लगता।"

"हमारी तो बचपन की आदत हो गई। अब अधेड़ उम्र में चाचा जी कहना शुरू करें ? रागे तो शादी से पहले ही चाचा जी कहना शुरू कर दिया था। हमें बाबू जी के रहते 'छोटे बाबू जी' कहना सिखाया गया था, उनके मरने के बाद... मां ने कहना शुरू किया, बाबू जी से खाना खा लेने को कहो'...बाबू जी से..."

"ये सब छोटी-छोटी बातें हैं। इसमें दोष क्या है ? तुमने तो माना भी सगे बाबू जी की तरह...अरे, भइया, जिसने पिता के न रहने पर धर्मपिता की तरह पालन-पोषण किया। खुद रद्दी कागज और डिब्बे बेचे, मगर भतीजों का स्कूल न छूटने दिया और रात-दिन एक करके गड्ढे में फंसी गाड़ी ऊपर निकाल दी, उसका लिहाज भी न करोगे ? अम्मा जी के सामने

कौन सहारा था ? चौंतीस-पैंतीस की उम्र में विधवा हो गईं...हम कहते हैं कि दूरंदेश औरत थीं। अपने से हिला-मिला के न रखतीं, तो कौन जाने खुद की शादी करके कब किनारे हो गए होते। तुम तो तब, शायद, मुश्किल से तेरा-चौदा बरस के बताए जाते हो ? स्कूल की पढ़ाई छोड़कर, मूंगफली बेचना शुरू करते ? जाने कहीं किसी बनिये के बारदाना उठाना पड़ता। घर की नीलामी जो रोकते कि बहन की शादी जो करते...? जुआ कंधा पक्का हुए पर पड़े, तो खींच ले जाए आदमी। आज तो तुम अकेले सारा कारोबार चला ले जाओ। सुना है, तब बाबू जी की उम्र मुश्किल से सत्ताईस-अट्ठाईस थी। अम्मा जी से छः-सात साल छोटे बताए जाते हैं। कम उम्र हो आदमी, तभी उसमें भावुकता और आदश भी होते हैं। अपने कहे पर चलाया जा सकता है उसे। अब हम लोगों से तो बाबू जी...कुछ नहीं तो बीस-बाईस साल बड़े हुए। खैर, हमारी तो अभी भी यही कोशिश रहेगी, जब तक सरोकार में हैं, तोताचश्म कहने का मौका उन्हें नाहीं मिले। कभी-कभी तो तुम लोगों की अम्मा जी के वारे में बताते-बताते बहुत भावुक हो बैठते थे। वो कैसी चलती थीं, कैसे परोसती थीं, कैसा उनका हंसना-बोलना था। बताते-बताते, रुलाई आ जाती थी उन्हें। कहते थे कि बहू, जैसे भाभी जी के निधन पर तुम हमें समझा रही थीं, वैसे ही बड़े भइया के जाने पर उल्टे भाभी जी ने हमें समझाया था कि 'परमेश्वर, बुजुर्ग और बच्चे जैसे भी हो, अब तुम्हें ही यह घर संभालना है।' हम कहती हैं, अम्मा जी ने ठीक ही समझाया। बूढ़ी सास होतीं, वो समझातीं। शारदा अम्मा जी मरी थीं, सुना है, तब भी हम लोगों की अम्मा जी ने ही ढाढ़स दिया था। जवान देवरानी के मरे का दुख उन्हें क्या कम रहा होगा ? मगर विपदा पर तो सबसे पहले घर के सयाने को ही ढाढ़स बंधाना होता है...और फिर हम औरतों को तो दूर-दूर तक देखना-समझना होता है। कैकेयी महारानी ने उगली लगा दी थी रथ के पहिये में। गृहस्थी की दरारें हम औरतों को ही देखनी-भरनी होती हैं। हां, तुम बता रहे थे कि एक दिन सुभाष कह रहा था कि कमीशन एजेन्सी या तेल मिल में से किसी एक में दो आना-भर ही सही, उसकी भी पार्टनरशिप हो जाती ?

अब देखो, होने को तो पति-पत्नी का नाता जन्म-जन्मों का है, मगर बाबू जी हमारे रहे होते, तो कौन जाने कहीं और बड़े पैसे वालों की टोह लेते। हमारी अम्मा को यह था कि इन बाबू जी ने सुभाष को भी हिल्ले से लगाने की बात कही थी...और निभाई भी....अब रामे भइया से हम क्या कहें। कहेंगी, तो आखिर बाबू जी से ही कहकर देखेंगी। सुभाष की भी कुछ पार्टनरशिप वाली बात हो जाए...अब चार साल तो हो गए गद्दी पर काम करते। राजो हुए के साल आया था इटावे से..."

एक बात कुरेदने, दूसरी फाहा रखने की तरह कहते-कहते वह रुकी, लेकिन उसके कुछ कहने से पहले ही बोली, "एक बैल की खेती ठीक नहीं होती। राजो अब पांचवें पर आ गया। कभी मिसेज रस्तोगी को हमें भी दिखला लाते। आगे चलकर दीपक के तीन-चार हुए, तो तुम्हीं असंतोष में रहोगे।"

"तुम थोड़ा अपना मुटापा घटाने की भी चिंता करो। चर्बी ज्यादा हो, तो डिलीवरी में भी दिक्कत होती है, प्रेगनैन्सी के चांसेज भी कम हो जाते हैं। प्रभात के हाथ एक टिन तेल भिजवा दिया था इटावे। नींबू डालने थे तुम्हारी अम्मा जी को। तीज में इस बार बाबू जी से जो साड़ियां मिलें तुम्हें, सुभाष की बहू को दे देना। सोमे भइया एलनगंज में किराये पर रहते हैं। बाबू जी बता रहे थे कि 'कोठी में के हिस्से को कह रही थीं भाभी कि कमरे तो वहां बांटने-जितने नहीं। एवजी ही मिल जाए, तो हाउसिंग स्कीम में कहीं लेने की सोचें।'...जायदाद सौतेली नहीं लगती उन्हें। बाबू हमारे कहीं के छोड़ ही नहीं गए। रईसी कर गए नीलामी छोड़ गए। वैसे फैलान तो बहुत है हम लोगों के बिजनेस में, राजो की अम्मा ! मगर गहराई इतनी नहीं। परमेश्वर-बालकिशन फर्म में छः आने बाबू जी, छ:आने-भर बालकिशन-गोपीचन्द हैं। दो-दो आने-भर हम दो भाइयों की हिस्सेदारी। तेल मिल में रुपये में चालीसपैसे बाबू जी, तीस-तीस-भर हम दोनों की हिस्सेदारी जरूर है, मगर अभी बीस-बीस हजार की छः किम्तें बाकी हैं, बेनामी की देनदारी अलग है। गोयल इण्डस्ट्रीज में रुपये में बारा आने पूंजी इलाहाबाद बैंक और यू०पी० एफ० सी० की लगी पड़ी है। पैंसठ से पिछतर में जो आमद थी, वो बात बाद में नहीं रही। इन्वेस्टमेंट बढ़ता गया है। तरकीबन

तीस हजार बाबू जी को एसेम्बली वाली गाड़ी के प्लेटफार्म तक पहुंचने में खर्च हुआ होगा। पब्लिकरिलेशन बहुत तगड़ा है न बाबू जी का। बनियों का क्या है, हजार-पांच सौ बट्टे खाते डाला और कह दिया, 'चढ़ जाओ बेटा सूली पर।'... बाबू जी में एक सफाई हमने देखी है। पलड़े बराबरी पर रखे रहे। हां, इलेक्शन हारने में कुछ फर्क तो पड़ा हो।"

"हमें लगता है, अम्मा जी के न रहने के बाद से ही इनमें बदलाव हो गया होगा। इतना तुमसे कहे देती हूं, मेरी जगह कोई और होती, तो इतना भी न संभालती। दीपक का तो हाल यह है कि कल कुटुम्ब से अलग रहने गए हैं, आज पांव छूने झुकी तो जरूर, हाथ वैसे ही नीचे रख छोड़े, माथे तक न उठे। यहां रहते यह बात न थी। आदमी ऐसा न बदले कि जोड़ साफ दिख जाए।"

"जगतारो क्या कहती थी ? भेजेगी कल से रधिया को वहां ? खाना वहीं बनेगा बाबू जी का ? कर पाएगी, सुबह उतनी दूर जाना, शाम लौटना ?"

"जगतारो भी देख रही होगी कि दो-चार महीनों में ही शादी-ब्याह करना होगा। हजार, दो हजार बाबू जी से ही खींचे जा सकते हैं। ठीक भी है। कल सुबह तुम कुछ बड़ियां-पापड़ और हींगवाला अचार जरूर लेते जाना। देखो, आखिर बुजुर्ग हैं। घर को बरसों संभाला है। लाख कहो, प्रेम दिखावे का नहीं रखा उन्होंने हम लोगों से। दरार कहीं पड़ी है, तो चुपके से किनारे होना ठीक समझा। रामे भइया कुछ करें। तुम अपना बर्ताव बनाए रखा। जिस ढेले से ठोकर लगे, उसे जेब में रखे बीते को याद करते रहो, इसमें कुछ नहीं रखा। अब कभी राजो को साथ ले जाओ तो बाबू जी के पास छोड़ दिया करो।"

छोटे-छोटे संवादों के बीच ही उन्होंने बत्ती बुझा दी और अंधेरे में घुल गए। राजो का उठकर आना, उन्हें दिखा नहीं। उसका रुआंसा होना सुना, तो बांह पकड़कर बीच में सुला लिया। बोली, "आगे-पीछे देख लेना, रामे भइया और दीपक भी इस घर से अलग हो जाएंगे।"

7

कुछ निश्चित नहीं, अगला शुक्रवार आने तक महाराज यहां रहेंगे या वापस चल देंगे। चिट्ठी में पहुंचने की तिथि तो लिखी थी, प्रवास-अबधि नहीं। शुक्रवार की रात से ही महाराज के दर्शनों का छूट जाना भीतर बार-बार हवा के झोंके की तरह झकझोरता चला आ रहा है।

पूजा-निवृत होने के बाद कारखाने से लगे गांव तक चले गए थे। झम्मन, बिदेसी, खिलावन वगैरा के घर कुशल-मंगल पूछते कुछ समय बिताया। कुछ औरतों को भी निकट भविष्य में ही काम पर रखवा देने का आश्वासन दिया और गाय का दूध पीकर लौटे, तो थोड़ी दूर आकर खड़े हो गए। मुड़कर गांव की ओर देखा, लगा, वहां लोगों से बातें करते धुआं नहीं देखा था, अब मिल की चिमनियों में से निकलता-सा दिख रहा है।

वहां अपने आसपास घिर आए नंग-धड़ंग बच्चे कैसे लगे थे उनको ? वहां उन्हें बिदेसी की घरवाली को गाय दुहते देख क्यों अचानक याद आया था कि मां के देहांत के बाद जो घर में गाय का पलना छूटा, वह शारदा के आग्रहों से फिर प्रारम्भ हुआ था। उन्हें मालती और उसकी बछिया, दोनों की याद आई। मन में घुमड़ा कि आज शारदा होती, नि:संतान ही सही और यहां साथ रहते होते।

लौटे, तब आते-जाते में लगभग तीन मील पैदल चलने की थकान से पिण्डलियां भरी मालूम दे रही थीं।

उठकर यों ही सोफे पर ही पसर गए बैठक वाले कमरे में। कुछ क्षणों को झपकी-सी लगी, मगर फिर जी और ज्यादा उचाट हो आया। अब उन्हें तीव्रता से अनुभव हुआ कि नदी पार छूटे गांव की तरह बिताया हुआ स्मृति में है और कुटुम्ब में वापसी की गुंजाइश का नहीं होना अंतिम रूप से तय होने के बावजूद पूरा छूटा नहीं है। जब तक यह कंधे पर रखे हाथ की तरह महसूस होता अपना वंशबोध साथ है, तक तक यह स्मृतिजीवीपन' खत्म नहीं होना है। महाराज के सम्मुख होने की मानसिकता में न होने से ही तो शुक्रवार छूट गया, यह प्रतीत होते ही परमेश्वरी बाबू एका-एक उठ खड़े हुए। मन में दृढ़ता

का आवाहन करने के लिए नाम-जाप। शुरू किया और कमरे में आंखें बन्द किए टहलने लगे।

आज क्या है ? बुध ? फैक्ट्री-बंदी का दिन। पिछले बुध को पहूंचे थे। वहां से आते तो मानना चाहा था कि तालाब में से निकल आए हैं। यहां आने पर मनोदशा यह है कि वहां का सारा जिया हुआ भीतर इकट्ठा हो आया है। पोखर में का जल हो गई हैं स्मृतियां। बाहर हो तो धूप से सूखे, यत्न कर रीता करे आदमी, भीतर का जल क्या हो ?

सोच में डूबे ही प्यासे लगी, तो उठे। पानी पिया।

चाय को दूध कभी खुद ले आते हैं, कभी भीमा ले आता है। आज बिदेसी ने कहा था कि कारखाने में आते समय गाय का दूध ले आया करेगा। रसोई घर में चाय बनाने के इरादे को पीठ पर के बंदर की तरह ढोते पहुंचे, तो एक क्षण को रधिया के रसोई घर में होने का-सा भ्रम हुआ।

चाय पीते कुछ धार्मिक पुस्तकों के पृष्ठ पलटते, वक्त को हांक लगा-लगा कर ठेले जा रहे पशु की पूंछ मरोड़ने की तरह अनुभव करते-करते अंततः धोती-कुर्त्ता बदलकर, बाल संवार, अलमारी में पिछले शुक्रवार से ही रखे पड़े लिफाफे को निकाल, रसोईघर से डोलची ले, बैटक और रसोई घर में, फिर बमामदे पर ताला लगाते, परमेश्वरी बाबू तेज कदमों से चलते मुख्य सड़क पर निकल आए। सड़क पर आकर बस-स्टाप के पास अभी हुए ही थे कि जोर से बजाए गए हार्न की आवाज सुनकर चौंके।

देखा, संगम ग्लास वर्क्स के बेनी सहाय थे।

'नमस्कार' के बाद बेनी बाबू ने पूछा, "शहर की तरफ चल रहे हैं, 'परमेश्वरी बाबू !" तो तुरन्त जवाब नहीं दे पाए।

"उस तरफ चलना हो, तो आइए, साथ हो जाएगा। हमें तो बमरौली तक जाना है।"

कहा बेनी बाबू ने, तो कार की तरफ बढ़ आए, "चौक चलूंगा। देखिए, प्रभु-कृपा, जाने कब तक नहीं आती बस। आपकी मेजा वाली फैक्ट्री की हड़ताल तो खत्म हो गई शायद ?...और सुनाइए, ला-बुक्स का काम कैसा चल

रहा है ? सेल्सटैक्स-इनकम टैक्स या सेण्ट्रल इक्साइज पर कोई नया 'वाल्यूम' आया हो...खैर, ये सब तो फोन करके मंगा लिया जाएगा।...आप लोग, सुना था, हरदोई की तरफ कोई शुगर मिल बिठाने जा रहे हैं ?...सरकार तो सुना था, प्राइवेट सेक्टर में नई शुगर मिल्स के लाइसेंस..."

बेनी बाबू ने चुरुट हटाकर बोलने की जगह बनाते कहा, 'भाई साहब ! 'कोआप बेसिस' पर ही मिल खड़ी करना ज्यादा बेहतर है।...सारी, टू डिस्टर्ब यू...आप, सुना है, कृण्णा बाबू की फैमिली से अलग हो रहे हैं...?"

परमेश्वरी बाबू को लगा लोगों में यह बात इस चुरुट-गंध की ही तरह फैली होगी।

बोले, "अरे नहीं, किसने गप हांक दी ? यहां बस, फैक्ट्री की देखभाल करने आ गया हूं। अभी नयीं है, संभाल की जरूरत है। ट्रेण्ड लोगों की किल्लत है। सेकिण्ड इण्डिपेंडेंस के साथ ही वर्कर्स प्राब्लम भी कारखानेदारों के मत्थे सवार हो गई।"

कहना तो चाहते थे कि 'यों भी अब सारा कारोबार भतीजों को सौंपकर, उधर हरिद्वार-ज्वालापुर की तरफ निकल आने का संकल्प मन में है, सो...' मगर लगा कि ऐसा बहुओं और जगतारो या कि सामान्य लोगों के सामने कहना और बात है, बाहर के और वो भी व्यवसाय-जगत में जान-पहचान के लोगों से अभी ये सब बातें ठीक नहीं।

राजनीति पर औपचारिक बातें करते हुए, परमेश्वरी बाबू बोले, "हमारा ध्यान तो यही है कि व्यापारिक जगत् के लोग अपना समर्थन खींच लेने की तरफ रुझान दिखाने लगे हैं। प्रांतीय लेविल पर, खैर, अदला-बदली हो गई। यहां गई, बिहार में रही। हरियाणा में गई, एम० पी०-राजस्थान की बनी रही...मगर उधर सेण्ट्रल में भी पोजीशन कमजोर ही दिख रहीहै।...और फिर बात यह है कि व्यापारियों को तो फायदे का बिजनेस करने का मौका अब तभी मिलेगा, जब जनसंघ घटक केन्द्र में या तो डोमिनेटिंग पोजीशन बना ले या बाहर निकल आए। प्राइस-कंट्रोल पर सबसे ज्यादा जोर जनता सरकार बनने से अब तक जनसंघ घटक ही दे रहा..."

चौक रूपबानी के सामने ही परमेश्वरी बाबू उतर गए, "आज जरा उधर तेलिया गंज की तरफ हो आने का विचार है। महाराज आए हुए हैं। दर्शन कर लें।"

फलों वाली गली में इस वक्त भीड़ कम थी। फल खरीद चुकते पर थोड़े फूल भी लेने के इरादे से मसाला बाजार की दिशा में मुड़े, तो नुक्कड़ की बुक स्टाल पर नजर चली गई। वह खुद नहीं समझ पाए कि पत्रिकाएं देखने का इरादा है या नहीं, लेकिन कुछ क्षण खड़े उखड़ी-उखड़ी नजर से अर्द्धनग्न तस्वीरों वाली पत्रिकाओं को देख लेने से अपने को रोक नहीं पाए। थोड़ा आगे निकल आए, तो फिर एक चित्र को दुबारा देख लेने की इच्छा जाने क्यों हुई; लेकिन परमेश्वरी बाबू पीछे मुड़े नहीं, हालांकि याद भी आ गया था कि रूपबानी के सामने खोया बाजार होकर आते में बचाते-बचाते भी नजर उस तरफ चली गई थी। और बाजारों पर खड़ी औरतों की छाया अपने ऊपर पड़ती महसूस हुई थी। जल्दी-जल्दी आगे बढ़ आए थे। ये औरतें दूर चुपचाप बैठी भी आवाज लगाती स्पर्श करती मालूम पड़ती हैं।

सीधे रसूलाबाद की तरफ का रिक्शा ठहराने के बाद, उन्होंने गीत प्रेस वाली छोटी-सी दुकान के सामने रिक्शा रोकवाया और एक-दो धार्मिक पुस्तकें खरीदने के बाद, चल पड़े। आश्रम को जाती पगडण्डी के मुहाने पर परमेश्वरी बाबू उतरे और मन को सम्पूर्ण रूप से हरिचिंतन और महाराज शारदानंद के स्मरण में केन्द्रित करते आगे बढ़ते गए।

आश्रम के बाहर-बाहर छोटी-छोटी क्यारियां है। फूलों के पौधों के साथ-साथ, मौसमी सब्जियां भी बोई हैं। परमेश्वरी बाबू को अब इस वक्त याद आया कि आश्रम के बाहर की इन क्यारियों की स्मृति उनके लिए शारदा महाराज से जुड़ी रही है। नैनी आने के निर्णय के साथ ही जो यह सूझता रहा है कि अपने निवास के बाहर भी फूल-पौधे लगा लें, शायद महाराज के इसी कथन की स्मृति में से है कि हरियाली के बीच श्वास भी शुद्ध रहता है, चित्त भी।

आश्रम पहुंच गए, तो आंखें उनकी एकटक इसी में लगी रहीं कि महाराज बाहर निकलें, तो चरणों में प्रणाम करें। आज उन्हें कहना तो बहुत-कुछ है, मगर बेवक्त आए हैं, लगता है, महाराज विश्राम में हैं।

परमेश्वरी बाबू जाने कब तक आश्रम के परिवेश में ही डुबकी लगाए रहते कि तभी महाराज शारदानन्द के पुकारने की आवाज सुनाई पड़ी, "परमेश्वर ! यहीं चले आओ।"

देखा, द्वार खुला पड़ा है। पहले नहीं था। जब तक परमेश्वरी बाबू पहुंचे, शारदानन्द जी आसन पर बैठ चुके थे। सामने बिछी पड़ी दरी पर अब सिर्फ कुछ देर पहले आए लोगों के बैठे होने की प्रतीति पसरी पड़ी थी। उनकी मुद्रा से जरूर ऐसा भासित होता था कि सोए होंगे, किन्तु कमरे में बिछी चटाइयों के अगोचर-से कम्पन के कारण ऐसा लगता था, अभी-अभी कुछ दर्शनार्थी उठकर बाहर निकले होंगे।

फलों की डोलची एक ओर रखकर 'प्रणाम महाराज' कहते परमेश्वरी बाबू झुके और महाराज के चरण छुए, तो लगा, तालाब के कमल-पुष्पों को स्पर्श किया है।

"शुक्रवार की सुबह तुम्हारी प्रतीक्षा थी मुझे। तुम आए नहीं ? स्मरण न रहा होगा कि दिन नियत है। क्यों ? कुशल से तो हो ? मेरी चिट्ठी तो मिली थी ? कुछ थके, उद्विग्न लग रहे हो ? इस दोपहर के वक्त यहां आने से तो लम्बी तानकर सोए होते ?"

परमेश्वरी बाबू किंचित् मुड़े। टोपी को ठीक से पहना और फलों की टोकरी में सेबों के बीच रखे 'परमपूज्य महाराज के श्रीपदों में तुच्छ भेंट-रूप पत्नम्-पुष्पम्' लिखे लिफाफे को निकालकर शारदानंद जी के चरणों के पास भूमि पर रखा और फिर चरण छुए।

इस बीच उन्हें प्रत्येक क्षण स्मरण था कि महाराज के पास आने के लिए शुक्रवार तय हुआ था। बरसों पहले। महाराज को भी अब तक स्मरण है। एक बार उन्होंने अपने देखने में से ही शारदानंद महाराज की परिक्रमा-सी की, फिर माथा थोड़ा-सा झुकाते बोले, "अब तो स्मरण रखने की आवश्यकता ही अनुभव नहीं होती, महाराज ! भूला भी रहूं, तो पौ फटने से पहले ही भीतर आकाशवाणी-सी होने लगती है। कह नहीं सकता, क्या बात हुई पिछले शुक्रवार को सुबह एकाएक कुछ ज्वर-सा हो आया। अगले शुक्रवार की प्रतीक्षा करना चुभता गया, तो बुध को ही आ पहुंचा हूं। आपके दर्शनों की वंचना ने निरंतर

व्याकुलता में ही रखा, महाराज ! आज तो एक-एक क्षण दुर्गम हो गया। एक बार सोचा दोपहरी छोड़, कल भोर में आऊं। यहीं नीचे रसूलाबाद घाट में गंगा स्नान करके, तब श्रीचरणों तक आऊं...मेरे ही मन का भ्रम होगा, महाराज ! मुझे लगा कि आप आवाज दे रहे हैं, परमेश्वरी शरण-परमेश्वरी शरण...असमय आकर आपको असुविधा दी।"

"नहीं, असुविधा कैसी ? शुक्रवार तय किया, यह ठीक; किंतु बाकी वार वर्जित तो नहीं किए ? जानते हो, मेरे प्रियजन हो तुम और प्रिय जो अचानक प्रकटे तो प्रभु प्रकटा समझो।"

शारदानंद महाराज मुसकराते हैं, तो कहीं अंधेरे में कौंधी मद्धिम-सी रोशनी की तरह उनके ललाट और चेहरे पर पारदर्शिता आ जाती है।

"जी, जानता हूं और यह भी कि शुक्रवार का दिन तो दैत्यों-असुरों के लिए तय किया गया..."

"अरे, भाई, देवता ससुरों की दीक्षा में क्या रखा है ? वे तो सदामृत हैं ? जिसमें आसुर्य ही न हो, कुछ राच्छस तत्त्व विद्यमान न हो आदमी में...उसके साथ मजा नहीं।" महाराज शारदानंद ने ठहाका लगाते हाथ कंधे पर रखा।

"फिर राक्षस और सिर्फ देवता, दोनों ही समान रूप से बेमजा होते हैं। मजा तो 'काकटेल' में ही है।...मगर तुम तो, परमेश्वर ! शायद इसके स्वाद से दूर हो। ?"

"आप तो, महाराज ! ऐसे मुग्धभाव से कह रहे हैं, जैसे निरंतर काकटेल ही छानते हों !"

"देखो, परमेश्वरी शरण ! काकटेल छानने का चाहे न हो, ढालने का का शौक तो परमात्मा को भी है, प्रकृति को भी। इसी अपने महाराज शारदानंद को देखो, इस शीशे की बोतल के पार...।" कहते दोनों हाथों को उन्होंने खुले वक्ष पर रखा, जैसे किसी बन्द द्वार पर दस्तक दे रहे हों, मगर तुरन्त हंस भी दिए। बोले, "खैर, छोड़ो, कहो, तुम्हारा वो वानप्रस्थ वाला उच्चैःश्रवा कहां तक पहुंचा ?"

"आपकी देह तो वास्तव में निर्मल कंचनघट है, महाराज ! किंतु एक टक

देखें आपको, तो अपना आपा प्रतिबिम्बित होने लगता है और भय व्यापता है।"

"भय ?"

"जी, महाराज ! मैं आज तक समझ नहीं पाया कि आप जैसे निर्मल और शांत साधु व्यक्ति से क्यों डरता आया। जब आपके दर्शनों का सुयोग मिला, आत्मा विकल ! आंखें दर्शनों को लालायित, हाथ श्रीपदों के स्पर्श को आकुल... मगर आत्म विषाद में कि परमेश्वरी शरण, सुपात्र का स्पर्श प्रतिमा को प्रभुरूप कर देता है, अपात्र को प्रभु की प्रतिमा !"

अपना संलाप समाप्त करने से पहले ही दोनों हथेलियों को पक्षियों के उड़ने की मुद्रा में ले आए थे परमेश्वरी बाबू ! वाक्य समाप्त होते ही शून्य में स्थिर किया और समेट लिया। बोले, "बस, भय जो है, सो अपात्र होने का है।...वाणी कुंद हो जाती है।

कहते-कहते, परमेश्वरी बाबू ने आंखें मूंदी ही थीं कि महाराज ने धौल जमा दी पीठ पर, "यार, महाकाव्यों के-से छंद झाड़े जा रहे हो, मेरी बोलती बंद किए हो और ऊपर से नाटक दिखा रहे हो कि वाणी कुंद हो जाती है ! बनियों के लिए जो कहा गया है कि बोलें छत्तीस, तोलें छः, यूं ही नहीं। मेरे सवाल का जवाब तो दिया नहीं, ले ससुर उड़ा ले चले शारदानंद को।"

"अपने जाने तो उत्तर ही दिया, महाराज !...और उच्चैःश्रवा आपने ही कहा न, महाराज !...साधु लोगों की शरण में बोले से भी वैसी मुक्ति अनुभव होती है, जैसी प्रभु की शरण... ।"

"पता नहीं, तुम्हें कुछ अनुभव है या नहीं। पातुर भी बोलने की मुक्ति देती है !..."

परमेश्वरी बाबू को रोमांच हो आया। स्वप्न में पहाड़ पर से गिरने की-सी भीति ने उन्हें हतप्रभ कर दिया। महाराज तो ऐसे बोल रहे हैं जैसे गोमती से सब कुछ जान चुके हों। लेकिन कहां, कब, कैसे संभव हुआ होगा ?

"तुम तो सीढ़ियों पर से रपटे-से सुन्न हो गए, परमेश्वर ! साधुमुख से वेश्यावंदना सुन के घबरा गए क्या ? रहस्य बताता हूं तुम्हें। वहां ऋषीकेश वाले आश्रम में एक विख्यात वेश्या आई थी इस बार बड़ौदा से, जशो-धरा

बाई ! साठ साल की वय में भी सद्यःप्रौढा। जैसे कुछ देर पहले तुम बोल रहे थे, ऐसे ही बोलती थी। ऐसी जादूगर निकली, मेरा सारा ब्रह्मज्ञान धरा रह गया। 'आपके श्रीचरणों की धूल से पवित्र होने आई हूं।' की टेक लगाती, जैसे कोई गली में खेलते बच्चों के गालों पर हाथ फेरता निकल जाए, ऐसा वो पुंश्चली मुझे मूर्ख बनाकर निकल गई। सुबह की आई, रात विदा हुई और अपना कोठी पर बिताया जीवन मेरे कुटिया में बिताए जीवन से बड़ा सिद्ध कर गई। अहा, कैसी भाषा से भरपूर थी वह वारांगना ! कहती थी, 'काठ हो चुका शरीर, महाराज ! भरी नदी में डाले रहिए, जल का पता नहीं।' सच है, भइया ! जो भोगे और भुगते बैठा है, सरस्वती उसी के बस में जाती है। इसीलिए तो वारांगना को वागेश्वरी तुल्य कहा गया है ना ? गूंगा पड़ गया मैं उस कोठेवाला के आगे। कैसे दर्प से कहती थी कि 'ध्यान धरा है, तो पार तक ले जाऊंगी, महाराज !' और बतियाती थी, जैसे ध्यान योग साधती हो !" कहते शारदानंद महाराज ने अपने दोनों हाथ वक्ष पर कर लिए और आंखें मूंद लीं।

परमेश्वरी बाबू को लगा, नदी की तेज धारा में पड़ गए हैं। याद आया वह क्षण, जब चीनी की सट्टी में बीस हजार की चोट खाकर, मई की चिलचिलाती धूप में वहां पहुंचे थे।...गोमती के संसर्ग में जाना तो बार में हो पाया था। चित्रकार होते परमेश्वरी बाबू, तो दड़बों में बैठी उन स्त्रियों का कैसा चित्र रचते ? अब उन स्त्रियों के रेखाचित्रों में खुद की मनोदशा को व्याप्त करके रचते।

अचानक उन्हें शारदानंद जी के द्वारा अपने वक्ष पर से हाथ हटा लेने की आवाज-सी सुनाई पड़ी, "अब तुम कहोगे कि महाराज ! यह तो अनहोनी है, विश्वास की चीज नहीं। मगर मैं तुम्हें रहस्य बताता हूं। वो अपना सच यों बोलती थी, जैसे पांव में चुभे कांटे को निकाल रही हो और वेदना से मुक्त होती जाती हो। आई, तब घायल लोमड़ी की-सी दीनता में थी, जाते में पोखर में से बाहर निकलती बाघिन मालूम पड़ी। फटकिया तक छोड़ने गया मैं, जैसे कोई बहुत बड़ी योगिनी पधारी हो। ओझल हो चुकी, तो कुढ़न के मारे जी भभक गया कि अरे, यह तो दिशा निबटती-सी निकल गई।" अपना कहना समाप्त करके

महाराज ने हंसना शुरू किया और धीरे-धीरे बच्चों की-सी किलकारियों में हो गए। दोनों हाथ हवा में उठाए, तालियां बजाते नाचने लगे, हरे रामा, हरे कृष्णा! हरे रामा, हरे कृष्णा!

परमेश्वरी बाबू को महाराज का बोलना, खिलखिलाना, किलकारियां भरना जहां अलौकिक-सा लग रहा था, वहीं कुछ अप्रिय भी। उनके इस वक्त के रूप में आभिजात्य और गरिमा के चटख चुकने के बाद का-सा सतहीपन झलकने लगा था। कुछ क्षणों के बाद महाराज श्रांत-से अपने-आपमें वापस केन्द्रित होते-से आसन पर बैठ गए।

"तुम्हारी चिट्ठी मुझे मिल गई थी। उसमें नयी बात कोई नहीं थी। सिर्फ इतना तुमने जरूर लिखा था कि हरित तृणों से संकुल भूमि में राह दिखाई पड़ने लगी है। मेरा तुम्हें लिखने को मन हुआ था कि परमेश्वर ! मार्ग भूमि में नहीं होता, मन में होता है। सही ठिकाने सिर्फ वही पहुंचता है, जो मन के मार्ग से चला हो। फिर सोचा, चल ही रहा हूं, तो इस बार जम के बातें होंगी तुमसे। हां, तो कहां तक पहुंचा तुम्हारा तुलादान ?"

इस बार शारदानंद जी ने दोनों हाथों को तुला-मुद्रा में किया और मंद-मंद मुसकराते रहे। परमेश्वरी बाबू ने किसी तरह अपने को साधा। बोले, "जब तक घर-गृहस्थी में ही पूरी तरह डूबा रहा समय व्यतीत हुआ, पता नहीं चला। अब तो इन कुछ ही दिनों में समय पर्वताकार हुआ लगता है।

"तो क्या तुमने सचमुच फैसला कर लिया और कुटुम्ब से अलग हो चुके ?"

"जी, महाराज ! पिछली बार जब आपके पास आया और अपना संकल्प दोहराया, आपने यही कहा था, 'जो तुम्हारा अंतःकरण कहता हो, करो। संन्यास लेने को मन होता है, संन्यास ले लो। संसार रचने को मन हो, संसार रचो।' "

"लाला परमेश्वरी शरण ! कोई हमसे यों पूछे कि महाराज तबीयत तो लड्डू खाने की है, तो भइया, ले लड्डू के अलावा और कुछ कहने को रहा क्या ?"

स्वामी जी की प्रतिक्रिया और रूखी आवाज उन्हें अप्रत्याशित लगी।

वानप्रस्थ और संन्यास लेने की चर्चा करते हुए उन्हें अपने एकाकी और अजूबों से भरी जिन्दगी का विकल्प खोज चुका होने की तसल्ली होती है। शारदानंद महाराज ने जिस उपेक्षाभाव से उनके आध्यात्मिक होने के लहजे में चेष्टापूर्वक कहे गए शब्दों को कूड़े की तरह बुहारकर एक ओर फेंक दिया, विचलित हो गए। वह तो यही सोचकर आए थे कि कुटुम्ब से विरक्त होने, मोह-भरम के बंधनों को थोड़ा ढीला कर चुकने के उनके उपक्रम को लेकर, महाराज सराहना ही करेंगे। कुछ देर अध्यात्म की बातें होंगी। एक दृढ़ मानसिक-नैतिक सम्बल मिलेगा।

"मैं कुछ समझा नहीं, महाराज ?" परमेश्वरी बाबू थोड़ी हतप्रभता अनुभव करते बोले।

"तुम तो लाला परमेश्वरी शरण ! पहले भी मुझसे अच्छी-खासी बहस कर लेते रहे हो ? अच्छा, यही बताओ, वानप्रस्थ का फैसला तुमने सिर्फ मेरी सहमति या प्रेरणा से लिया या कि तुमको विरागी होने का शौक पालने में आनन्द अनुभव होता था ?"

"जी...जी...जी..."

"दूसरों के भरोसे कभी अपने व्यापार को दांव पर लगाया तुमने कि ये ऐसा कहते होंगे, तो ठीक ही कहते होंगे ? खुद नाप-तौल के फैसला लेते रहे होगे न कि तेजी की धारणा है, या मंदी की ? घाटे की गुंजाइश है या कि फायदे की ? इसलिए इस तर्क को तो निकाल ही दो दिमाग से कि चूंकि शारदानंद जी यही कहते थे कि 'वैरागी चित्त ही परमेश्वर के निकट पहुंचता है' या कि 'जो त्याग सके, वहीं योगी है, भोग तो इंद्रियों से होता है और एक दिन ये जर्जर हो जाते हैं। सिर्फ आत्मा ही कभी क्षय नहीं होती !' लालाराम ! यह सब प्रवचन की बातें हैं। एक कान से सुनकर, दूसरे से निकाल दी जाती है।"

"मगर विश्वास कीजिए, महाराज ! मैंने आपके वचनों को कभी इस भाव से नहीं सुना। यही ध्यान में रहा कि मुझमें तो अपना कुछ ज्ञान-विज्ञान है नहीं, संतों के वचनों से ही प्रेरणा लेनी है। अपने भीतर तो सिर्फ अज्ञान है।"

"तो लाला परमेश्वरी शरण ! एक बात गांठ बांध लो। संन्यास अज्ञानियों के

लिए नहीं। शुद्ध ज्ञान-योग है। पहले ज्ञान उदित हो, तब ही दिखाई देता है कि हरित तृणों से संकुल भूमि रास्ता है या गड्ढा।...हां, मूंड़ मुड़ाने के लिए सिर्फ उस्तरा ही काफी होता है या दीक्षा-गुरु केश लुंचन करवा डालें, जैसे गिद्ध मरे ढोर को नोच लेते हैं।"

"महाराज, आप स्वयं संन्यासी होकर।"

"अरे, स्वयं संन्यासी हूं, इसीलिए बता रहा हूं कि जब आदमी के भीतर का ज्ञान मर जाता है, तभी वह अपनी खाल भी नुचवाता है। वेदना सहने का अभ्यासी बनाने के उपक्रम में केशकुंचन करने का तर्क मूढ़ों के लिए है, परमेश्वरी शरण !" शारदानंद महाराज ने हाथ ऊपर उठाकर उगलियों को तेजी से आर-पार लहराया, जैसे भुनगों का पुंज उनके माथे पर आ गया हो।

परमेश्वरी बाबू के लिए समझना कठिन हो गया कि यह सब कोरे, वार्तालाप में कह रहे हैं महाराज या कि लक्ष्य करके आक्षेप कर रहे हैं। निरीह पड़ते-से बोले, "महाराज ! मैं तो यहां धुंध से बाहर निकलने आया था। अंधकूप में पड़ा हूं मैं। उबारिए महाराज ! उबार लीजिए।"

अपने पांवों पर से परमेश्वरी बाबू के हाथ शारदानंद महाराज ने नहीं हटाए। उन्होंने खुद ही हटा लिए। महाराज का कहना कि "जब डूबोगे, तब पुकारना, लाला परमेश्वरी शरण ! अभी तो तुम जल-क्रीड़ा कर रहे हो।' पीठ पर अंकुश की तरह गड़ा और वह सीधे बैठ गए।

बदहवासी में वो सिर्फ शारदानंद महाराज की तरफ देखते रह गए। जी बैठ गया। लगा, रो पड़ेंगे।

"जिस काम के पीछे दूसरों की सगतता का मोह हो, वही आदमी को अपने से बाहर भटकाता है, परमेश्वरी शरण ! ईश्वर की आराधना तू करना चाहता है और संन्यास इसी निमित्त..."

"जी, जी, जी..."

"और, ईश्वर की आराधना का उपाप क्या है ?"

"आपने बताया था कि सत्य ही...।"

"सभी ने यही बताया। सभी यही अनुभव करते रहे। सत्य से परे कोई आराधना नहीं। सत्य में जाओ, आराधना हो जाएगी। मगर भइया ! सत्य तो

भैंस का कटड़ा भी बोलता है ना ? किन्तु कटड़ा बोलता कब है सत्य ?"

"जी महाराज !" परमेश्वरी बाबू हतप्रभ, हाथ जोड़े बैठे रहे।

"जब भैंस के गर्भ से बाहर निकलता है। आवाज जो अपने अस्तित्व में से निकलती है, वही सत्य है। इसीलिए नादब्रह्म की कल्पना की गई है; किन्तु इसके बाद हर कोई अपने स्वभाव में जीता है। भैंस ने भैस का जीवन व्यतीत कर दिया, समझो योग साध लिया। अपने निमित्त को पूरा कर दिया। संकट तो मनुष्य के साथ है। वह कैसे अपने मनुष्य होने के निमित्त को पूरा करे। तुम भी दुनिया-भर के भ्रमों को छोड़ो। प्रभु-भक्त की तरह नहीं, आदमी की तरह जीवन व्यतीत करने की सोचो। इसी में से रास्ता निकलेगा। यह मत समझो कभी, भेष बदलने में मन की मुक्ति है।"

"महाराज ! यह सारा ज्ञान मेरी शक्ति से परे है। मैं एक मूढ़मति बनिया, आप महाज्ञानी संत। तो आज तक भ्रम में रहा, इस हाहाकार-भरे जीवन को कहीं चैन मिलेगा, तो विराग में ही। अब राग में उतरना दलदल में उतरना है, महाराज ! कुटुम्बियों के बीच रहते अपने को धोखे में रखे रहा, बाहर निकलकर भोग रहा हूं। मेरा चित्त सदा का मोहग्रस्त रहा, महाराज ! आपके श्रीचरणों में सच ही कह रहा हूं अपने अस्थिर स्वभाव को साधने का और कोई मार्ग सूझता नहीं है। यह सच है, प्रभु-आराधना में भय से जाना चाहता हूं, ज्ञान से नहीं। कौटुम्बिक जीवन की विडम्बनाएं कभी-कभी अपने सामर्थ्य से बाहर हो जाती हैं, महाराज !"

"संन्यास का 'कर्ता' होने के भ्रम में मत पड़ो, परमेश्वर ! संन्यास तुममें कहीं होगा, तो स्वयं ही प्रकटेगा। लता में के पुष्प, वृक्ष में के फल की तरह। तुम्हें यत्न न करना होगा।"

मुझे क्षमा करें, महाराज ! अपने-आप को निरन्तर विचलित होते पा रहा हूं मैं। घर से ही बड़े द्वन्द्व में पड़ा, थका-हारा निकला था। आपके वचनों ने मुझे और परास्त कर डाला महाराज ! अब और परीक्षा न लें। मुझ दीन पर दया करें, महाराज ! मुझे क्षमा करें।" कहते-कहते परमेश्वरी बाबू ने अपने हाथ उनके पांवों पर रखे ही थे कि शारदानंद जी ने उनके झुके कंधों को हाथों में कुछ देर

यों ही पकड़े रखा, फिर कुछ स्नेह-भाव से थपथपाते रहे, कुछ कहा नहीं; लेकिन उनका यह न कहना परमेश्वरी बाबू को लगातार शब्द की तरह सुनाई देता रहा। लगा, नाक से ऊपर तक आया पानी धीरे-धीरे उतर रहा है। सांसों का तेज चलना साफ सुनाई पड़ रहा था अब।

"जनार्दन लोग बाई का बाग चले गए हैं। संध्या से पहले वापस न लौटेंगे। वहां शंकरमठ में कोई अनुष्ठान है। चलो, मैं ही चाय बनाता हूं, तुम चाय के शौकीन हो, भूल ही गया। अब तो मुझे भी लग रहा है कि तुम आए। सात-आठ महीनों के बाद तुमसे यह मिलना हुआ। प्रीति-भाव से कुछ देर बैठते। तुम्हारी आपबीती सुनता, अपनी सुनाता। आते ही मेढ़ा-भिडंत हो गई न ? तुमने चिट्ठी में इस बार ढेर सारी बातें लिखी थीं। दिखाई दे गए, तो उत्तर में बैठ गया। प्रभूत काल है हम दोनों के पास। अभी तुम्हारी और सुनूंगा। अच्छा, अब मुझे समाधि में गया समझो और अपने हाल-चाल सुनाओ। यह कुछ अनुमान तो मैं तब भी लगाता ही था, परमेश्वर ! एक दिन अपने को अकेला पड़ता अनुभव करोगे। पुत्रों का युवा होते जाना ही पिता को क्षीण करता जाता है। तुम तो भतीजों के बाप बन बैठे थे ?"

शारदानंद महाराज बोलते गए और भगौने में दूध-पानी मिलाकर रख दिया अंगीठी पर।

जब तक चाय का बनना, फिर पी लिया जाना सम्पन्न हुआ, पुराने कपड़े को उल्थाकर, नये सिरे से छोटी नाप का कपड़ा सिलने की-सी तत्परता में परमेश्वरी बाबू प्रारम्भ से अब तक के बिताए को फिर से दोहरा गए। अन्त करते बोले, "आप ठीक कह रहे थे, महाराज ! इतना मान लेना चाहिए कि अपनी धुन में चलता, अपने ही मनोभाव को सबके लिए और सबकी तरफ से मानता गया।... और जब धीरे-धीरे प्रतीति होने लगी कि अब तो कुछ ही समय बीतने पर लोगों को खाली डोंगी छोड़कर आगे निकल जाना है, तो मन को एक आघात-सा लगा कि यार, ये तो नाव पर अपने बैठे होने को ही तुम्हारा लेना-पावना चुकता बनाकर चल दिए; लेकिन आपसे सच कहता हूं महाराज ! एकांत में मनन करके अपने को समझा भी लिया कि जो कुछ किया, अंतःप्रेरणा से ही किया।"

"बस-बस, यहीं तुम चूक रहे हो, परमेश्वर ! शुद्ध अंत:प्रेरणा से किए में खोने-पछताने का अवसर पहले तो आता नहीं। आता है, तो भी विचलित नहीं करता, विवेक जगाता है।"

परमेश्वरी बाबू को लगा, महाराज ने हाथ बढ़ाया है, अपनी गोरी-बलिष्ठ अंगुलियों में उनके सिर को भींचा है और एक झटका बिजली का-सा देकर हवा में झूलता छोड़ दिया है। बिजली की-सी कौंध की तरह एक क्षण में विंदेश्वरी भाभी जी के संसर्ग में बीता परमेश्वरी बाबू के भीतर छा गया। परमेश्वरी बाबू फिर स्मृति-वृत्त में हो गए।

कुछ खिसियाए-से, किन्तु विनयपूर्वक ही बोले, "मेरा संकट ये है, महाराज ! धारणा तो सदा यही रही, ऊपर परमपिता हैं, नीचे एक घोड़े का रथ है।"

"और रथ में किसने जोता ? घोड़ा यह गुमान क्यों करे कि स्वयं ही जुता, स्वयं ही खींचा ?"

"महाराज ! इसका अर्थ हुआ, विराग और प्रमाद में फर्क न कर पाया ! मुझसे प्रमाद हुआ तो... ।"

शारदानन्द महाराज ने आंखें मूंद ली थीं, "परमेश्वरीशरण ! कभी क्या तुममें यह भी चाहना हुई कि तुम्हारे सामने ये भगवे वस्त्र पहने हुए मैं किस कोटि का संन्यासी हूं ? तुम्हारे लिए मैं वही होऊंगा, जो तुम अनुभव करना चाहोगे। अभी मैं तुम्हें प्रीति से सराहूंगा, तुम मुझे कुछ अनुभव करोगे। मार दूंगा कसके झापड़, तो कुछ और अनुभव करोगे। इसका अर्थ भी इतना ही हुआ कि अंतःप्रेरणा से तुमने तय किया कुछ; किंतु जब दूसरों ने तुम्हारे अनुरूप न करके, अपने अनुरूप कराना चाहा, तो तुम्हें अपने किए में तो दिखने लगी अंतःप्रेरणा, दूसरों के किए में भी उनकी अंतःप्रेरणा ने ही काम किया, यह तुम्हें न दिखा। कुटुम्बी तुम्हारे अनुरूप चलते रहे, चलो, मान लो कि तुम्हारी छत्रछाया में विकसित होते रहे, उतना ठीक; लेकिन जब तुम्हें अपने अनुरूप चाहने लगे, तो लगा तुम्हें धक्का...और तुम खेवट बन गए ? परमेश्वरी शरण ! तुम भावुकता में कह गए अपने को। नहीं तो, प्यारे ! जो सचमुच का निषाद हो

जाए, पार उतारे लोगों से उनके पांवों में लगी अपने नाव पर की धूल भी पोंछ डालना जानता है।"

परमेश्वरी बाबू चेष्टा करने पर भी अपने-आप को संतुलित नहीं कर पा रहे थे। उन्हें लगा, यहां तो एक विचित्र-सी अमूर्त्तता अनुभव करने के अतिरिक्त अन्य कुछ भी घटित होता हुआ है नहीं।

"तुम पर मेरी सालों से दृष्टि है।" शारदानंद महाराज अब भी पलकें ज्यों-की-त्यों ढांपे थे, "तुम्हारी व्याकुलता बांधती है। अभी तुम अपनी बीती फिर से सुना रहे थे, तो झरना हो गए थे तुम।"

परमेश्वरी बाबू कुछ निश्चित नहीं कर पाए कि इसके बदले उन पर क्या प्रतिक्रिया होनी चाहिए।

"मैंने अभी तुमसे कहा नहीं था, मनुष्य काकटेल है ? अनुभव वह कुछ करता है, अभिव्यक्त वह कुछ करना चाहता है। जहां वह अपने अनुभव में ज्यों-का-त्यों प्रकट होना चाहे, वहां उसकी पहुंच नहीं। जहां पहुंचकर हम दोनों की भिन्नता खत्म होती है, वहां न तुम हो, न मैं हूं।"

"महाराज !"

"मैं शायद, जो कहा जाना चाहिए, कह नहीं पाया। तुमने जो कहा था कि कुटुम्ब से अलग चले आने के बाद का जीवन विकराल प्रतीत होने लगा है ? इन्द्रियां हथेलियों में उगती मालूम पड़ने लगी हैं ? अधभरा घड़ा, लम्बी जात्रा। साठ तक की भी बीत चुकी होती, संकट न होता। देखो, परमेश्वर ! जहां तक मैं समझ पाया हूं, तुम्हारी मुक्ति राग में ही है, विराग में नहीं।'

महाराज शारदानंद, परमेश्वरी बाबू ने स्वयं अनुभव किया, आज के अब तक के समय में पहली बार अपनी पूर्ण मुग्धता में हुए हैं। लेकिन महाराज का 'पहले जाने किसके बताए रास्ते पर' कहना कांटे की तरह गड़ा कसकता ही रहा।

"मनुष्य को आत्म-परीक्षण के लिए परापरता में जाना होता है। जैसे सुई तागा लिए कपड़े पर चलती है, विवेक का सूत लिए चलो। चले में भी उधड़ा ही छूट गया, यह पछतावा न होगा, परमेश्वरी शरण ! सुनो, तुमने बताया था कि जिस समय, तुम्हारे बड़े भाई ने अपने बेटों का हाथ तुम्हारे हाथों में दिया और प्राण त्याग

दिए...और जब विधवा भाभी ने तुम्हारे पांव यों पकड़ लिए कि भैया ! आज से इन अभागों के तुम्हीं पिता हो—और जब तुम मुट्ठीगंज के ट्रकों, ठेलों और रिक्शा-साइकिलों से भरे बाजार में निकलते रहे...क्या कह रहे थे तुम कि महाराज ! मेरी आंखों में सिर्फ दीनता का जल भरा होता था। लगता था, भाई साहब के बच्चे नहीं, मैं अनाथ हो गया। मैं कर्जों में गले-गले धंसे इस शरणार्थी परिवार को कहां ले जाता ?...और कि बाजार में भीड़-भाड़, चहल-पहल होती थी, किन्तु, तुम्हें लगता था, इस सम्पूर्ण संसार में अकेले तुम ही जीवित रह गए हो और तुम्हें आत्महत्या कर लेनी चाहिए। और तुमने बताया कि तुम्हें एकाएक लगा कि यह जो पृथ्वी-त्याग आदमी के लिए मृत्यु पर होता है, तुम्हारे जीते-जी हो गया।"

"जी, महाराज !" परमेश्वरी बाबू मंत्रबिद्ध-से कह गए।

"और तुमने उसी करुण मनःस्थिति में अनुभव किया कि कहीं कोई है, जो यह सब देख रहा है और जब तक इस देखे जाने की प्रतीति है, तब तक तुम आत्महत्या नहीं कर पाओगे ? कहा था न ?"

"जी, महाराज !"

"जब तुम पहली बार मेरे पास आए थे, तब नहीं; लेकिन जब दूसरी बार आए थे, तब तुमने कहा था 'महाराज बाकी सारा समय तो बनियागीरी में कटता है, मगर एकांत में' अब कामना रहती है, कि जिसने मुझे देखा, देखता रहा, उसे मैं भी देख सकूं। और मैंने कहा था कि जितना तुमने देख लिया, उतना मैंने तो अभी देखा नहीं !"

"जी, महाराज ! कहा तो था।"

"अनुभव करना ही देखना है। जब यह अनुभव करना बंद हो जाता है, देखना और देखा जाना, दोनों छूट जाते हैं।"

"जी ?"

"तुम कुछ समझ नहीं ?" शारदानंद जी ने कुछ तीव्र स्वर-लय में कहा और आंखें गड़ाकर देखा, तो परमेश्वरी को लगा, आंखों में तेज रोशनी का छपाका पड़ा है।

द्रवित होने की जगह, अपने में ही स्थिर-से निहायत अप्रभावित स्वर में

शारदानंद महाराज बोले, "परमेश्वरी शरण ! तुम अपने को बहुत होशियार बनिया लगाते रहे हो न ? खाली कनस्तर भी खरीदते थे, तो कनस्तर के मुंह पर आंख टिका देख लेते थे कि कहीं छिदहा तो नहीं है ?"

"जी—जी—जी—"

"और यहां शारदानंद को मूड़ने चले आए हो कि महाराज, मेरे भविष्य के लिए दिशा और आशीर्वाद। तुम हमें इतना गुर्ख समझ रहे हो कि जो चीज अभी अस्तित्व में ही नहीं, उनको मान लें। भविष्य तुम पर नहीं, तुम भविष्य पर लदे हो। विराग नीचे गद्दी की तरह लगाकर आराम से बैठने की चीज नहीं, लाला परमेश्वरी शरण !"

इस बार फिर वैसे ही खुलकर हंसे, जैसे बड़ौदा की बाई का जिक्र करने के बाद हंसे थे, तो हतप्रभता और खिसियाहट के मारे परमेश्वरी बाबू रुआंसे-से हो गए।

"फिर कभी आना, परमेश्वरी शरण ! इस वक्त मैं जरा गंगा के पास चला जाऊं।...और अब अगली बार आओ, तब माशा, रत्ती, जितना बने, भविष्य को भी लेते आना।"

"महाराज ! आपकी हंसी झरने की तरह कानों में उतरती है और सुनने वाला व्याकुल हो जाता है।"

"और इस कान से उतर, उससे निकल जाती है, लाला परमेश्वरी शरण !" कहते हुए शारदानन्द महाराज ने पहले अपने दायें कान को पकड़ा, ठहाका लगाया और बायें कान को छूते, आसन पर से उठ खड़े हुए, "अच्छा, अब मैं जरा गंगा के पास जाता हूं।" कहते उनका हाथ धीमे से परमेश्वरी बाबू के दायें कंधे पर आ गया, "अब से तुम बृहस्पति को ही आया करना।"

8

अपनी मर्जी के सौदे में घाटा उठाकर वापस लौटते व्यापारी की-सी मन:स्थिति में पहले टेम्पो में कचहरी, फिर सिटी बस में नैनी बस-स्टाप तक पहुंचे परमेश्वरी बाबू तो थक चुके थे। मुंहमांगे पैसों पर रिक्शा करके कारखाने

के सामने ही उतरे।

भूख और थकान अब चेहरे पर धूल की परत की तरह महसूस होने लगे थे। भीमा से खिचड़ी डलवा लेने की कल्पना करते, रोना-सा आ गया। सच तो है, अपने विरागी और संकल्पी दिखने के चक्कर में खुद ही तो इस दुर्दशा को पहुंचे हैं। अन्यथा आज भी चाहें, तो सारी सुविधाएं सामने होंगी।

कारखाने के मेनगेट पर 'भूमिपुत्र' वाली नियान रोशनी देखकर याद आया, लौटते-लौटते संध्या हो चुकी। अभी वातावरण ऐसा लग रहा था, जैसे रात के लिए जगह बनाई जा रही हो। परमेश्वरी बाबू को लगा, तेज भूख न लगी होती, तो इस वक्त चुपचाप सो जाने में कितनी राहत मिलती। अचानक ही कल्पना हुई कि चौक से फल खरीदते वक्त एक-दो रोचक पत्रिकाएं भी खरीद लेते, तो अच्छा रहता। जब तक भीमा खिचड़ी रांधता, सोने के कमरे के एकांत में देखते-पढ़ते, समय व्यतीत करते। इस गहरी थकान और उद्विग्न मनःस्थिति में धार्मिक पुस्तकें पढ़ना कहां हो पाता है।

याद आया कि बाहर यात्राओं में होने पर इस तरह की पुस्तकें-पत्रिकाएं खरीदते थे, तो पढ़ चुकने पर रात में लोगों की नजर बचाकर खुली खिड़की से हाथ बाहर निकालकर सावधानी से नीचे गिरा देते थे और कुछ देर तक ट्रेन की रफ्तार को अपने भीतर तक अनुभव करते रहते थे।

सोच में डूबे होने में ही उन्होंने क्वार्टर के बाहरी दरवाजे से लगी रधिया को देखा। सहसा कुछ कह नहीं पाए, सिर्फ देखते रह गए।

"अरी, तू यह कब से खड़ी है ? अम्मा कहां है तेरी ?"

"हम तो अकेली ही आई रहीं बाबू जी !" धोती के पल्लू को दांतों में किए सिर झुकाए रधिया बोली।

परमेश्वरी बाबू कुछ क्षणों को पहले सन्नाटे और फिर चौंकने की-सी मुद्रा में हुए और फिर लगभग डांटते-से बोले, "एक तुम दो मां-बेटियों ने और जान मुसीबत में डाल दी मेरी। अब तू भाग। तेरा भतार इस तरफ आने वाला है क्या तुमको लेने ? कब की आई है तू ? यह बाल्टी में क्या लिए खड़ी है ? मैं तीन-चार बजे तक लौटा न था, तो वापस चली क्यों नहीं गई तू ? अब कौन

पहुंचाएगा तुझे ?”

अपने अनावश्यक रूप से लम्बे आत्मालाप में होने की प्रतीति परमेश्वरी बाबू को तब हुई जब रधिया का रुआंसा हो आना दिख गया। हड़बड़ी में चाबी निकालने, दरवाजा खोलने और बरामदे का बल्ब जलाने के बाद ही वह अपने स्वर को संयत और आत्मीय बना सके, “अरे, वहीं खड़ी रहेगी, पगली ! चल, भीतर चली आ। यह बाल्टी में क्या लेती आई ?”

“जी, अम्मा ने दूध भिजवाया है। ताऊ जी की गैया खूब दूध दे रही है। उधर कोठी पर की गैया का दूध तो राजो बाबू और...”

‘उसके अम्मा-बप्पा के लिए ही पूरा नहीं पड़ता ?...क्यों, तुमसे क्या कोई ऐसी बात कहता था ?’ पूछने को होते-होते, परमेश्वरी बाबू ने अपना स्वर और धीमा तथा आत्मीय कर लिया, “तेरी अम्मा का भी कोई जवाब नहीं, रधिया !... अच्छा, पहले तू बुड्ढे को एक प्याली बढ़िया-सी चाय पिला दे। थक गया बहुत।” कहते हुए परमेश्वरी बाबू बैठक के कमरे का ताला खोलकर चाबी रधिया को देते भीतर चले गए।

कमरे में रोशनी करने के बाद परमेश्वरी बाबू ने टोपी खूंटी पर टांगी और अधलेटे-से सोफे पर पसर गए। कुछ क्षणों को तो झपकी-सी आ गई, लेकिन फिर चैतन्य हो गए। जब तक रधिया चाय बनाती रही, परमेश्वरी बाबू उसी की स्मृति में रह गए। कुल जमा कितने दिन हो गए इसे यहां आते-जाते ? शायद, परसों अकेले आई थी और अब आज। जगतारो का लगाव न अचानक का है, न अनजाना। बाद में तो छोड़ दिया; लेकिन शारदा के गुजरने के शुरू-शुरू के कुछ वर्षों तक तो जाने कितनी तरह से, जाने कैसे-कैसे तर्क देती दूसरी शादी कर लेने को प्रेरित करती रही थी।

कुछ नहीं, सब मन का भ्रम है। सच्चा अपना वो है, जो भीतर से हमारा शुभ चाहता हो।

अब कहीं इस वक्त खयाल आया कि रधिया ने तीन दिन पहले खरीदकर दी गई धोती ही आज पहनी है। आज कदाचित् उनकी अपनी कोई बेटी होती, तो शादी भी कर चुके होते, और पर्व-त्योहार पर आती-जाती होती।

"बाबू जी !" चाय लिए खड़ी रधिया को आंख-भर देख लेने को मन हुआ। हलके प्रिंट वाली साड़ी में पूरी आस्तीनों का गहरे हरे रंग का ब्लाउज पहने है। कुछ ही साल पहले तक न आंखों में ऐसी कौंध और तरलता था इसके, न चेहरे पर शील-संकोच और दमकता लावण्य। न गले के नीचे यह देवीमूर्तियों का-सा रचाव।

"अरे, रख दे मेज पर, खड़ी क्यों है ? जा, अपनी चाय भी यहीं लेती आ।"

"हमने तो बाबू जी ! अपने लिए बनाई नहीं। हम तो सोचती थीं, आपके खाने का इन्तजाम कर लें। सुबह से भूखे होंगे आप।"

"अम्मा साथ रहती है, तब तू गूंगी रहती है। लगता है, जगतारो ने अपनी जीभ लगाकर भेजा है तुझे ? मैं इस फिक्र में पड़ा हूं कि तुझे घर वापस भेजने का क्या इन्तजाम हो और तुझे रसोई सूझ रही है। कब की आई पड़ी है तू यहां ?"

"जी, बाबू जी ! हम तो दोपहर यही कोई तीन के गजर के आसपास आए..."

"बहुत बड़े उल्लू की बच्ची है तू ! पत्थर की अहल्या जैसी तीन घंटे बाहर ही खड़ी रही तू ?"

निमिष-भर में पौराणिक प्रसंग का स्मरण आ जाना, परमेश्वरी बाबू को कुछ अटपटा-सा लगा और जल्दी से चाय की घूंट भरी, तो ओठ जल गए। खिसियाने-से बोले, "मैं सोच रहा था, इसी में से आधी तुझे दे दूंगा। अब बता तो आखिर तेरा क्या हो ? तेरे घर वापस जाने का बंदोबस्त। अच्छा, चल मैं ही छोड़ता आऊं।" कहते-कहते परमेश्वरी बाबू को लगा कि शायद, नाटक कर रहे हैं।

"जा, आलू-बोड़ा-टमाटर की सब्जी रसेदार बना ले। आटा जरा सख्त, पूरियों का लगा। तीन-चार पापड़ तल लेना। तब तक मैं भी निवृत हो लेता हूं।" कहते परमेश्वरी बाबू उठे तो घुटने के पास के नसों के चटखने की आवाज साफ सुनाई दे गई।

छोटा-सा वृन्दावन-शैली का मंदिर रसोई घर से लगा बना है। वहां से रधिया की ओर मुड़कर प्रसाद का बताशा फेंके, तो वह लोक लेगी। बैठक से

मन्दिर तक और फिर हाथ-पैर धोकर, पूजा-सामग्री एकत्र करने का अत्यन्त संक्षिप्त-सा अपना चलना-फिरना स्वप्न में विचरण करना होता रहा। लगभग बेवजह-सी उतावली में गले-गले तक डूबते हुए-से परमेश्वरी बाबू ने संध्या-वंदन प्रारम्भ किया।

हंसते में बच्चों का-सा मन हो आया परमेश्वरी बाबू का। याद आया एक बार का माधवी का किंचित् विनोद भाव से यह कहना कि 'बाबू जी, आप तो देवियों की ही स्तुति अधिक करते हैं !'

गोरे, प्रशस्त ललाट पर अक्षत-रोली, श्रद्धाभाव में जुड़े हाथों की कलाइयों पर यों ही हाथ हिलने पर भी यत्नपूर्वक ध्वनित होती-सी चूड़ियां, पूजा-गृह के प्रकाश में दमकते आभूषण, दोनों बहुएं एक-दूसरे से सटी बैठी होती थीं, तो वातावरण स्वयं ही कुछ दिव्य हो उठता था; लेकिन धीरे-धीरे इस बात का अहसास होता गया कि पतियों के हाथों की पकड़ कारोबार में मजबूत होते जाने के साथ बहुओं का वह आत्मविस्मृति में का बैठना भी बाधित होता जा रहा है। कभी कोई बहू अपने बच्चे के, कभी कोई सब्जी-दूध के चूल्हे में होने या किसी और बहाने उठने लगी, तो साफ मालूम पड़ गया कि जो-कुछ अनुभव करते जा रहे हो, परमेश्वरी शरण, उसका एक साक्ष्य यह भी लो।

अतीत-स्मृति में रहते कब घंटी के बजने की लय कुछ तेज, कब मद्धिम पड़ती गई, इसको अलग से अनुभव कर पाने की कोई गुंजाइश न थी। सर्दियों का मौसम अभी प्रारम्भ-भर हुआ है। पूजागृह की खिड़की में सीमेंट की जाली लगी है। तेज चले बाहर, तो कमरे में नल के पानी की तरह आती मालूम पड़ती है हवा। खास तौर पर मन के कहीं अन्यत्र खोए होने के क्षणों में। साथ में जो दूध लाई थी, उसकी खीर बना रही है, शायद रधिया ? छोटी इलायची पीसकर डालने की हिदायत जाने जगतारो ने दी होगी या कि बहुओं में से किसी ने; लेकिन रधिया रात सोएगी कहां ? बरामदे से लगे ओसारे में सिनेमा से लौटा भीमा सोएगा, तो उसे बरामदे में सोने को कहना तो ठीक नहीं। कैसा विश्वासी मन है जगतारो का भी। प्रभु ने दी नहीं संतान। परमेश्वरी बाबू कदापि न भेज पाते इतनी सयानी बेटी को यों रात-बिरात कहीं।

विह्वल भाव मस्तक नवाते, कुछ क्षण समर्पण में नत रहकर, परमेश्वरी बाबू उठे। पूरियों के लिए आटा गूंदती रधिया को प्रसाद दिया। रधिया के आटा गूंदते में गीले हाथ का स्पर्श बैठक में चले आने तक बना रहा।

भीमा साढ़े नौ, पौने दस तक सिनेमा से वापस लौटेगा। कारखाने के गोदाम से लगे छोटे-से कमरे में पहले से पकाकर रखी गई खिचड़ी या रोटियां खाएगा। वहीं पास में बने छोटे-से एक कमरे, एक रसोई वाले क्वार्टरों में कारखाने के कुछ कर्मचारियों के परिवार रहते हैं। उनके साथ बैठते, बतियाते कहीं साढ़े दस-ग्यारह तक यहां सोने आएगा। रधिया ने बताया तो था कि उनके वापस पहुंचने से कुछ ही समय पहले निकला था। जेवरों का तो खैर यहां कोई सवाल नहीं। नकदी यही हजार-पांच सौ बहुत हो गए। भीमा पहरेदार के तौर पर यहां सोए, ऐसी कोई खास जरूरत तो है नहीं। शारदा के पास आभूषण ही कितने रह गए थे और मान लिया स्मृति-चिह्नों के तौर पर अपने पास ही रखे भी रहते, तो आखिर कब तक ? अब इस समय यह याद आ जाने में क्या तुक थी कि बिंदेश्वरी भाभी कहा करती थीं कि 'निराले में हमको सिर्फ बिंदु या बिंदा ही कहा करो।'

हवा के कपड़ों के भीतर तक बहते होने की-सी झुरझुरी हो आती है, यही सब सोचते-सोचते। कैसा बराबरी की कुश्ती में से अलग कर दिए जाने का-सा तनाव। पुश्तैनी कोठी में से निकल आने के बाद से अब तक लगातार का यह कैसा अपने ही में मायामृग का-सा भटकना है। नहीं तो भला यह रधिया क्या कोई नई है उसके लिए ? अभी मुश्किल से चार-पांच साल पहले तक भी गोड़ तक दबा दिया करती थी। कहो कि रामे इक्कीस से बाईसवें, फिर तेईसवें, चौबीसवें-पच्चीसवें में क्या होता गया, जासूसों की-सी नजर होती गई उसकी। घर में जो एक मुक्त सरपरस्त का-सा रहना था, उसके छीजते जाने देने का उपक्रम करने को खुद ही लाचार होते जाना पड़ा।... और अन्ततः जब राधेश्याम ने भी जबड़ा उघाड़ दिया, तब बाकी ही क्या रह गया ? नई अम्बेसडर खरीदकर सुपुर्द कर दी, तब भी पूरी तरह अहसास नहीं हो पाया, बदसलूकी की कीमत चुक गई। कैसा दांत भींचता-सा बोला

था कि 'बाबू जी, अब हमारा और मुंह न खुलवाइए...'

अतीत क्या हो गया है, अपनी तरफ पगहा डाले खींचता और आकाश हो जाता है।

मुश्किल से हफ्ता-भर बीतने को हुआ है, कोठो से इस बियाबान में आए, रधिया का इतना सयाना हो चुकना यहां ठीक से देख पाए हैं। प्रसाद लेने को झुकी थी, तो उसे कौन-सा पर्दा करना था। कैसी पशुओं की-सी निरीहता में डूबी होती है यह ? यहां अधिक सेवा करने का अवसर मिल गए होने से उत्फुल्लता में कैसी चिड़िया-सी चहचहा रही थी अभी कुछ देर पहले ?

रधिया के सूचना देने, थाली लगाने, जीमने बैठने और अंत में डकार लेने तक का समय कुछ ऐसा बीता कि त्रिशंकु का जमीन पर पांव टिका लेना हो गया। उसे भी भोजन कर लेने को और खीर सुबह के लिए बाकी न छोड़ने को कहने के बाद परमेश्वरी बाबू दांत खोदते बैठक के कमरे में टहलते रहे।

झूठी प्रशंसा बिलकुल नहीं की उन्होंने। सचमुच स्वाद आ गया। सोने की व्यवस्था के बारे में ज्यादा क्या सोचना है ! कोने में है, सोफे में ही सो जाएगी। भीमा आ जाए, तब सोया जाए, इस इरादे में परमेश्वरी बाबू कुछ पढ़ने बैठ गए। रसोई घर में से रधिया का खाने के बाद का काम निबटाना कानों तक आता और आत्मीय लगता रहा। चलो, दिखावटी तौर पर ही सही रधिया के यहां रहने पर जोर दिया माधवी ने, इतना ही बहुत है। यों रामे चुटकी लेते चूकेगा, इसकी कोई गुंजाइश नहीं, मगर अब हवा में भरते रहो चुटकियां।

"राधे ! काम निबटा के यहीं चली आती।"

रधिया आई, तो चाय की प्याली लिए हुए। बैठने का संकेत करते, बोले, "अभी भीमा के आने में वक्त है। यहीं, इसी सोफे पर सो जाना। ओढ़ने को सूती कम्बल दे दूंगा। तब तक तुझे वैराग्य शतक के कुछ अंश सुनाता हूं। राजा भर्तृहरि...अरी राजा भरथरी का नाम तो सुना ही होगा तूने ? एक साधू महाराज ने अमर फल दिया उन्हें। राजा भरथरी रानी पिंगला को प्राणों से ज्यादा प्यार

करते थे... रानी को दे दिया कि अमर हो।"और रानी वो अपने किसी यार... दरोगा से लगी थी। उसने फल। दरोगा को पहुंचा दिया...दरोगा एक खराब पेशा करने वाली से लगा था..."

कहते-कहते उन्हें लगा, पत्थर ढो रहे हैं। भारी होता जाता है हरेक शब्द। स्वर धीमा करते बोले, "माया कैसी विचित्र है, राधे ! यही तत्त्व बताया है राजा भर्तृहरी ने। उस अभागी औरत ने सोचा कि सबका पालनहार राजा है, वो अमर रहे। मैं नीच जात अमर होके क्या कर लूंगी। अमर फल राजा को सौंप आई। अब देख तू कि जो महापुरुष हैं, एक तो सीख यही इससे मिलती है कि वो सबमें सत् का वास देखते हैं। खास तौर से गरीब-निर्धन जनों में।"

भाषा को संयत कर चुके होने की अनुभूति में उनका चेहरा कुछ तनाव-मुक्त हुआ। आंखें खोलकर, गौर से उन्होंने रधिया की ओर देखा, "रानी पिंगला के विश्वासघात से दुःखी भरथरी ने ले लिया संन्यास। आगे चलकर उन्होंने तीन शतक बनाए, रानी के बारे में उन्होंने क्या वचन कहे, जिस स्त्री के प्रेम में मैं डूबा रहता था, वह अन्य पुरुष दरोगा के प्रेम में यानी इस छंद में राजा भरथरी ने सभी स्वार्थी लोगों को धिक्कारा है। स्वयं महाराज कामदेव को भी।"

रधिया के चेहरे पर 'महाराजा कामदेव' का नाम सुन कर अलग से कोई भाव नहीं उभरा, इसे उन्होंने लक्ष्य कर लिया; लेकिन अपनी मनोदशा को ठीक-ठीक अनुभव कर पाने में असमर्थ-से और कभी कहीं, कभी कहीं से पूरा-अधूरा पाठ करते, अर्थ बताते कब उनका बांचना कहां तक पहुंच गया, कौन जाने। परमेश्वरी बाबू तो सिर्फ इतना जानते हैं कि श्लोक बांचना तो कर ले गए, पाठार्थ बांचना सम्भव नहीं हो पाया। रधिया का दर्पण-भाव में बैठा होना अपने को ही विचलित करता रहा है। इससे संवाद में होने का सारा यत्न माघ महीने की नदी में उतरना होता गया है।

नहीं, जिस रोमांचकता में परमेश्वरी बाबू हैं, रधिया कदापि नहीं है। किंचित् वह दिख रही है, तो अपने पितातुल्य अन्नदाता के समीप होने की निरापदता

और कथा-जिज्ञासा में।

"जब राजा भरथरी जोग लिए रहे, बाबू जी ! तो पिंगला माई को भी तो ढेर संकट..."

परमेश्वरी बाबू हंस दिए, "अरी पागल ! पिंगला रानी कोई तेरी अम्मा जगतारो थोड़ी रहीं कि तेरे बाप रामबरन के मरते ही संकट में हो जाती ?"

"बहू जी जिंदा रही होतीं तो आप बानप्रस्थ लेने की थोड़े सोचते, बाबू जी ! हम तो उन्हें देखे भी नहीं रहीं। अम्मा बतलाती थीं, दो बरस की रही होंगी हम तब। अम्मा का कहना तो सुनती आई हैं, हमारा कहना तो बड़ों के मुंह लगना हो गया, बाबू जी ! मगर अभी जब हम आपको खाना परोसती थीं, बड़ी याद-सी आती रही कि आज अगर बहू जी होती...।"

"रधिया ! योगिराज भर्तृ हरी कहते हैं कि आशा नाम की एक नदी थी, जिसमें तृष्णा रूपी जल सदा भरा रहता था।" भूतकालिक क्रिया का सप्रयास प्रयोग करते हुए, परमेश्वरी बाबू बोले, "वह नदी समुद्र में विलीन हो चुकी। जो जीवन बीता, सो बीता। अच्छा, सुन जब तक भीमा नहीं आ जाता, तू कोई कथा सुना। तेरी अम्मा तो बड़ी कथाकार है।"

"हमें तो, बाबू जी ! कुछ आता-जाता नहीं।"

"अरे नहीं, जो आती हो, वही सुना। मैं यहीं सोफे पर पसर जाता हूं। बाद में तुम भी सो जाना यहीं। मैं तो भीमा के आने पर भीतर सो जाऊंगा। बहुत थका-भूखा था। तूने ऐसा स्वादिष्ट भोजन करा दिया, बार-बार आंखें मुंदती हैं। नहीं तो रात के एक-दो बजे तक भी धर्गशास्त्रों का वाचन करता रहता हूं।"

"हमारा कथा सुनना तो झींगुर का रामायण बांचना हो जाएगा, बाबू जी ! आप जैसे धर्मात्मा ज्ञानी के सामने हम क्या बोलेंगी ? अम्मा तो आपसे उम्र में बड़ी हैं न ? उनको हक है।"

"हक बड़ों को ही नहीं, छोटों को भी होता है और बड़ों से ज्यादा होता है। अरे, भई, बादशाह अकबर की दाढ़ी कौन नोच सकता है, बच्चा ही न ?" कहते, परमेश्वरी बाबू सोफे पर आ गए और घुटने मोड़कर पसर गए, आंखें मूंद लीं।

इतना वह भी समझ रहे थे कि रधिया कथा क्या सुनाएगी, संकोच में ही गड़ी रहेगी; लेकिन तभी साधे गए-से स्वर में रधिया बोली, "आप कहें, बाबू जी! तो हम गौरी-शंकर के राम-जनम देखने की कथा कहें ?"

परमेश्वरी बाबू ने चौंककर आंखें खोलीं, धीरे से मुसकराए, पसरते में घुटनों से ऊपर तक उठ आई धोती को ठीक किया और आंखें मूंद लीं।

प्रारम्भ में तो यों ही औपचारिकता में सुनते रहे, मगर 'रानी कौशल्या के महल के पास जब पहुंची हैं भवानी, तो मंद-मंद मुसकानी हैं। बोली हैं कि अब रनिवासे में आप मर्द जात को कौन आने देगा, भोलानाथ! यहीं दुआरे बैठे रहो, दरबान बूझ के कोई कुछ न कहेगा। हम जाके जरा रामचंद्र को गोदी खिला आयें।' कहा रधिया ने, तो उसका अनायास निष्णात कथावाचक का-सा हो आया लहजा, तरुणाई के ब्राह्म मुहूर्त्त में श्रुतिमधुर हो आया नारी-स्वर और चेहरे की त्वचा पर कौंधता शील, अधखुली आंखों से कुछ क्षण देखते रहने पर परमेश्वरी बाबू को अपने को चोंच खोले बैठे बाज की-सी मुद्रा में होने की प्रतीति हुई और हड़बड़ी में जोर का हुंकारा भर गए।

प्रयत्नपूर्वक डकार लेकर उन्होंने अपने असंतुलन को ठीक किया। बोले, "अरी, तू तो अम्मा की भी महतारी निकली। हां तो, तब भगवान शंकर क्या बोले, रधिया!"

"भोला भंडारी समझ तो गये कि अब गौरी शरारत पर उतर आई है लेकिन राम जी के दर्शनों की अभिलाषा का क्या करें ? लगे बिनती करने कि भवानी! जैसे तुम कहोगी, तैसे रहेंगे, मगर हजारों मील चलके आये कैलास से यहां अजुध्या तक गोड़ पिरा गये अब यहां से जो बिना राम जी का दर्शन किए वापस लौटे, तो कौन मुंह दिखाएंगे ? माता गौरी को तो मार जोरों की हंसी फुटने को हुई, मगर दबा के क्या बोलीं कि 'तब जैसे हम कहें तैसे चलना होगा। वहां अपनी बम-बम मती लगाय देना, झाड़ू वालियों से पिटवा के बाहर खदेड़ेंगी राजा दशरथ की रानियां।' तो बाबू जी! जब माता गौरी के धराए भस में, धोती पहने, घूंघट काढ़े भगवान शंकर पहुंचे

हैं जनवासे में तो, बस कानों से सुनें। देखें क्या खाक ? सुन्दरता की मूरत माता गौरी के साथ लम्बी-लम्बी बेडौल जनानी को देखते ही पूछा कि जन ने, 'क्यों बहन ! कौन है संग में बांस-भर की ?' तो मुसकराती बोलीं, 'नहीं-नहीं, हिजड़ा नहीं ना, कद-काठी जरूर कुछ बाहर निकली भई है। हमार सगी ननदी हैं !' और ये लम्बी-सी जटा खींच के बाहर निकाली और दिखा दी कि 'बिस्सास ना हो तो कमर से नीचे तक की लट देख लें आप जन'... एक ने बिदक के यों कही कि 'हाय, इस राच्छसी के तो घोड़े की-सी पूंछ है।' दूसरी ने नाक बंद कर ली कि अरे, मइया ! इसकी तो देही गंधात है, जैसे भांग-धतूरा पिए हो...। तो गौरी क्या बोलीं कि बहना, गनीमत हुई गधे की नहीं बताई अब हकीकत तो यह है कि जब से शादी भई, हमारे भइया परदेश से लौटे ही नहीं ना...ई महारानी बियोग में संकल्प धरा लीं कि जब तक भतार ना लौटिहें, न नहान करेंगी, न जूड़ा संवारेंगी, न नहाएंगी-धोएंगी-सिंगार करेंगी ! ये ही मारे इनका बदन भी थोड़ा-सा गंधात है...वैसी बड़ी पतिव्रता नार हैं...कहीं पराए मर्द का मुंह ना दिख जाय, यही मारे रात-दिन लम्बा घूंघट काढ़े रहती हैं। अब शंकर जी तो कुढे, खीझे मगर माता गौरी बताती ही चली जाए।"

रधिया का खिलखिलाना कैसा अलौकिक-सा होता जा रहा है। वहां महाराज शारदानंद कैसे बावले-से होते जाते थे, बड़ौदा की किसी बूढ़ी वेश्या का जिक्र करते हुए ? कैसी, शृगारिकों की-सी हो आई थी, उनकी आंखें ! ठीक है, एक परमेश्वरी बाबू ही सवसे गए-बीते, सबके गोहताज हैं। साधु-संन्यासी से लेकर इस रधिया तक के आगे निरुपाय।

भोमा के आने पर रधिया ने जगाया तो परमेश्वरी बाबू को लगा, जैसे भोर हो चुकी हो। घड़ी की ओर देखा, ग्यारह बजे थे। बोले, "जाने कब आंख लग गई। तूने भगवान रामचन्द्र को सुलाने के लिए कौशल्या माई की लोरी गाई भी ऐसे कि मुझे सुला दिया। भीमा से कह दे सो जाए। तुम यहीं सो जाना। आ, कम्बल लेती जा। सोने से पहले बैठक के किवाड़ अंदर से बंद कर लेना।"

रात-भर चलती नाव पर का सोना होता रहा।

सुबह उनके उठने तक में तो रधिया चाय बना चुकी थी और उनके जागने की प्रतीक्षा में बरामदे में भीमा के साथ बैठी जाने कहां-कहां की बातों में खोयी थी। परमेश्वरी बाबू को देखा, तो चौकन्नी हुई और लगा कि रात में जो कथा सुनाते-सुनाते मायाविनी-सी होती गई थी, इस समय अपनी सामान्यता में है। इस वक्त का इसे देखना उतरी नदी का देखना है।

बाश-बेसिन में जब तक मंह-हाथ धोने को झुके परमेश्वरी बाबू, जाने कब तौलिया लिए राधिका बिलकुल पास ही खड़ी हो गई और पानी के कुछ छींटे उस पर भी पड़ गए।

अब तक लगभग महीना-भर बीता होगा।

पुल-पार आना, दूसरे गोलार्द्ध में पहुंचना हो गया। जमुना जी का जल वर्षा में कितने विस्तार में होता है, फिर भी पुल के खम्भों पर कैसी लहरें उछाल भरती-सी चढ़ती हैं, जैसे बंदर पेड़ों पर चढ़ रहे हैं। पिलर तीन चौथाई तक जल-समाधि में हो जाते हैं। वर्षा-ऋतु के बीतते-बीतते जल भी नीचे बैठने लगता है। पिलरों को देखिए, तो चिह्न साफ दिखाई पड़ते हैं कि पानी कहां तक चढ़ा था बाढ़ में। स्तम्भों पर से वर्षा के जल के से सर्ग के निशान मिटते-मिटते कितना वक्त लग जाता है ?

यही गति परमेश्वरी बाबू की है। अब बाढ़ के उतर चुकने का-सा मनोभाव बन तो गया है, मगर कहां नदी का उतरना और कहां नर का।

हां, यह सचमुच विलक्षण ही तो है कि अपने नर होने की प्रतीति ही नहीं, बल्कि अनुभूति भी जितनी इस एक महीने में हो गई, उतनी या कि वैसी अड़तालीसवें में पहुंचते तक नहीं हुई। परिवार में से, खास तौर पर बहुओं के बीच से निकल आने पर यह स्वी-मनन में होना कितनी विपुलता में होता गया है ? लगता है, आद्यंत व्याप्ति हो गई है। कैसे, कब मां में से उत्पत्ति हुई होगी और कहां यह, रधिया तक स्त्री जाति में का विचरण ? कितनी लम्बी हो गई, अब इस विराम में पता चल रहा है।

परमेश्वरी बाबू लेटे हुए थे। खाना आज भी रधिया ने ही बनाया था। हालांकि वहां बहुओं और यहां रधिया के परोसे में बड़ा फर्क है। राजो की

मां का-सा आभिजात्य इसमें नहीं। मगर धीरे-धीरे एक पालतू पशु का अपनापन रच लिया है इसने भी। इस वक्त अभी-अभी आई जगतारो के साथ बैठी होगी कहीं। कमरे में परमेश्वरी बाबू अकेले हैं, मगर इन दोनों का साथ होना बना हुआ है और यह सचमुच कितना विचित्र है कि जैसा कोमल मनोभाव पहले कभी छोटी दीपक के प्रति मन में उदित हुआ, अरसे तक बना रहा, रधिया के प्रति भी बनता गया है और परमेश्वरी बाबू के लिए कहना कठिन है कि कहां किस हद तक बनने देता है, कहां पर से समेट लेना है।

फोन की घण्टी बजी तो हाथ आगे बढ़ाकर रिसीवर उठा लिया। राधे बोल रहा था। कारोबार-संबंधी बातचीत संक्षेप में निबटाकर, फोन रखते-रखते में ही परमेश्वरी बाबू ने कहना शुरू और समाप्त कर लिया कि 'हां, वो क्या है कि सुभाष को भेजने की जो बात थी, सो मैं ही चला जाऊंगा कानपुर। एक अरसा हो गया बिरदी बाबू से मिले। जरा हवा-बदल भी हो जाएगा। एस० पी० इंजीनियरिग वालों से भी सलटाता जाऊंगा। कम-से-कम स्पेयर पार्ट्स का प्रोडक्शन तो अब शुरू हो जाना है।"

बोलते-बोलते ही गोमती की आकृति बनती गई और फोन रखते-रखते में लगा कि जैसे उसके स्पर्श में हो गए हैं। कैसा है यह विगत का तालाब में के पानी में तैरते घडे-सा स्मृति-बिम्ब कि कभी-कभी अचानक ही भीतर के जल में से बाहर तक फैल जाता है और दूसरों के द्वारा देख लिए गए होने की-सी झुरझुरी व्याप जाती है, जैसे कहीं दूर किसी कोने में रखी वीणा के तारों में छिपकली के फंस जाने पर नाद में हो जाए।

केसी रोमांचकता, कसा अवसाद और व्यामोह, जाने कितना कुछ एक साथ व्यापता है कि चारों तरफ से जल में घिरे होने की सी मनोदशा में हो जाते हैं। तपती दोपहर का वक्त था वह। काहू कोठी पर घनश्याम बाबू के यहां पहुंचे थे, तो पीठ पर लदे तगादे थे और बोझ में दबे का उनका बोलना उलटा असर डाल गया था। मदद की जगह, सिर्फ व्यंग्य उगाह पाए थे कि 'बोरे-टाट बेचने और सेन्चुरी मिल की एजेन्सी में फर्क है परमेश्वरी लाल ! चाहो तो मुनीम जी की

मदद को रख सकता हूं, मगर इलाहाबाद तुम छोड़ना नहीं चाहोगे ?'

जेब में इतना पैसा नहीं था कि दो-चार दिनों को कहीं टिक जाएं और कुछ बंदोबस्त करके ही वापस लौटें। दो-तीन जगह और खटखटा के देखा, मगर हर जगह सिर्फ अवज्ञा ही हिस्से लगी। परमेश्बरी बाबू तो अपने भीतर अनुभव करते थे कि एक न एक दिन अपने-भर को कारो बार खड़ा कर ही लेंगे और तब जिसे देना-चुकाना होगा, परमेश्वरी बाबू का रहेगा। यह दया उगाहने का वक्त आ पड़ा है, सो ठीक मगर कहीं छाया की तरह साथ-साथ यह अहंकार भी है कि गर्दन इतनी देर तक नीची न रहे कि फिर सीधी न हो।

आपत काल में तो किसे नहीं नमना पड़ता, मगर स्वाभिमानी मन से कभी नहीं झुकता। उसकी टेक, इसलिए वेदना गहरी होती है। परमेश्वरी बाबू खुद बनिया, मगर बनिये की ना का दंश कैसा विकट होता है, यह तो उसी दिन जाना, जब बड़े साले हरबिलास ने प्रकारांतर से वह सब उगल दिया, जो हवा चलते में बजता रहता था। बहन की मृत्यु के साथ ही परमेश्वरी बाबू के प्रति उनका उदासीन हो जाना तो ठीक था; लेकिन इतनी आक्रामक हो उठना कि लक्ष्मण-सीता प्रसंग सुनाने लगे थे कि एक युग वो था, जब देवर-भाभी के सिर्फ पांवों के ही आभूषण पहचान पाता था। और एक जमाना यह आ गया...।

'एक जमाना यह कहने के बाद जिस तरह सेठ हरबिलास डसने के बाद अलग हुए सांप के-से अंतराल में हो गए थे, कितना मरणांतक हो गया था उनकी ओर देखना ! लगता था, सेठ हरबिलास ने अपनी बहन शारदा और परमेश्वरी बाबू की भाभी बिंदेश्वरी को एक साथ वहां उपस्थित कर दिया है। परमेश्वरी किसी तरह उठे थे और बाहर निकाल लाए थे अपने को।

हां, वहां से यानी फर्म हरबिलास गुरुशरण से ही तो वह दुतकारे गए कुत्ते का-सा निकलना हुआ था। सुख-सम्पदा में उतना नहीं, विपदा में अपमान कलेजे तक काटता है। अब इस वक्त याद करने पर आए हैं, तो अपना वह तपती दोपहर में का दिशाहीन चलना ज्यों का त्यों याद आ रहा है।

विश्वास करने वाला कौन है यहां। कौन करेगा। कैसे करेगा, जब तक कि उतने ही बड़े हाहाकार में न हो जाए और अनुभव करे कि हां, धूप में का जला पांव ही कीचड़ में भी ठंडक महसूस करता है ? परमेश्वरी बाबू तो आज भी कह सकते हैं कि वह उस करुणामय प्रभु का स्पर्श ही था, जो सब पर छाया है। निमित्त गोमती, लेकिन कर्ता कोई और।

जैसे कोई आत्महत्या को कुएं में कूद पड़े, परमेश्वरी बाबू कमरे में पहुंचे थे। क्या कहा था उसने कि क्यों लाला, गुण्डों के खदेड़े हुए-से कहां से भागे आ रहे हो ? गांठ तो नहीं काट लो किसी ने ?'

कुरते की जेबें टोहने की जगह उसने अपनी साड़ी के पल्लू से परमेश्वरी बाबू का बदहवास मुंह तथा माथे पर का पसीना पोंछा था और पंखा तेज कर दिया था। आले में रखी सुराही में से पानी दिया था, कांच के गिलास को अच्छी तरह साबुन से साफ करने के बाद। कहा क्या था कि 'आप तो बहुत खानदानी किस्म के आदमी मालूम पड़ते हैं, इस गलीज बस्ती में कैसे आ पहुंचे ?

न करे कोई, मगर परमेश्वरी बाबू ने विश्वास किया था और यों ही नहीं किया था, हुआ था, तब किया था। कौन जानता है कि उस दिन फजीहतों का सिलसिला लम्बा ही होता चला गया होता, तो भीतर तक तड़क न जाते परमेश्वरी बाबू ? सारा खेल तो मन का था कि एक न एक दिन यह अब डूबी, तब डूबी नौका किनारे लगेगी जरूर।...और हालांकि आज यह है कि पार उतरने वाले पार उतर गए, परमेश्वरी बाबू आज भी मंझधार में हैं, मगर यह तो भवसागर है। इसका पार कहां है ? यह मन कही जाने वाली वस्तु, जो न कानों से सुनाई दे, न आंखों से दिखाई पड़े। समेटिए तो सुई की नोक है, फैलाइए तो सागर।

अब देखिए कि सचमुच कितना विचित्र है, रधिया का उस दिन का पांवों की पिंडलियां दबाना। अब इस वक्त याद आ रहा है ? और परमेश्वरी बाबू कह सकते हैं कि मर्यादा बनी रह गई, तो इसमें साथ किसने दिया ? कुछ संस्कारों ने, तो क्या कुछ इस स्मृति ने नहीं कि गोमती ने क्या कहा था ? कहा था कि आए

हो, लाला, रंडियों की बस्ती में, आंखों में भरे हो पानी ?

हे प्रभो, लाला परमेश्वरी शरण के भीतर की जिस करुणा को, पश्चात्ताप को और कहना चाहिए कि कुलीनता को नाते-रिश्ते के लोग देखने से इनकार कर गए, वह चारों तरफ से कटी औरत देख ले गई और उस ने वैसा ही बर्ताव किया, जैसी कि परमेश्वरी बाबू कल्पना करना चाहते थे कि काश, आज के इस दारुण समय में कहीं कोई होता... और पहचानता कि यह सारी व्याकुलता आश्रितों के निमित्त है...अपने नहीं !

उस दिन महाराज शारदानन्द जी बड़ौदे वाली बाई का आख्यान सुना रहे थे, तो कैसे गोमती के संसर्ग में बीते क्षणों की स्मृति में होते गए थे परमेश्वरी बाबू ? और कहने को कितना मन हुआ था कि 'महाराज, पात्र को नहीं, पात्र में भरे को देखना होता है और तभी ज्ञान हो पाता है कि आग को शीतलता देने वाला तत्त्व कहां है।'

उस भयानक वक्त में वह गोमती का ही स्पर्श था कि बोध हुआ कि जले को शीतलता देने वाला कोई है जरूर और वही पहुंचाता है ऐसे ठिकाने, जहां आपके कदम तो कीचड़ में होते हैं; किन्तु अंतस् कमल-पुस्पों में। यह भगवत्-स्मरण में ले जाने वाला कौन था कि गोमती के कमरे में होना कमर तक का सरोवर में होना होता गया था और विश्वास बंधा था कि एक-न-एक दिन उबरेंगे जरूर। किसने कहा था कानों में कि यह हताशा तो लू सी बहती जरूर है, मगर ऋतु बीते पर विलीन हो जाती है। आज वही परमेश्वरी बाबू हैं और अब धीरे-धीरे मन बनता जा रहा है कि जो प्रभु का किया था उसे भी, जो अपना किया था उसे भी, दोनों को तौलकर देखो लाला परमेश्वरी शरण और तभी जान पाओगे कि अपने कि को बट्टे खाते डाल देने में ही मुक्ति है।

ट्रिं...ट्रिं...ट्रिं...फोन उठाने को हुए, तो पाया कि हाथ तो अभी तक ज्यों-का-त्यों रिसीवर के ऊपर ही रखा पड़ा है।

"हैलो...कौन ?...अरे, प्रवासी लाल ? तुम कहां से ? वैद्यनाथ कम्पनी से ?...अच्छा, स्साले ! कुछ चंदा-वंदा वसूलने पहुंचे हो ? ...

क्या कहते हो कि कुंआरे को किसी को साला कहने का हक नहीं ? भूल

गए कि कुंआरा नहीं, रंडुवा हूं ?... अच्छा-अच्छा, पधारो-पधारो।" कहते हुए, पथिक जी के रूप को पूरी तरह अपनी स्मृति में किया परमेश्वरी बाबू ने और रिसीवर रखते हुए, बाथरूम की तरफ निकल गए। लौटे तो बाहर बरामदे में निकल आए। बोले, "अरी ओ रधिया बिटिया ! तनिक सुन तो, हमारे एक दोस्त आने वाले हैं। तुम तो शायद देखी भी होगी वहां कोठी पर ? लम्बे कुर्ते वाले कवि महाराज को। देखो, कुछ सब्जी-पूड़ी का जुगाड़ देखे रहना। कवि आदमी है। खाए, न खाए का कौन' ठिकाना है।"

"अब यार, तुम्हारे यहां को आना था तो ससुर ये बात ही दिमाग में कहां आती है कि खाना कहां खाना है ? घर से समझो कि तड़के ही निकल गए। सम्मेलन से 'अरुण भारत' की तरफ निकल गए। एक ठो गांधी जयंती स्मारिका का काम हाथ में ले लिया था।" कहते हुए ही पथिक जी ने अपने लम्बे कुर्ते की जेब में से कोई कागज निकालना शुरू किया, तो पास बैठे परमेश्वरी बाबू ने रोक दिया, "पहले खाना ठीक से खा लो, प्रवासी ! कागज-पत्तर फुर्सत से निकालते रहना।"

"एक दिन तुम्हारे दोनों भतीजों से अचानक मुल कात हो गई थी। मगर हुआ क्या कि इसी बीच लखनऊ, लखनऊ से दिल्ली, दिल्ली से चंडीगढ़ तक चला गया। दिल्ली से जय प्रकाश जी की संपूर्ण क्रान्ति का एक पाक्षिक 'लोक संदेश' निकालने की बात थी। अब हमारा हाल है कि बीती बहुत, रही थोड़ी। यहां गंगा-जमुना के दोआबे से तो, भइया ! 'गधा पचीसी' निकालो तो एडीटरी मंजूर, वहां ससुर दिल्ली से 'ब्रह्माण्ड संदेश' भी निकालो तो क्या ? और अब रसाली सम्पूर्ण क्रान्ति में ही क्या रखा है, डेढ़ साल में ही जनाजा उठने की नौबत आ गई।"

"रधिया बेटे ! पूड़ी लेना बन्द कर दें पथिक जी, तो मिठाई परोसना। ब्राह्मण देवता हैं। तेरे लिए अच्छे वर का आशीर्वाद देते जाएंगे।"

"अरे, यार ! हमारी ब्राह्मण विद्या में दम होता, तो हमें सबसे पहले तुम्हारे लिए बधू का वरदान देते। कुछ कहें, परमेश्वर ! बुरा न मानना। तुम खिल नहीं पाए पूरे।"

जगतारो काफी फासले पर बैठी वु छ बीन रही थी, आगे सरकती

रसोईघर की दीवार से लग गई। परमेश्वरी बाबू बोले, "उधर फासले पर क्यों बैठ रही हो, जगतारो ! यहीं चली आओ कवि महाराज के पास और दोनों मिल के बाबू परमेश्वरी शरण का लगन तलाशो।" कहते हुए परभेश्वरी बाबू एकाएक उठ खड़े हुए, लेकिन तुरत पलटे भी और हंसते हुए बोले, "इस जगतारो से फुर्सत पा जाओ तो मेरे पास चले आना। तब तक चाय का वक्त भी हो जाएगा।"

"अरे, हम क्या जानती नहीं हैं पंडित जी को ? अब देख लो हमरे कहे पर तो मूं फुल लेते हो बच्चा बाबू ! मगर तुम्हारा बेगिरस्ती होना खटकता सबको है। हम क्या झूठ कह रहे हैं पंडित जी !"

पथिक जी ने अब तक मिठाई खाना शुरू कर दिया था। साफ-साफ कुछ बोल नहीं पाए।

चाय बनकर आते तक में दोनों ही काफी इतमीनान में हो गए। परमेश्वरी बाबू ने इसी बीच इक्यावन तय कर लिए थे, लेकिन पथिक जी कहीं अन्यत्र जाने की जल्दबाजी में कतई नहीं थे। अभी चाय भी पीना शुरू नहीं किया था, लेकिन बाहर को आवाज देते बोले, "पान खूब रच के लगाना, जगततारिणी ! जर्दा तो तुम्हारा-हमारा एक ही है। जरा अपनी बिटिया से कहो कि बरामदे में टंगा हमारा झोला देती जाए।"

झोला आ जाने पर कागज-पत्र निकालने लगे पथिक जी, तो परमेश्वरी बाबू ने कुर्ते की जेब से इक्यावन रुपये निकाले और आगे बढ़ाते बोले, "यार ! अब यह सब फालतू ताम-झाम हमको न दिखाओ। घंटा-भर अपनी योजना समझाओगे कि गांधी जी जैसे युग पुरुष की स्मृति में कुछ-न-कुछ करते रहना हमारा फर्ज हो जाता है।...और तमाम राष्ट्रीय-अंतर्राष्ट्रीय राजनीति सानोगे। मिलते हैं तुम्हें फिर भी यही इक्यावन-के-इक्यावन !"

परमेश्वरी बाबू हंसे, मगर पथिक जी गम्भीर बने रहे। धीमे से लगभग लापरवाही से रुपये थामकर झोले में ही डाल लिए और कुछ फुलस्केप आकार के सादा कागज निकालकर मेज पर से 'महाभारत' उठाते बोले, "आज मैं कुछ दूसरे मूड में तुम्हारे पास आया हूं, परमेश्वर ! तुम्हारा इंटरव्यू लेना है।"

परमेश्वरी बाबू बोले, "यह कौन-सा नया धंधा चालू कर दिया, यार ! तुमने ? जितने झोले में डाल चुके, इससे एक पाई को आगे उम्मीद न करना।"

"कहो तो यह भी वापस लौटा दूं ? तुम भी एक अजब चुगद बनिये हो यार ! हर बात तुम्हें धंधा ही नजर आती है। कभी दैनिक 'प्रभात' देखते हो या नहीं ? उस में हर सोमवार को हमारा एक कालम छपता है, आमने-सामने।"

"हां, याद आया, पथिक ! उसमें किसी जेबकतरे का भी इंटरव्यू छापा था तुमने ?" परमेश्वरी बाबू हंस दिए।

"वह छोटे जेबकतरे का इंटरव्यू था परमेश्वर ! इस बार बड़े जेबकतरे का देना है।" पथिक जी हंसे, तो बत्तीसी खुल आई।

"तब तो तुम खुद अपना ही इंटरव्यू छाप लो, यार ! बनियों को जेबकतरा कहते हो, मगर बनियों की भी जेब तुम काट ले जाते हो। तुम्हारा जबड़ा तो दिन-दिन बड़ा होता जाता है। किसी दिन कान-मुंह एक हो जाएंगे।"

"देखो, परमेश्वर ! बातों पर जाते वक्त जिस्म पर मत जाओ। तुम बनियों की जेब काटना वेश्या का शील भंग करना है।" कहते हुए पथिक जी कागज ठीक करने लगे।

इस बार परमेश्वरी बाबू भी खुलकर हंस पड़े। थमने पर बोले, "तुम, तो मुंहफट हो, पथिक ! जरा ध्यान रखना कि घर में महिलाएं भी बैठी हैं। प्राकृत-अपभ्रंश मत झाड़ना।"

पथिक जी इस बार गम्भीर हो गए। बोले, "तुम जरा ठीक से मसनद के सहारे बैठ जाओ, सम्पूर्ण बनिये की तरह। इंटरव्यू शुरू करने जा रहा हूं। ये आइडिया तो हमने दिया सम्पादक महोदय को कि बड़े-बड़े नेताओं और साहित्यकारों की जगह, सामान्य लोगों के कुछ इंटरव्यू छापिए, आदमी और समाज की ज्यादा सही तसवीर सामने आवेगी। हां तो, सबसे पहले आप ये बताइए, परमेश्वरी बाबू, कि इस देश और समाज के प्रति बनियों की भूमिका क्या है ?"

परमेश्वरा बाबू इस आकस्मिक प्रश्न से कुछ देर खामोश पड़े रह गए। ठीक

से टेक लेते बोले, "तुम तो यार ! शुरू में ही धोबीपछाड़ लगा रहे हो ? जाओ, घर में लोग इंतजार कर रहे होंगे। कहो तो रिक्शा-भाड़ा और दे दूं ?"

"टालो मत, परमेश्वर ! आज बड़े मूड में हैं, उम्मीद में भी। तुम अगर बेबाक होकर इंटरव्यू' दे दो, प्यारे ! तो मजा आ जाए।"

"तुम्हें तो मजा आ जाएगा, पंडित ! मगर इस बनिये का क्या होगा ? अच्छा, एक शर्त पर इंटरव्यू देने को तैयार हूं। तुम अभी लिखकर दो कि इंटरव्यू तैयार कर लेने पर मुझे दिखाओगे और जितना पास कर दूंगा, सिर्फ उतना ही छपेगा ?"

"चलो, मंजूर है।"

"देखो, तुम हो लेखक-पत्रकार। तुम लोगों के बोले हुए की कोई वकत नहीं। लिखकर दो।" पथिक जी ने टालने की बहुत कोशिश की, मगर परमेश्वरी बाबू माने नहीं। जगतारो इस बीच पान देने चली आई, तो थोड़ा-सा विराम बना। लौटने लगी, तो बोले, "आधा घण्टे में चाय और बनवा देना, जगतारो ! मगर सिर्फ पंडित जी के लिए। भीमा से बोल देना, कोई मिलने-पूछने आवे, तो कह दे, शहर गए हैं। चलो, तुम शुरू करो। आज साला यही मजाक सही।"

"तुम सचमुच मजाक में ही लेना चाहते हो बात को, तो रहने दो।"

"अच्छा चलो, सीरियसली ले लेता है। हो तुम महाचिपक्कू। बनियों से ही चंदा वसूलोगे, बनियों को ही गरियाओगे।"

परमेश्वरी बाबू एकाएक कहने को हुए कि 'यार, तुम तो गोमती बाई की जैसी जबान बोलने लगे।' मगर संयम बरत के अपने में सन्नाटा साधे रहे। पथिक जी कुछ और बोल चुके, तो धीमे से कहा, "यार पंडित ! तुम अपना 'इंटरव्यू' देने आए हो कि मेरा लेने आए हो ? मैं तो 'उग्रसेन संदेश' के संरक्षक मंडल में हूं, वहां तुम्हारा गालीनामा कौन छापेगा ?"

थोड़े-से अंतराल के बाद, सचमुच पथिक जी ने अपना वही सवाल दोहराया, तो लिखो नहीं, सिर्फ सुन लो' कहते हुए परमेश्वरी बाबू ने बोलना शुरू किया।

अन्त में बोले वह, "सुनो, पथिक पंडित ! तुम लेखक-पत्रकार लोग

समझते हो कि यथार्थ स्थितियों का ज्ञान तुम लोगों को ज्यादा है। आता-जाता तुम लोगों को कुछ नहीं। तहखानों में तुम लोगों का प्रवेश नहीं, ऊपर-ऊपर से कितना सूंघ सकते हो ?"

"तुम बदतमीजी पर उतर रहे हो, परमेश्वरी !"

"तुमसे बदतमीज मैं कहां हो पाऊंगा, प्रवासी पंडित ! बस, ये है कि दिनों में आए हो, चर्चा छेड़े हो, तो हम भी कुछ अका-बका कह गए। अच्छा, अब कुछ छापने के लिए भी बातें करोगे या यों ही गप्प लड़ाओगे ? राजनीति को भाड़ में झोंको, कुछ आदमियत की बात करो। हमारा क्या है, कोउ नृप होउ, हमें का हानी।"और फिर मैं तो समाज से व्यक्ति में आ गया, प्रवासी ! व्यक्ति से भी विराग में जाने की तैयारी है।"

"हां, सुना तो बहुत है तुम्हारे बारे में। राधेश्याम से तुम्हारे अभिनन्दन ग्रन्थ की बात चलाई थी। सोचता था कुछ तुम्हारा अभिनन्दन हो जाएगा। बनियों के बीच के खरे आदमी हो। कुछ अपना अर्थ-लाभ हो जाएगा। मगर तुम्हारे भतीजे भी यही जवाब देने लगे हैं कि चाचा जी अब इन सब चीजों से वीतराग हो गए। ये जो तुम किनारे हटते जा रहे हो, चुनाव में हार जाने की निराशा है ? या रंडुवा ही जीवन बीत जाने की उदासीनता ? बिना स्त्री के होना भी आदमी को झक्की बनाता है। तुम बेकार के आदर्शवाद में मारे गए। तुम्हें बिना गृहस्थी का देख सचमुच तकलीफ होती है। तुम मोही आदमी हो। तुम्हारा सुख परिवार में था।"

कोशिश करते रहने पर भी परमेश्वरी बाबू अपने को अवसाद में होते जाने से रोक नहीं पाए।

बीच-बीच में राधेश्याम या परमेश्वर का कारोबार के सिलसिले में कोई फोन आया, तो संक्षेप में ही निबटा दिया। यहां तक कि मधु का भी। हालांकि उसका 'रधिया, ठीक से देख-भाल कर लेती है न ?' पूछना मधूमक्खी के डंक की तरह गड़ा था कानों में।

बड़ी देर तक बतियाते रहे पथिक जी से तो पहली बार गहरे अहसास हुआ कि स्त्री-वंचना पहले भीतर कहीं किसी कोने में थी, अब चारों तरफ है।

"यूनिवर्सिटी में पढ़ने के दिनों तुम कैसे प्रेमी स्वभाव के थे।...कौन सोच सकता था कि तुम विराग का जीवन बिताओगे ? मुझे तो अभी भी लगता है, परमेश्वर ! कि तुम अपनी रचना के विरुद्ध चले हो।...यार, वहां कोठी में कई बार आना-जाना रहा, तब नहीं। वहां तुम अपनी भाभी-बहुओं से घिरे इतने उजाड़ नहीं दिखते थे।"...यहां लगता है, हजारों मील के फासले पर हो।...बाहर जगतारो और रधिया बैठी हैं, भीतर तुम निर्वासित मालूम पड़ते हो।"

"आत्म-निर्वासन और कैसा होगा, पंडित !"

"सुनो यार ! तुम वो अपना पुराना राग मत छेड़ देना कि स्वामी शारदानंद ने कहा था, परमानंद ने कहा था। जस्टिफिकेशनों में जाना तर्कों से पिण्ड छुड़ाने तक महदूद हो, तो हर्ज नहीं...मगर ज़िंदगी की सच्चाइयों से इनकार में कुछ रखा नहीं।"

"एक शादी न करना, जिंदगी से इनकार करना क्यों हो गया, यार ! क्या पृथ्वी पर अकेला मैं ही रंडुवा हूं ?"

तुम फिर जस्टिफिकेशन में ही जा रहे हो, परमेश्वर !"

"तुम्हारा संवाद जगतारो से तो नहीं हुआ ?"

"माधो बहू से हुआ था और रामे से। जब तुम्हारे 'अभिनंदन ग्रन्थ' की योजना लेके कोठी पर गया था। यह सोच कि तुम तो वानप्रस्थी ही हो रहे हो, तुम्हारे बहाने कुछ हम ही प्राप्त कर लें !...क्या करें यार ! लेखक के गृहस्थी होने के अपने दण्ड हैं, व्यौपारी के रंडुवा और संततिहीन होने के अपने। तुम बुरा न मानना, परमेश्वर !...तुम आत्म-निर्वासन के विराग में नहीं, कुटुम्ब-निर्वासन के विषाद में जी रहे हो।...तुम खदेड़ दिए गए हो।..."

अंतिम वाक्य पथिक जी ने जिस तल्खी के साथ कहा, परमेश्वरी बाबू कुछ हतप्रभ हो गए। इतना उन्हें स्पष्ट आभास हो गया कि कौटुम्बिक विग्रह को आच्छादित किए रहने का उपक्रम चल नहीं पाया है। वार्ता में तो चीजें बहुत पहले से थीं, अब व्यवहार में आ चुकी मालूम पड़ती हैं। परमेश्वरी बाबू ने अपने को थोड़ा मानसिक अस्वस्ति में अनुभव किया और दीवार का सहारा लेते बैठ गए।

"पथिक ! तुम तो कवि हो, यार ! तुम्हें हम क्या समझाएंगे जीवन के तर्क।...मगर सच पूछो तो विराग का जीवन कोई राग के जीवन के विपरीत नहीं, भिन्न जरूर है।"

"तुम तो लेखकों की भाषा बोलने लगे परमेश्वर ! एक बात है, यार ! तुमने सिर्फ व्यौपार नहीं किया, जीवन भी जिया, इसमें कोई शक नहीं।...अच्छा, अब तनिक बताओ कि स्त्रियों के बारे में तुम्हारी क्या राय है ?"

"कितनी और कैसी स्त्रियों के बारे में प्रवासी !"

पथिक जी के दांतों पर से निचला होंठ उतरने और ऊपरला होंठ उठने को हुआ था कि परमेश्वरी बाबू ने आंखें मूंद लीं, "यह कुछ ऐसा सवाल है, प्रवासी ! नदियों को नहाने से जानना है। आईनों को छवि निहारने से जानना है। आदमी पहले मां की गोद में प्रकट होता है और फिर तो यह है कि जितना तुम प्रकट हुए।"

बोलते-बोलते ही परमेश्वरी बाबू भावाविष्ट हो गए। मगर, एकएक सीढ़ी उतरते-उतरते, सम्पूर्ण देह स्मृति-सरोवर में समाती गई है और पानी से बाहर अब कुछ छूटा नहीं है। कह भी दें कि जगतारो और अम्मा का फर्क कितना ! और कि बिंदेश्वरी भाभी या कि गोमती के बीच का फर्क कितना ! या कि अपने और रधिया के बीच का फर्क कितना ! तो सुनने वाला कौन है यहां अपने सिवा ? मगर सिर्फ तभी, जबकि स्मृति में ही कहा भी गया हो। शारदा और बिंदेश्वरी भाभी और गोमती और माधवी बह और अनेकानेक और रधिया सबकी परछाई जल में एक के ऊपर एक है।

"तुमको लगता है नींद आने लगी, परमेश्वर !... अब हम चलें। तुम्हें समझ गए। तुम ज्वालापुर में भी रहोगे, तो स्त्रियों में ही रहोगे। तुम स्मृतिजीवी बनिये हो। चक्रवद्धि में जाओगे।" पथिक जी उठने को होते हुए, आत्मीयता में हंसे, तो फिर हाथी बच्चा हो गए।

परमेश्वरी बाबू बोले कुछ नहीं। अपने को समेटा और उठ खड़े हुए। पथिक जी के कंधे पर हाथ रखा, "सचनुच बहुत स्त्री-तृष्णा में होता जाता है, प्रवासी ! सोचता हूं, प्रभु ने एक कन्या दे रखी होती, तो विलम्ब से शादी करता। स्त्री को

पिता के रूप में जानना शेष ही रह गया।"

रोकते भी, आंखों में आंसू भर आए, तो अलमारी ठीक से बन्द है या नहीं, देखने के बहाने पीछे पलट गए तेजी से। कुछ देर चाबी लगाते, कुण्डी खटखटाते अपने में थमे रहे, फिर पथिक जी की ओर पलटते बोले, "चलो, तुम्हें थोड़ी दूर छोड़ता आऊं।"

परमेश्वरी बाबू के लौटने तक में जगतारो वापसी की मुद्रा में बैठी थी। उठ खड़ी हुई, तो स्थान खाली करती आभासित हुई।

"अद्धकुम्भ नहाने का इरादा तो किए होंगे, बच्चा बाबू !"

जगतारो का पूछना कुछ क्षणों तक कानों में कीट-पतंग की तरह मंडराता ही रह गया। बोले, "तुम चलोगी, जगतारो !"

"पिरयाग तो देर नहाए हैं, बच्चा बाबू ! रधिया के बाप के होते विध्या मइया और मेहर की मइया के भी दर्शन किए। हरिद्वार की गंगा माता बस, कानों से सुनी हैं।"

"ठीक है, चली चलन मेरे साथ। वहीं तेरा विसर्जन भी करा देगा। लौटूंगा तो धिया पूछेगी कि "बाबू जी ! अम्मा...!'...तो इलायची दाने और तुलसी थमा दूंगा कि इसी को अम्मा की निशानी समझ।"

हंसने को हुए परमेश्वरी बाबू, कोशिश भी की, लेकिन लगा कि बात कहीं भीतर से नहीं निकले, तो शरीर भी साथ नहीं देता है, "तुम्हारा चलने को मन हो, तो चली चलना। चेताती रहना, रिजर्वेशन कराना होगा चार-पांच दिन पहले ही।" कहते हुए परमेश्वरी बाबू ने जगतारो का हाथ अपने हाथों में लिया और उसे भी बाहर काफी दूर तक छोड़ते वापस लौटे, तो देखा धिया बरामदे में गुट्क खेल रही है। पांव के अंगूठे से ठोकर मारती है, तो पत्थर का चौकोर टुकड़ा बरामदे को मोजेक पर्श पर काफी दूर तक निकल जाता है और रधिया तांगे में जुती घोड़ी कीसी दुलकी लगाती है। उसका गुट्क खेलते में 'इक्खड़-दुक्खड़' बोलना, अनुभव होता था, पत्थर का चौकोर टुकड़ा सुनता है और अंगूठे की ठोकर के वृत्त में बने रहना चाहता है।

रधिया तांबे की अधभरी गगरी-सी खेलने में डूबे से उतराई, तो परमेश्वरी

बाबू को देखते ही चौकन्ना मृग हो गई। धोती का पल्लू ठीक से और वस्त्र माथे पर किया, रसोई घर में गुम हो गई।

कमरे में फोन की घंटी बज रही थी और परमेश्वरी बाबू घमने निकल चुके थे। दो-तीन बार तो रधिया कमरे की देहरी तक आई, लौट गई, मगर अंततः साहस करके दरवाजा खोलकर भीतर पहुंच गई। इतना अनुमान उसने लगा लिया था कि शायद कोठी पर से किसी को फोन होगा। फोन पर बातें करने का अभ्यास तो नहीं है; लेकिन अजूबा भी नहीं। वहां कोठी पर कई बार ऐसा हुआ कि किसी का फोन आया और रधिया को बताना पड़ा कि घर में इस वक्त कोई नहीं है।

उसे अचानक याद आया कि एक बार तो किसी ने यह कह दिया था कि घर में इस वक्त कोई नहीं है तो अच्छा ही है, कहो तो हम चले आएं ? घड़ी-भर आपस में प्यार की बातें ही कर लेंगे ?'

उस वक्त की तो क्या कहे कोई, जब कि इस वक्त सिर्फ स्मृति में होते ही संकोच में गड़ गई है। किसीसे उसने कभी जिक्र नहीं किया; लेकिन यह भ्रम कभी दूर हुआ नहीं कि आवाज वह जहां तक है, राधे बाबू की ही थी। पिछले साल होली मिलने के बहाने उधर से 'हैलो-हैलो-हैलो, कौन है। फोन पर ?' किसी ने जरा जोर से पूछा, तो रधिया को याद आया कि रिसीवर उटाकर कान से लगा तो लिया था उसने, लेकिन आवाज कोई नहीं दी थी। 'हैलो, कौन ! बाबू जी नमस्ते !' रधिया धोती का पल्ला ठीक से माथे पर करती जल्दी-जल्दी बोली, "हैलो-हैलो, बहू जी नमस्ते ! हम रधिया बोल रही हैं।"

"बाबू जी कहां हैं ?"

"जी बहू जी ! बाबू जी तो रोज भोर में टहलने निकल जाते हैं न ?... जी, बहू जी ! दो प्याली चाय दी थी हम...जी, बहू जी ! अच्छी बनी है कह रहे थे बाबू जी।"

रधिया को हलकी-सी खांसी आ गई और उधर से माधवी को 'ठंड तो नहीं लग गई, रधिया ! रात को जरा ठीक से ओढ़कर सोया करो। सर्दी अभी काफी है।' कहना उसके कान में तिनके की नोक का चुभना हो गया। एकाएक उसने अपने को साधा। धीमे से मुसकराई और अपने को संभालती-सी तख्त पर बैठ

गई। आंखें उसने दरवाजे की दिशा में कर लीं, ताकि परमेश्वरी बाबू आते दूर से ही दिख जाएं और वह आवाज को इतना मद्धिम कर ले कि उन्हें कुछ ठीक से सुनाई न पड़े।

बोली, "जी, बहू जी ! कोई खास ठंड नहीं लगी है। बाबू जी ने एक ठो अपने वाला कम्बल दे दिया है ओढ़ने को, बड़ा गरम है। रात को तो गर्मी के मारे कभी-कभी कमर तक हटा देती हैं हम। अकसर तो यहीं, जहां ये फोनोगिराफ रखा है ना, बहू जी ! यहीं बाबू जी के ही कमरे में सो जाती हैं हम। कई बार तो बाबू जी खुद ओढ़ा देते।"

"हां, भई, बाबू जी का तो सदा का स्वभाव यही है। शुरू-शुरू में हम आई थीं इस घर तो बच्चों की-सी देखभाल होती थी हमारी भी। एक बार पांव में चस पड़ गई। बड़ी देर तक बाबू जी खुद अपने हाथों से मालिश करते रहे। उनका-सा प्रेम-भाव तो बहुत कम लोगों में ही होता है।"

"जी, बहू जी ! ठीक कह रही हैं आप। हमारे बाबू जी तो देवता सरीखे हैं।"

"अरे, भई, मां दुर्गा के बड़े भक्त हैं ना बाबू जी ! धार्मिक वृत्ति के आदमी में करुणा रस बहुत होता है। बहुत जल्दी द्रवित हो जाते हैं। एक बार बरसात के दिनों की यह बात होगी। राजो तब हमारे गर्भ में था और शायद चौथा कि पांचवां महीना। शाम का वक्त रहा होगा। हम तुलसी चौरे में दीया जलाने आंगन में निकलीं। बारिश तो थम चुकी थी, मगर फिसलन थी। समझो कि धड़ाम से जो गिरी है, संजोग कि तुलसी मइया के चरणों में ही माथा टिका गया, नहीं तो सिर फूट गया होता। बाबू जी बैठक में। देखा ओर दौड़ते आए। चोट हमें कुछ खास आई नहीं थी। बस, शरीर में एक धचका-सा जरूर पड़ गया रहा। कुहनी थोड़ा छिल गई थी। मगर बाबू जी की कहो तो उनका चित्त ही कितना कोमल है। हमें गोद में यो उठा लिया, जैसे कि फूल हों। बच्चों की तरह चारपाई पर सुलाया। कब हमें जबरदस्ती हल्दी-दूध पिलाया। कब कुहनी पर दवा लगाई। कब हाथ-पांवों में लग गई कीचड़ को गीले तौलिये से पोंछ दिया, हमें कुछ पता ही नहीं चला। माथे पर हाथ फेरते दुर्गापाठ करते रहे। आज के जमाने में सगे मां-बाप कहां इतना ध्यान रखते हैं ? अब देखो कि हमें आज तक वह बात कल की घटी मालूम

पड़ती है। इतना तक हमें याद है कि उस दिन हम वह पीले फूलों वाली साड़ी पहने थीं, जो उसी बसन्त में बाबू जी ने तुम्हारी अम्मा को दिला दी।"

"जी, बहू जी ! हम जानित हैं। ऊ पिरियर साड़ी तो खुद हम भी पहनती रहीं। एक दफे बड़के भैया धोखा खाइ गए रहे। साड़ी के धोखे में हमें राजू भइया की मम्मी समझ लिए। हम तो मार शरम के...।"

"देखो, कहने वालों के हजार मुंह। हम तो सिर्फ इतना जानती हैं, खुद बाबू जी से कोई पूछ देखे कि हमने भी पिता की जगह ही मानकर बरता या नहीं ? आज भी बाबू जी के पसन्द की चीज बनती है कोई, तो हमें यह हो जाता है कि बाबू जी नहीं हैं। कल ही हमने मीठा चिवड़ा और नमकपारा उतारा है। आज या कल-परसों में राजो के बाबू के साथ-साथ उस तरफ निकलूं, तो लेती आऊं। अना हुआ, तो तुम्हें फोन कर दूंगी। शाम को ही तो खाना होता है बाबू जी को, खुद बनाऊंगी। वैसे तुम्हारे बनाए-परोसे से भी प्रसन्न ही रहते हैं। परसों दफ्तर में फोन किया था, बड़ी देर तक बाबू जी से बातें होती रहीं। तुम्हारी बहुत तारीफ कर रहे थे।"

"जी, बहू जी, ये तो बाबू जी की मिहरबानी..."।

"अरे, मिहरबानी कुछ नहीं, रधिया ! ताली एक हाथ से नहीं बजती। एक तरफ हो, तभी दूसरी तरफ भी प्रेम होता है। प्रेम तो एक ऐसी चीज है, जो न जात-पांत देखता है, न अमीर-गरीब देखता है और न उम्र पर जाता है कि भइया, तुम जवान, हम बूढ़े या कि हम बूढ़े, तुम बच्चे।"

प्रसंग को झूले की पटिया की तरह झुलाती माधवी ने जिस निपुणता के साथ कान में फुरहरी की, कुछ क्षण तो रधिया स्तम्भित रह गई।

"देखिए, यहां कोठी पर आपको फोनोगिराफ पर बतियाते-हंसते देखती थीं हम। कहां समझती थीं कि ई फोनोगिराफ पर आपका हंसना कितना सुंदर सुनाई पड़ता होगा ? बाबू जी अकसर यही कहते हैं, बड़ी बहू तो देवी-रूप है। अच्छा, अब फोनोगिराफ रखें, बहू जी ! शायद है, बाबू जी आते ही हों। आते ही दूध देना होता है। गऊ का ही दूध पसन्द है। पतला ही क्यों न हो, कहते हैं, गऊ के दुध के गुण हजार।"

"सो तो सच ही है, रधिया ! खास तौर पर बच्चे-बूढ़ों के लिए बड़ा गुणकारी

बताया गया है। एक दिन शांता बुआ के संग पीपल वालों की कोठी पर सत्संग में गई थीं। वहां परिव्राजक जी बता रहे थे कि गौ को माता क्यों कहा गया। कहते थे, गौ का दूध पतला भी हो, तो भी भैंस के दूध से ज्यादा बल-बीज वर्द्धक होता है।"

अपने वाक्य को जिस तरह माधवी ने डंक की तरह समाप्त किया और लगभग तुरन्त खिलखिलाई, रधिया की पकड़ ढीली पड़ गई फोन पर, लेकिन तुरन्त संभली और खुद भी लगभग वैसे ही खिलखिला उठी। अपने कौतुक में होने के-से अहसास ने उसे जैसे पूरी तरह भीतर तक मुक्त कर दिया था। हंसते-हंसते ही अपने धोती का पल्ला दांतों में फंसा लिया। बोली, "चा-पानी के लिए तो भैंस का ही लिया जाता है, पीने को गांव से गाय का मंगाया जाता है। फैक्ट्री में काम करने वाला मजदूर कोई है...।"

रधिया वार्ता को सहजता में ले जाकर समाप्त करने के इरादे से बातों को नितांत औपचारिक धरातल पर ले जाकर, 'अच्छा, अब फोनो गिराफ रखती हूं, बहू जी !' की मानसिक तैयारी में ही थीं कि माधवी का पूछना पालथी मारकर बैठ गया कानों में कि 'कुछ कभी अपने बारे में भी सोचती हो, रधिया ! तुम लोगों की बिरादरी में तो इस उम्र में दो-तीन बच्चों की महतारी बन जाती हैं लड़कियां ?'

धीमे से छुड़ाती-सी बोली, "यह सब तो आप ही लोगों को देखना है, बहू जी !"

"गऊ को भी अपना संबंध खुद ही ढूंढ़ना होता है, रधिया ! हम लोगों की क्या कहती हो ? परिवार में की लड़की की तरह रही हो, तो अपने करने योग्य में कमी हम भी नहीं करेंगे। छोटी ननद की-सी बिदाई करेंगे। जगतारो से तो चलती रहती है बात, राजो के बाबू, रामे और वह जो मंझनपुर वाले शुक्ला पंडित आते हैं, उनसे तक जिक्र चला रखा है। वह कह भी रहे थे कि उधर के अहीरों में उनकी जजमानी है, देखेंगे।"

रधिया को लगा, माधवी भीतर को अजगर की-सी सांस ले रही हैं और उसके हाथों में थमा रिसीवर खिंचा चला जा रहा है। वह कुछ कहने को हुई ; लेकिन त तक में फोन कट गया।

9

पथिक जी के आने के दूसरे ही दिन कानपुर चले गए थे।

मौसम का अंतर है, स्थितियों का अंतर है, किंतु स्मृति ने जैसे सारे फासले समाप्त कर दिए हैं। विगत समय के अंतराल में और अधिक स्पष्ट आकार ग्रहण करता जाता हो, तो स्मृतिजीविता कैसे वर्तमान का हिस्सा बनती जाती है। परमेश्वरी बाबू अभी कहीं नहीं गए हैं, द्विवेदी पान भंडार के पार्श्व में चुपचाप खड़े हैं। सड़क पर आवागमन नदी के बहने की-सी समानता में बाजार का वातावरण निर्मित किए हैं और स्मृति या स्वप्नों में जाने या बने रहने का वातावरण यहां कहां ? लेकिन जैसा भी वातावरण चित्त को व्यापे का निमित्त-भर होता है और यदि परमेश्वरी बाबू को इतना अच्छी तरह याद है कि तब चारों तरफ लू के थपेड़े थे, क्योंकि मई महीने का वह अन्तिम हिस्सा था, तो, उस घटित के सहारे ही, जो कि सेठ हरविलास और गोमती बाई के बीच का सेतु है।

यथावत् हैं; किन्तु पांवों के तलुओं में फर्म हरबिलास गुरुशरण से लेकर गोमती बाई की कोठी तक की यात्रा इकट्ठा हो आई मालूम पड़ती है और परमेश्वरी बाबू तय नहीं कर पा रहे हैं कि पहले गोमती की ओर निकलें कि सेठ हरबिलास की ओर।

उन लोगों के लिए परमेश्वरी बाबू उपेक्षा और अवज्ञा के पात्र रह गए हैं; लेकिन परमेश्वरी बाबू के लिए वह घर शारदा का मायका है। जब तक सास जीवित थीं, यहां जाने में बाधा नहीं अनुभव होती थी। सास की आंखों में प्रतिबिम्बित होने वाला अनुराग तंतु बनाए रखता था। अब या तो सिर्फ औपचारिकता में जारी है और या इस भाव में कि नाक थी।

अभी कुछ महीने पहले आना हुआ था, तब नहीं गए थे; लेकिन यह नैनी चले आने के बाद का वक्त कैसा है कि पत्नी की स्मृति छाया की तरह कुछ ऐसे साथ चलती मालूम पड़ती है कि कान लगाकर सुनें, तो चलने की आहट सुनाई पड़ जाए।

गोमती को मरे ही कितने वर्ष हो गए ? जिससे कोई कौटुम्बिक रिश्ता नहीं था, उसका मरण क्यों बना रह गया है अपने भीतर ? और फिर कानपुर तक

की यह क्या यात्रा सिर्फ इस निमित्त है कि अपने विगत को अंतिम बार देखते जाओ ? कितना विलक्षण है कि वहां इलाहाबाद में रहते सिर्फ गोमती का संसर्ग स्मृति में कौंधता था, उसका व्यतीत हो चुकना नहीं। अब, इस वक्त, जबकि एक बार इस द्वन्द्व में हुए कि पहले किस ओर जाएं, पांव के अगली सीढ़ी पर उठने की तरह वह सारा परिदृश्य स्मृति में उभर आया है, जबकि आए थे और गोमती के विगत हो चुकने का वृत्तांत लेकर लौटे थे।

परमेश्वरी बाबू रिक्शा रोककर बैठ गए। सेठ हरबिलास के यहां जाने का निश्चय भी स्थगित कर दिया। बोले, "काहू कोठी चलो..."

उसी दिन नहीं, दूसरे दिन नीलांचल से इलाहाबाद वापस लौटे परमेश्वरी बाबू, तो तिपहिया स्कूटर करके सीधे नैनी पहुंचे। हालांकि परसों स्टेशन तक राधे बाबू छोड़ने आए थे और कहा था कि वापसी की। ट्रेन बता दें, तो कार लेकर स्टेशन आ जाएंगे। परमेश्वरी बाबू ने टाल दिया कि कौन दिल्ली-चण्डीगढ़ से वापस लौटना है।

लगभग साढ़े तीन बजे क्वार्टर पर पहुंचे, तो देख के कुछ अचम्भित हुए कि श्रीमती खोसला बैठी जगतारो से बतिया रही हैं।

"नमस्कार, गोयल साहब ! बड़ी लम्बी उम्र है आपकी। ये आपकी—क्या नाम बताया था आपने अपना जगतरानी !...ये जैसे ही हम वापस होने को हुईं कि अब कल किसी वक्त फोन से आपके कानपुर से आ चुकने का पता करके, तब आएंगी, ये बोलीं कि चाय पिए बिना नहीं जाने देंगो और तब तक बहुत मुमकिन है, गोयल साहव आ ही पहुंचे।"

"इसने 'गोयल साहब' नहीं, बच्चा बाबू कहा होगा।" कहते हुए परमेश्वरी बाबू हंसे। हाथ अभी भी अभिवादन में जुड़े ही थे उनके। श्रीमती खोसला का उन्हें देखते ही, कुर्सी पर से उठना, अभिवादन में उनके दायें हाथ में की चूड़ियों का कुहनी की ओर गति पकड़ना और शब्द करना, अत्यन्त शालीन हंसी और भाव-सम्पन्नता के संतुलन में आभावान हुआ-सा चेहरा और परमनिष्णात स्त्रियों का-सा बोलना, परमेश्वरी बाबू ने पहले भी अनुभव किया है कि इस स्त्री में से सम्मोहन फानूस में से उदित रोशनी की तरह प्रकट होता है।

तिपहिया, परमेश्वरी बाबू, बाहर बड़े द्वार पर ही रुकवा आए थे। भीमा पांव छूकर निकल गया था। रधिया अभी दिखी नहीं थी; लेकिन रसोईघर में उसका उपस्थित होना परमेश्वरी बाबू तक पहुंच चुका था। श्रीमती खोसला से थोड़ा समय कपड़े बदलने और हाथ-मुंह धोने को मांगते और रधिया को चाय में अदरख-इलायची डालने को कहते, परमेश्वरी बाबू भीतर की ओर निकल गए। श्रीमती खोसला पुन: जगतारो से बातों में हो गईं।

बैठक वाले कमरे से बाहर निकलते हुए, परमेश्वरी बाबू ने श्रीमती खोसला ने भीतर चले आने का आग्रह किया। श्रीमती खोसला के कमरे की ओर बढ़ते ही, जगतारो को धीमे से कुछ नाश्ते की व्यवस्था का सुझाव देते हुए, स्वयं भी मुड़ने को हुए ही थे कि रधिया का आना किसी पक्षी का एकाएक कंधे पर आ बैठना हो गया। उसके हाथों का शीतल स्पर्श पांवों में व्यापता अनुभव हुआ।

परमेश्वरी बाबू तेजी से बैठक की ओर पलटे, तो लगा, "समय तक का बोध इस बात से हो पाया है कि दरवाजे के पास के बल्ब में रोशनी नहीं है, तो रात हो चुकने का कोई सवाल ही नहीं है। रात का वह अंधेरा, अंधेरे में रधिया की उंगलियों के पांवों में स्पर्श और अपने का सिर्फ स्मृतियों के लिए हो चुकना, यह सब किसी निर्जन अरण्य में की रात की यात्रा की तरह का है और यह यात्रा, जाने कहां तक इसे जाना है।

श्रीमती खोसला सोफे के पास खड़ी थीं, बैठ जाने को कहा। स्वयं कुछ क्षण खड़े-खड़े श्रीमती खोसला के बैठने और बैठ चुकने को देखते रहे।

नहीं, अब से दो ही महीने पूर्व भी यह सम्भव नहीं था- अपने को इस मन:स्थिति में पाना कि श्रीमती खोसला जैसी महिला की उपस्थिति को इतने सहज भाव से लेना कि सारी बाधा चित्त की है। अचानक ही उन्हें स्वामी शारदानंद की स्मृति हो आई। तो क्या वह भी स्त्रियों के सान्निध्य में से ऐसे ही गुजरे होंगे ?

परमेश्वरी बाबू का मन हुआ कि मन की शेष रही बाधाओं को भी त्याग दें और श्रीमती खोसला से सीधे-सीधे और निस्संकोच कह दें कि जाने कितनी

तरह से जटिल और कितने प्रकार के बोझों से लदा हुआ विगत यह जब बाधक होने की जगह धीमे से रास्ता प्रकट करता महसूस होने लगे, इस विलक्षण क्षण को आप क्या कहना चाहेंगी, श्रीमती खोसला ? ... मगर तख्त पर बैठते हुए कह सिर्फ इतना ही पाए, "आप को शायद यह कुछ विचित्र लग रहा होगा कि आपको मैं इतनी देर चुपचाप इस तरह क्यों देखता रहा ? पहले इसका ठीक-ठीक जवाब नहीं दे पाया होता, बल्कि कहना चाहिए कि पहले इतना ठीक-ठीक मैं आपको देख नहीं पाया होता...पहले..."

"यानी आपने पहले भी कोशिश की है।" श्रीमती खोसला थोड़ा-सा आगे को झुक आई और 'यानी कि मुझे देखने की कोशिश !' कुछ ऐसे कहा उन्होंने कि परमेश्वरी बाबू के लिए यह स्मरण रखना ही कठिन हो गया कि प्रसंग क्या था।

श्रीमती खोसला बैजनी रंग की साड़ी पहने थीं, लेकिन ब्लाउज गहरे हरे रंग का। परमेश्वरी बाबू को एकाएक स्मरण हो आया कि अभी कुछ अरसा पहले जब पथिक जी से संवाद हुआ था और स्त्रियों के बारे में कुछ बोलना हुआ था और जाने क्या-क्या बोले थे; लेकिन जो सिर्फ़ स्मृति में बोला गया था, वह रह ही गया, तो उसमें से वह सब प्रकट कहां हो पाया होगा कि हां, बिंदेश्वरी भाभी जी के साथ का बीता हुआ जीवन नदी के जल का निवास था ?

कहने को हुए कि 'स्त्रियां जितनी तरह की होती हैं, हम लोगों का उतनी तरह का होना कठिन है, श्रीमती खोसला ! आपके साथ तो इतना फैसला करना भी मुश्किल हो जाता है कि कपड़े पहनने से आपमें फर्क आ जाता है या कि आपके पहनने से कपड़ों में फर्क आ जाता है।'... लेकिन श्रीमती खोसला का अपने आगे को झुके हुए को पीछे समेटना देखते रह जाने के कारण अवकाश नहीं बन पाया।

सोफे पर पूर्ववत् होते ही, श्रीमती खोसला बोलीं, 'यह जिंदगी नाम की चीज बड़ी मुश्किल है, गोयल साहब ! है कि नहीं ?"

परमेश्वरी बाबू 'मैं आपकी बात ठीक से समझा नहीं, श्रीमती। खोसला !' वाले मनोभाव में हुए ही थे कि श्रीमती खोसला हंस पड़ीं। दूसरे ही क्षण उन्होंने

सोफे के हत्थे पर फैले पल्लू को थोड़ा-सा समेटा, तो लगा यह उनके लिए अपनी हंसी को समेटने का एक तरीका है।

"दरअसल मैं अपने आने और बड़ी देर बैठे रहने का 'जस्टिफिकेशन' ढूंढ रही थी। आपको तो मैंने बताया था कि खुद एक इण्डस्ट्रियलिस्ट की बीवी रह चुकी हूं...आप तो खुद ही बीच-बीच में कहते रहते हैं कि बनिया आदमी हूं। देखिए, कहां-कहां हो आई नैनीताल, मसूरी, केरल, दार्जिलिंग, कहां नहीं।... मगर देखा यही कि बातें आपको सिर्फ खुद से करनी हैं। लाख-डेढ़ लाख की बस्ती में रहिए।...बातचीत का सिलसिला उतना ही, जितना वीराने में भी बना लिया जा सकता है।...मैं कहना क्या चाह रही हूं, कुछ खुद ही समझ नहीं पा रही हैं। मैं दरअसल अपसे यह 'रिक्वेस्ट' करने चली आई थी कि परसों हमारे स्कूल की 'ओपनिंग सेरेमनी' क्या कहेंगे उसे, उद्‌घाटन ?...वह आपको करना है।...देखिए, आप वह सार्वजनिक जीवन से संन्यास ले चुकने ताली बात पर मत चले जाइएगा।"

श्रीमती खोसला के हाथों से लिफाफा लेते में उनकी उंगलियों का स्पर्श हुआ, तो लगा कि आंखों तक प्रतिबिम्बित हुआ होगा। बोले, "मैं दूसरी चीज सोच रहा था, श्रीमती खोसला ! आप वह देखने की कोशिश करने की बात कर रही थीं। सोचता हूं कि कोशिश की, तो उसे छिपाने की कोशिश भी करता रहा होऊंगा, क्योंकि आपका इशारा, शायद, इसी तरफ था। पहली बार की भेंट-मुलाकातों में भी आपने शायद, यह बात जरूर महसूस की कि मैं आपको देखता हूं।...यानी कि सामान्य तौर पर नहीं देखता।" कहते-कहते परमेश्वरी बाबू जैसे अपने पूरे संतुलन में हो आए और मुसकराए, तो लगा कि हां, यही बात तो श्रीमती खोसला को स्निग्ध करती है। सहज और स्वाभाविक ढंग से प्रकट होना, इस बात का अहसास कराते हुए कि इसके पीछे न जाने कितना अभ्यास है।

"आपको देखते हुए पहली ही बार कुछ ऐसी धारणा बनी थी कि आपको देखने की इच्छा बनती जाती है। देखे हुए को समझ न पाने की बात है कुछ। कितनों को देखिए, तो लगा कि देखा था। किसी को देखने का भाव बना रह गया।...अब कहां, क्या कारण था कि यह आपको देखने का भाव बना रह गया

है। यहीं अभी बैठा-बैठा सोच में पड़ गया कि आपको देखने का भाव क्यों बना रह गया ? उपाय लगा कि परमेश्वरी बाबू, थोड़ा और देखो। देखो कि देखने के भाव का कारण कहां है।"

"वह आपने उस दिन ठीक ही कहा था कि बाबाओं की संगत का असर पड़ता है।"

"इस वक्त कहना चाहूंगा कि अपनी संगत का। दरअसल दूसरे लोग तो निमित्त होते हैं, श्रीमती खोसला ! आदमी संगत सिर्फ अपनी ही करता है।"

परमेश्वरी बाबू ने देखा कि अनायास ही श्रीमती खोसला का बायां हाथ थोड़ा आगे बढ़ता और फिर तुरन्त अपने में लौटता मालूम पड़ा है। लगा है कि जैसे श्रीमती खोसला उन्हें स्पर्श करना चाहती थीं।

"आप अकेली नहीं दिखाई पड़ती हैं, अधूरी दिखाई पड़ती हैं। "कहा परमेश्वरी बाबू ने और दीवार से पीठ टिका ली, "और शायद, देखने का। यही भाव देखने वाले में बना रह जाता है।"

"सब में नहीं बनता। देखने का भाव भी अपने में से ही बनता होगा। अब आप देखें कि जब मैं उधर नैनीताल में फादर परांजपे के साथ घूमने निकलती थी...जाने क्यों ऐसा हुआ कि एक दिन अचानक यह हुआ कि एक कठफोड़वा को देखा। देखा कि वह पहले नीचे को झुका, फिर फुरहरी-सी लीं, थोड़ा ऊपर को हुआ, चोंच से तने को कुटकुटाया और फिर फुरहरी ली और फिर थोड़ा नीचे को झुका... मुझे लगा कि यह उल्लू का बच्चा समझ गया है कि मैं इसे देख रही थी।...आप कहेंगे कि कैसी बेवकूफ और खब्ती औरत से पाला पड़ा है, मगर यकीन कीजिए गोयल साहब ! यह बात मन में रह ही गई कि वह कठफोड़वा मादा रही होगी या नर... यह जानने की इच्छा।"

श्रीमती खोसला का खिलखिलाना, कुछ क्षणों को, जैसे पूरे कमरे में भर गया। सामने से चाय-नाश्ते की ट्रे लाती रधिया दरवाजे के पास ही ठिठकी रह गई, तो लगा कि श्रीमती खोसला के खिलखिलाने ने स्तम्भित कर दिया होगा।

नहीं, ऐसी हंसी तत्काल नहीं आती है। ऐसी हंसी को निर्मित होने में उम्र

लगती है। जब पिछली बार आई थीं, तो अपनी उम्र कितनी बताई थी, सैंतीस या अड़तीस!

"अब देखिए कि तब से मुझमें यह 'काम्प्लेक्स' बना ही रह गया कि कोई भी देखे, तो उसे कुछ देखने का अहसास जरूर होना चाहिए। प्रकृति ने हमको और दूसरों को आंखें किसलिए दी हैं ? छोटे-छोटे बच्चों को इकट्ठा करने निकलती रही इस बीच, तो कोशिश की और...और महसूस किया, गोयल साहब ! वह मुझे देख रहे हैं। अब देखिए कि तब मेरी उम्र कितनी रही होगी, इक्कीस-बाईस-तेईस-चौबीस साल ? फादर परांजपे की...लेकिन वह देखते थे। आप भी देखते हैं चीजों को। अभी मैं आपकी नौकरानी जगतरानी से जब बातें कर रही थी..."

'आओ, रधिया ! खड़ी क्यों हो गई ?' कहते परमेश्वरी बाबू थोड़ा दरवाजे के कोण में हुए और चाय पीने तक में श्रीमती खोसला को अपनी पारिवारिक पृष्ठभूमि के बारे में अत्यन्त संक्षेप में बताते रहे। जगतारो के बारे में बताते हुए बोले, "इसको अब मैंने ज़ुड़वां मां के रूप में देखना शुरू कर दिया है। मनुष्य का प्रारब्ध भी क्या है, कोई नहीं जानता।"

"यह लड़की बड़ी सुन्दर-सी है। जगतरानी बता रही थीं कि अभी शादी नहीं हुई है।" कहते हुए, श्रीमती खोसला ने जैसे चाय-नाश्ते से अपने को अंतिम रूप से अलग किया, "आदमी का 'एम्बीशस' होना द्वन्द्व पैदा करता है। खास तौर पर औरत का। इन सामान्य लोगों की जिन्दगी में ज्यादा विच्छेद नहीं होता।"

"हमारे मित्र पथिक जी सुनते, तो आपकी भाषा की तारीफ करते। आप लिखने की तरह बोलती हैं। देखिए, अतीत की स्मृतियां भी क्या चीज होती हैं। यूनिवर्सिटी में पढ़ते थे हम लोग, तो कविता-शायरी किया करते थे। उस जमाने में हमने रामवृक्ष बेनीपुरी की शैली में गद्य-गीत लिखे थे... जिंदगी का तर्क देखिए कि कहां पहुंचाती है। प्रवासी को कभी आपके यहां ले आऊंगा। जिंदा विसंगति है। जितना ठिगना कद, उतना ही लम्बा कुर्ता, उतनी ही लम्बी कल्पनाएं।"

परमेश्वरी बाबू हंसे, तो श्रीमती खोसला भी हंस पड़ीं।

"आधी जिंदगी काट चुकने के बाद बाकी रह गई तो काटना बड़ा मुश्किल

होता होगा।"

"इस हिसाब से तो मैं भी 'कटपीस' में ही हुई न ?"

श्रीमती खोसला इस बार फिर खिलखिलाई थी; लेकिन इतनी संक्षिप्तता में कि उनका विदा लेने को मानसिक रूप से तैयार होना स्पष्ट दिखाई पड़ गया।

"आपको मैं दूर आकाश पर के चन्द्रमा की तरह देखता हूं और शीतलता अनुभव करता हूं, आज पहली बार यह कहने की सहजता जुटा पा रहा हूं। आप जा चुकने के बाद भी बनी रहती हैं।" कहते-कहते ही परमेश्वरी बाबू को अहसास हो गया कि भावुक हो गए हैं; लेकिन जाने क्यों अपने को संयम में रखने की सावधानी बरतने की जरूरत अनुभव ही नहीं हुई। श्रीमती खोसला के चेहरे पर, खास तौर से उनकी बड़ी-बड़ी आंखों में, चौंकने का-सा भाव स्पष्ट आभासित हो रहा था; लेकिन परमेश्वरी बाबू सहज भाव से कहते गए, "जीवन आधा विगत हो चुकने का भाव सबमें समान नहीं होता होगा। यह 'ट्रेजेडी' तो बहुत तेजी से जीने वालों को भुगतनी होती है। एक जगह अपने को बिताकर, फिर समेटकर दूसरी जगह तोल बिठाना, बड़ा मुश्किल काम है। जहां खो चुके जिंदगी को, वहां ढूंढ़ने तक की कोई धारणा नहीं है। नये सिरे से बनाने-खोने की तैयारी का साहस नहीं बंधता। बीता ही बोझ है, तो नया क्या खोजना है।... आप संन्यास की बात न करने की बात कर रही थीं, मगर मेरा अन्तर बोलने लगा कि अब लिप्त होना ज्यादा बड़ी दुर्गति के बीज बोना है। स्मृतियों में काट देना, अब यही एक रास्ता दिखता है...और स्मृतियों का जीवन ही संन्यास है।"

अपना कहना पूरा करते तक में परमेश्वरी बाबू थकान में हो गए और कुछ क्षण श्रीमती खोसला को परास्त भाव से देखते रहे। वह कुछ कहतीं कि परमेश्वरी बाबू शांत भाव से बोले, "मैं आपके स्कूल के उद्घाटन में आऊंगा जरूर। इलाहाबाद छोड़ते समय, तीर्थयात्रा से वापस लौटे यात्रियों से भरी नाव में से उतरकर अपने गांव का रास्ता पकड़ने के मनोभाव में होना चाहता हूं। चाहता हूं कि स्मृतियां कम न पड़ जाएं शेष रह गई जिंदगी को बिताने के निमित्त। वैसे मन के भीतर की कहूं, तो जीना पूरा हो चुका मान लेना चाहता हूं।"

अचानक ही परमेश्वरी बाबू को फिर भर्तृहरि की कथा रधिया को सुनाने वाली रात स्मरण हो आई। उस एक रात में कितना जीवन जिया होगा ?

"अभी तो 'फिफ्टी-फिफ्टी' वाला मामला है, गोयल साहब ! अभी काफी लम्बी जिंदगी पड़ी है आपके सामने।"

"देखिए, अचानक ही कितना सही शब्द दे दिया है आपने कि जिंदगी पड़ी हुई है। यह जिंदगी का पड़ा होना ही तो विषाद में डालता है, श्रीमती खोसला !... गंगा-स्नान से लौटते में बरसात में भीगना अच्छा नहीं लगता !...देखिए, इस बार अर्द्धकुम्भ के पर्व पर हरिद्वार जाने का प्रस्ताव है मन में।...और यह प्रार्थना कि इस पार का यहीं छूट जाए।"

परमेश्वरी उठ खड़े हुए। श्रीमती खोसला को लगा कि यह उनका वार्ता से अपने को अलग कर लेना है। श्रीमती खोसला को याद आया कि अभी कुछ क्षण पहले वह चन्द्रमा वाली बात पर पूछने को हुई थीं विनोद से कि 'यह कोमल भाव मेरे प्रति कैसे और क्यों, गोयल साहब !' अच्छा हुआ कि वैसा कहने का अवसर नहीं बना अन्यथा अब ग्लानि होती। जब परमेश्वरी बाबू अपनी बात कहते थे, तो जगतारो की बताई हुई बातें कैसे साथ-साथ जुड़ती जाती थीं कि 'बच्चा बाबू तो उखड़े रूख हो गए हैं, हरियाली कितने दिन रहेगी।'

सोफे पर से उठते में निर्वासित का संसर्ग अपने से जुड़ता अनुभव होता। रहा और श्रीमती खोसला कुछ अवसाद में हो गईं।

10

भोजन से निवृत्त होकर परमेश्वरी बाबू बैठक के कमरे में चले गए थे। राधे बाबू और मुनीम जी आए, कुछ देर बैठकर चले गए।

जगतारो कमर पर जोर देती उठ खड़ी हुई। उसने 'तुम सोओ हम आइत हैं।' कहा, तो उसका स्वर कही दूर की यात्रा पर जाने की-सी उदासी लिए था। रधिया कुछ पल उसे परमेश्वरी बाबू के कमरे की ओर जाती देखती रही, फिर

चौके में ताला लगाकर, पूरब वाली कोठरी की ओर बढ़ गई। एक क्षण को उसे डर-सा अनुभव हुआ कि कहीं अम्मा माधवी बहू जी से फोन पर हुई बातचीत के सिलसिले में जो कुछ उसने बताया, परमेश्वरी बाबू से न जिक्र करने लगे।

उसे अच्छी तरह स्मरण है कि उस फोन पर वार्त्ता वाले दिन वह परमेश्वरी बाबू से बहुत सहज व्यवहार नहीं कर पा रही थी, हालांकि परमेश्वरी बाबू ने 'कोठी पर से बड़ी बहू जी के फोन आवा रहा, बाबू जी !' की सूचना पर कोई खास दिलचस्पी नहीं दिखाई थी, सिर्फ इतना पूछ लिया था कि यहां कब आने की बात कह रही थीं, लेकिन जाने क्यों रधिया को बड़ी देर तक कुछ ऐसा भ्रम घेरे रहा कि माधवी बहू जी की बातें उसमें कांच के कलसे में डाला गया जल होती गई होंगी।

उसके यहां रहने को लेकर जिस तरह माधवी बहू सोचती है, उसका क्या कोई आभास परमेश्वरी बाबू को नहीं होगा ? हालांकि उसने उन लोगों के प्रति गुस्से में ही वैसी संध्या-भाषा में बातें करने का दुस्साहस किया था; लेकिन कहीं यह बात सचमुच परमेश्वरी बाबू तक पहुंची, तो नाराज न होंगे ? अम्मा का यहां रुक जाना कहीं इसी तरह के कुछ कारणों से तो नहीं हुआ होगा कि वहां कोठी पर उसके कानों में कुछ ऐसी बातें भी डाली गई हों, जिन्हें उसने रधिया तक को बताना उचित न समझा हो ?

हालांकि सुनाई कुछ नहीं पड़ रहा था, सामने बैठक के दरबाजे के पार परमेश्वरी बाबू और जगतारो की उपस्थिति-मात्र आभासित हो रही थी, फिर भी रधिया के कान बड़ी देर तक लगे ही रह गए। 'भाई के मंदिरवा में दीपक बारे, चांदनियां-झमकार...' गुनगुनाती वह उस आगत की कल्पनाओं में खोई रही, जो जगतारो की वापसी के साथ उस तक पहुंचेगा। अर्द्धकुम्भ की यात्रा पर जाने से पहले-पहले जगतारो उसकी शादी कर देना चाहती है, तो परमेश्वरी बाबू का रुख क्या होगा ? अभी कानपुर तक जाने के पहले ही दिन कह रहे थे कि 'रधिया ! मेरे ज्वालापुर जाने तक तुझे ससुराल नहीं जाना है।'

जगतारो तखत के पास फर्श पर बैठ गई। परमेश्वरी बाबू कहते रहे कि 'तारो, सोफे पर या यहीं ऊपर तखत पर बैठ जाओ।...मगर वह बैठी रही, "हमें

यहीं सुविधा है, बच्चा बाबू !”

परमेश्वरी बाबू उठे, कमरे की सिटकनी बन्द की, तो जगतारो थोड़ा चकित हुई कि सिटकनी बन्द करने की क्या जरूरत आ पड़ी होगी।

परमेश्वरी बाबू मुड़े, तो तख्त पर बैठने या लेटने की जगह, अपने सोने के कमरे की ओर निकल गए। बैठक और कमरे के बीच का पर्दा इतना झीना नहीं कि जगतारो देख पाती कि परमेश्वरी बाबू इतना विलंब क्यों लगा रहे हैं। एक बार को तो यह भ्रम हुआ कि कहीं भीतर जाते समय परमेश्वरी बाबू यह कहते तो नहीं गए कि वह भीतर सोने जा रहे हैं, जगतारो बैठक के कमरे में तख्त पर सो जाए; लेकिन यह बात तो खाना खाते समय वार्तालाप में ही तय हो गई थी कि जगतारो के खांसने से उनकी नींद में बाधा न पहुंचे, इसलिए दोनों मां-बेटी, दूसरे छोर पर ही सोएंगी।

इतना जगतारो ने अब तक के अंतराल में जरूर अनुभव किया है कि अवज्ञा का भाव तो परमेश्वरी बाबू के व्यवहार में उसके प्रति कोठी पर रहते भी नहीं था। अब जाने कैसी समरसता की-सी प्रतीति होने लगी। सिर्फ स्थितियों का अन्तर रह गया है, व्यवहार में मालिक-नौकरानी का सम्बन्ध अंतर्धान-सा होता जाता है और दरअसल यही बात है, जो वहां कोठी पर खुसुर-पुसुर और उन लोगों के व्यवहार में आए बदलाव के प्रति ध्यान आकर्षित करता है कि कहीं बड़ी बहू के इस विनोद में सचमुच तो मन का चोर नहीं छिपा कि ‘तुम तो, जगतारो ! सासू मां की-सी देख-भाल करने लगीं, हम लोगों की चिंता जाती रही।’

हालांकि पहले भी, परमेश्वरी बाबू के पहुंचने के बाद भी, अब तक में कितनी बातें, कितने प्रकार से की हैं अपने से ही कि बच्चा बाबू से ये कहना है, यों कहना है; लेकिन हर बार यही लगता है कि कहते समय; शायद, पहले का सोचा कुछ याद न रहे और अपने कहे पर खुद को ही अचरज हो कि यह क्या कह दिया।

जगतारो अपने में खोई थी कि कंधे पर हाथ का स्पर्श अनुभव हुआ। वह अभी चौंकने में ही थी कि परमेश्वरी बाबू तख्त पर बैठ गए और हाथों में थमा सामान जगतारो के सामने फैला दिया।

"देखो तो... !"

जगतारो देखती, विस्मित होती रही। एक शादी का जोड़ा था। अलग से दो सामान्य धोतियां। कुछ ब्लाउज-पेटीकोट के मतलब के कपड़े। एक छोटी-सी डिबिया। जगतारो दुविधा में ही थी कि परमेश्वरी बाबू धीमे से मुसकराए, "देखो तो... !"

चार सोने की चूड़ियां थीं और छोटे-छोटे इयरिंग। सोने की दमक के साथ ही यह प्रश्न भी कौंधता गया कि यह सब किसके निमित्त ? पूरी देह में एक ठंडी सिहरन-सी व्याप गई। ओठ सूखते-से अनुभव हुए।

"तुम हैरत में होगी, जगतारो !...कहते-कहते थक गई, कुछ असर दिखाई नहीं पड़ा, तो अचानक यह सब क्यों ? किसके लिए ? क्या मैं सचमुच इतना ज्यादा बूढ़ा हो गया, जगतारो ?"

परमेश्वरी बाबू का आंखें गड़ाकर देखना जगतारो को बांधता ही चला गया और वह विचलित हो गई।

परमेश्वरी बाबू ने उसके कंधे पर हाथ रखा और उंगलियों से थोड़ा भींच लिया, "यह सब कन्यादान का सामान है, जगतारो ! अर्द्धकुम्भ पर जाने से पहले यह आखिरी जिम्मेदारी निपटा लेना चाहता हूं। तुम भी निवृत्त हो चुकी रहोगी, तो वहीं हरिद्वार में भागीरथी की धारा में बहा देना बाकी रह जाएगा।...तय कर लिया है कि रधिया का कान्यादान मुझे करना है। संतति के बिना मुक्ति कहां है ?"

परमेश्वरी बाबू के स्वर का क्रमशः आर्द्र होते जाना जगतारो के कानों में पानी की बूंदों की तरह भासित होता रहा। वह एकाएक ही उठी, कमरे की सिटकनी खोलती बाथरूम की तरफ निकल गई।

परमेश्वरी बाबू उसके जाने को अदृश्य हो चुकने तक देखते रहे, फिर धीरे से सारा सामान समेटकर, कैनवास के बैग में रख दिया और मसनद के सहारे लेट गए। धोती का छोर उठाकर, आंखों पर से चश्मा उतारा। आंखों के बाद, चश्मे के शीशे पोंछने में व्यस्त होना अपने को विराम देना है प्रतीत हुआ।

जगतारो के वापस लौटने तक परमेश्वरी बाबू यों ही चुपचाप लेटे रहे। लगा, भीतर दूर-दूर तक एक सन्नाटा-सा भर गया है।

जगतारो लौटी, दरवाजा बंद किया, सिटकनी लगाई और जहां पहले थी, ठीक वहीं बैठी। परमेश्वरी बाबू चुपचाप लेटे रहे, कुछ बोले नहीं।

"जो कुछ आप कहे, जैसे कहे, हमारी बर्दास्त छूट गई, बच्चा बाबू ! रधिया रानी की निस्बत हम क्या कहें कि इसके कौन जनम के पुन्न रहे कि आपके चित्त में इतनी दया-ममता बनाई हैं अपनी खातिर...मगर हमें हौलनाकी हो गई कि कोठी से अलग हुए तीन महीना से ज्यास्ती कहां बीते होंगे और उमिर आपकी कितनी, सो यह भी हम जानित हैं, बच्चा बाबू ! मगर नाती-पोते वालों का-सा बोलना हो गया तुम्हारा ! कोई -सत्तर-अस्सी के बूढ़े हो आप ? अभी तो आधी जिंदगी काटनी बाकी है।... दयाल बाबू की बहू निपूती नहीं जाती रहीं का ? नई बहू लाए हैं, तब आपके एकाध बरिस बढ़ती में ही रहे होंगे कि नहीं ? खुद देखे हो कि आज खेलते-कूदते तीन-तीन... ।"

"बच्चे नकल में पैदा करने की चीज नहीं होते, जगतारो !" परमेश्वरी बाबू तेजी से जगतारो की ओर पलटे, बोले, "हो सकता है, बीस-तीस साल और जिन्दा रह जाना पड़े और तुम ही क्यों ? हम भी महसूस करते हैं कि अकेले का रास्ता घणा लम्बा...मगर भीतर दुबारा मायासरोवर में उतरने-जितना मोह बचा नहीं, जगतारो !...और बिना मोह की तो फकीरी ठीक नहीं, गृहस्थी तो गृहस्थी; हां इतना है कि यात्रा लम्बी है, तो साधन कम नहीं पड़ने चाहिए।"और संन्यास तो मन के साधनों से काटने की चीज है। समय और मन की गति का मेल जब होता है, जगतारो ! जुग पल, पल जुग होते मालूम पड़ते हैं। इन तीन महीनों में कितना जी लिया, शायद तीन साल में न जिया हो। समय तो चित्त की गति से नापने की वस्तु है।"

परमेश्वरी बाबू जगतारो की ओर पलटे थे; लेकिन लगता था, या तो अपनी उपस्थिति को अंतर्धान कर लेना चाहते हैं या जगतारो के बैठे होने की प्रतीति को।

"हम तो आपके आगे क्या बोलेंगी, बच्चा बाबू !" जगतारो की आंखों में आंसू भर आए।

परमेश्वरी बाबू जगतारो की ओर पलटे लेटे थे, लेकिन लगता था, या तो

अपनी उपस्थिति को अंतर्धान कर लेना चाहते हैं या जगतारो के बैठे होने की प्रतीति को।

बोले, "कुछ दिनों तक हमने कोशिश की, रामनामी बनी रहे।"

इतना कहने पर ही रुक गए। लगा, कहते-कहते ही कहीं छूट गई है बात। प्रसंग बदलते हुए बोले, "आदमी जो करता है, सो अपनी खातिर और यह सच्चाई है। इससे भागकर कहां जाओगे ? जाओगे भी तो पेट के भीतर की घंटी है। जरा-सा हिलोगे, तो बोलेगी। चलोगे, तो बोलेगी।... यह सच्चाई का प्रसंग अच्छा आ गया। इस प्रकार करने का रास्ता ढूंढ़ना होता है, जो जैसे ढूंढ़ ले।... या यों कह लो कि सबसे बड़ी सच्चाई तो यह माया का भरमाया चित्त है। इसे प्रकट करने का रास्ता ढूंढ़ना होता है। आदमी का जैसा चित्त बन गया, वैसी ही खुराक चाहिए। समझो कि शायद हमें वहां वैसी खुराक मिलनी कम हो गई।"

एकाएक ही हंस पड़े परमेश्वरी बाबू, लेकिन लगा कि अपने यों एकाएक हंस पड़ने के कारण को न परमेश्वरी बाब स्वयं ही समझ पा रहे हैं, न जगतारो को समझा सके हैं।

"सोफे पर बैठने में धरम जाता हो तेरा, भागवान ! तो कम-से-कम सहारे से तो बैठ जा। अभी कुछ देर बैठोगी तो ?"

"आप थके-हारे आए हो बाहर से...।"

"हां, उस वक्त वह सच्चाइयों वाली बात छुट गई थी ना ? हम कहना चाहते थे कि सच्चाई अपनी तरह से प्रकट हो, तभी भार घटता है। हमारी तरह से प्रकट होने से तो कुछ तुम्हारे, कुछ दूसरों के सामने प्रकट हुई, मगर सबकी सब कहां प्रकट हुई ? आदमी में, स्वामी शारदनन्द जी कह रहे थे कि बहुत-कुछ ऐसा बचा रह जाता है कि सिर्फ प्रभु से ही कहा जा सके, तो कहे आदमी, ...और बाकी तो यह सब मन के भ्रम है, जगतारो, कि तुम सोचो या हम कहें कि भाभी-भतीजों की गृहस्थी बसाने में खुद उजाड़ रह गए। 'हमने' का तर्क ऊपरवाले के यहां नहीं चलता, जगतारो ! वह सब जानता है, आधे को सामने रखकर, उससे संवाद नहीं होता।"

जगतारो आगे को झुक आई और उसकी आंखों में कुछ कौंधता-सा

दिखाई पड़ा, तो परमेश्वरी बाबू को भ्रम हुआ, कहीं यह भी प्रसंग को उतनी ही दूर तक न ले जा रही हो, जहां परमेश्वरी बाबू देखते हैं।

बच्चों की-सी जिज्ञासा में होते बोले, "आज मिसेज खोसला से बड़ा लाड़ लड़ा रही थीं तुम ? कमेटी वाली से कैसे जी जुड़ा गया तुम्हारा ?"

"हाय, हम धोखे में रहीं। बड़ी प्यारी औरत है, भइया ! देवी-स्वरूप !"

"तब तो एक दिन तुम कहती थीं कि ललिकियाई रांड ? ऐसा क्या जादू डाल गई आज ?" कहते हुए, अब परमेम्वरी बाबू उठ बैठे और अच्छा-खासा ठहाका लगाया, लेकिन जाने क्या हुआ कि उधर श्रीमती खोसला स्मृति में उभरती रहीं कि अभी कुछ घण्टे पहले यहीं सामने बैठी थीं, तो उनकी उपस्थिति कैसे अतीत में बहती नदी जैसी अनुभव होती थी और कि हालांकि परमेश्वरी बाबू अब उस विगत वाली मनस्थिति में कहां थे कि सुन्दर, व्यक्तित्व-सम्पन्न स्त्रियों की उपस्थिति में अपने को उत्सवी मनोभाव में पाना और कहना तिल-भर, लेकिन अनुभव करना ताल जितना !...फिर भी श्रीमती खोसला के गहरे हरे रंग के ब्लाउज में हरी घास में के किसी फूल का-सा वह उपस्थित होना !

जगतारो ने हंसते-हंसते, एकाएक सन्न होते देखा परमेश्वरी बाबू के तो चिंता में उनकी तरफ झुकी, लेकिन तब तक में परमेश्वरी बाबू एकतिस्थ हो गए। कुछ बीत चुके होने की-सी छाया जरूर कुछ देर तक उनमें बनी रही और पीने को पानी संकेत से ही मांगा उन्होंने।

"लेटे-से एकाएक उठकर जोर से हंसते में कोई नस खिंच गई मालूम पड़ती है। एक बार को तो बिजली-सी दौड़ गई।"

जगतारो कुछ कहती कि उठकर भीतर सोने के कमरे में जाने की तैयारी करते-से बोले, "अब चाहे तुम भी सो जाओ, जगतारो !...और सुनो, कल जब तुम जाने लगो अपने घर, रधिया के कपड़े भी लेती जाना। सादी धोतियां एक-एक तुम दोनों मां-बेटी के रोजमर्रा के पहनने के लिए। ब्लाउज-पेटीकोट भी है।"

परमेश्वरी बाबू को उठता देख, जगतारो खड़ी हो गई। सहारा देने को हुई, तो हालांकि अब वैसी कोई जरूरत नहीं रह गई थी, लेकिन परमेश्वरी बाबू ने रोका नहीं।

जगतारो दरवाजे की ओर आगे बढ़ी और परमेश्वरी बाबू दरवाजा बंद करके सिटकनी लगाने को हुए, तो वह एकाएक ऐसे खड़ी हो गई, जैसे अब बरसों के बाद मिलना हो।

"कुछ कहना चाहती हो ?"

"कैसे कहें, बच्चा बाबू ! मगर जबान तक आयी बात को लौटा ले जाती हूं, तो शायद है, ठीक से आंख न लगे। जात-बिरादरी में अब पहले तो उतनी दूर तक जाता कौन है...और फिर जाता भी हो, तो भइया ! तुम्हारी तसल्ली की खातिर हम अपना जीना क्यों छोड़े ?"

जगतारो का प्रश्न चिह्न की मुद्रा में दरवाजे पर हाथ दिए खड़ा रह जाना परमेश्वरी बाबू को कहीं बहुत भीतर तक स्पर्श कर गया। लगभग ग्यारह बजे रात के सन्नाटे में ऐसी क्या बात कहने को है इस औरत के पास कि रास्ता रोककर खड़ी हुई-सी दिखाई पड़ती है !

"देखो, रधिया के लिए जो मैं करना चाहता हूं, अपने संतोष के निमित्त। देखना-भालना बड़ी बहू ने भी किया, मगर वहां वैसी निस्वार्थता नहीं थी। इस रधिया ने मुझे बताया कि परमेश्वरी शरण, ऐसे ही बिताया होता जीवन कि प्राप्ति भी उसी में है।...संतति-भाव सबसे प्रबल है, जगतारो ! मगर जहां वह पहले से है, वहां सामान्य है। जहां चंद्रमा मनसो जातः है...तू कहेगी, लो, दरवाजे पर खड़े भाषण झाड़ने लगे बच्चा बाबू !"

एक क्षण विराम लेते बोले, "अपना कहना कहती जा। तेरे-मेरे बीच पुराना सम्बन्ध समाप्त हुआ, जगतारो ! अब तो तू बरोबरी पर है। अर्द्धकुम्भ की जात्रा में समभाव से जाएंगे। भीतर बोलने लगा कोई कि बंधन-भाव से ऊपर उठो जहां हो, वहां रहने में उतरना नहीं है।... और उतरना नहीं चाहते थे, तो इतनी दूर तक चले क्यों आए ? नहीं, कहीं किसी का कोई दोष नहीं, जगतारो !...यह जीवन' जैसा हमने मांगा, वैसा बीतता गया है।...अब इस प्रभु-कृपा के तिरस्कार का वक्त नहीं...।"

"आप तो ज्ञान में चले जाते हो, बच्चा बाबू !" जगतारो अब धीमे से हंसने को हुई, लेकिन दूसरे ही क्षण आंखें नीचे धरती की ओर कर लीं। एक सन्नाटा-

सा खिंच गया। लगा खड़ी-खड़ी अपनी सारी इंद्रियां समेट लेना और तब कुछ कहना चाहती है।

"हम तुमसे कुछ कहना चाहें और तुम बिना कानों के हो जाओ, "भइया ! तो कहना क्या रह गया ? हमारे पांव मिट्टी में, तुम अकास हो गए, छुएं कैसे ? हम कहना चाहती थीं कि न हो तुम इसी पंजाबन के संग गृहस्थी बसा लो ! कहना चाहते थे कि उसका भी प्रेम-भाव दिखाई पड़ता है। हंसती-बोलती बैठी रहती है पास में, तो कौन कहेगा कि मेहमान है ? मगर, भइया ! तुम कहां मार बैराग में ले जाने लगे हमें ? अरे भइया ! गिरस्थी बनाने का कोई एक यही मतलब थोड़े होता है कि बच्चे पैदा करने हैं ? आदमी काठ के पांव लगाए फिरता न दिखाई पड़े, यह क्या कुछ कस संतोष की बात है ?"

परमेश्वरी बाबू ने धीमे से जगतारो का हाथ दरवाजे पर से हटाया। दरवाजा बंद करके, सिटकनी लगाई और कुछ पल वहीं खड़े बने रहे। कुछ क्षणों तक दरवाजे के दोनों ओर सन्नाटा घिरा रहा, फिर जगतारो के पूरब की ओर जाने की आहट कानों के बाहरी किनारों से प्रारम्भ होती, कहीं भीतर के अतल में डूबती चली गई।

11

रात लगभग साढ़े दस बजे लौटे परमेश्वरी बाबू, तो गहरी थकान में थे। न सहज भाव से रिक्शे से उतर पाए और न भीमा को ही आवाज लगा सके। कोशिश करने पर लगा कि सिर्फ स्मृति में आती है बात कि भीमा को, कदाचित् वह गहरी नींद में होय तो रधिया को, आवाज लगायें। पुकारने का-सा भाव कहीं अतल में से कंठ तक आता तो है मगर जिह्वा तक संचारित होने की जगह, किसी मद्धिम लहर की तरह लौट जाता है। पीड़ा जैसी कोई चीज नहीं, सिर्फ छाती में हवा के दबाव का-सा भारीपन है। ठीक वैसा ही, जैसा कि उस दिन जब जगतारो सामने बैठी थी और एकाएक ही वाक् जाते रहने की-सी अनुभूति हुई थी। उठे थे, भीतर कमरे की ओर चल पड़े थे और उस अवसन्नता में दरवाजे के इस पार छोड़ दी गई जगतारो की दरवाजे के पास की उपस्थिति जाने कितनी

देर तक बनी रही थी।

इतना तब भी मन में कौंधा जरूर था कि कहीं यह 'हार्ट अटैक' जैसी कोई बात तो नहीं रही होगी ? लेकिन वेदना जैसी कहीं कोई चीज ही नहीं शरीर के किसी भी हिस्से में। बस, सिर्फ निकास न पाती तेज हवा का-सा दबाव। सहज ही अनुमान लगा लिया कि गैस की बाधा है। कुछ क्षण तो, खैर, रोम-रोम निष्क्रिय अनुभव होता रहा था, लेकिन थोड़े विराम से फ्रूट साल्ट लिया, तो धीरे-धीरे चैन आ गया। हालांकि लेटने पर फिर वही कल्पित होता संसार, जो या तो विगत रह चुका और फिर या आगत का पूर्वाभास प्रतीत होता है।

और ताज्जुब कि न शारदा, न बिंदेश्वरी भाभी जी और न ही गोमती न जगतारो या कि रधिया कि कोई और स्त्री, मिसेज खोसला ! अंतिम पल तक गहरी हरी घास का विभ्रम उत्पन्न करते-से ब्लाउज और मध्यम गहरे रंग की साड़ी में संत परांजपे बाल विहार के उद्घाटन उत्सव में रंगमंच के किसी पूर्वनिश्चित दृश्य में उदित होती हुई। कैसा अस्तित्व व्यापी रोमांच हो आया था कि मीलों-मीलों के उस वृत्त में सब कुछ अपने स्पर्श में मालूम पड़ता था। नहीं, वैसा अपरिमेय उद्वेलन तो कभी यथार्थ के जीवन में कहां अनुभव हुआ ? कैसा अजब कि एकाएक विंध्यामाता का ध्यान आया और 'मां-मां' की पुकार फूट पड़ी। और संकोच हुआ कि सुनकर, कहीं भीमा ने जाग गया हो ?

'उतरेंगे नहीं, बाबू जी !' कहते हुए रिक्शे वाले ने ठीक सामने मुंह किया, तो उसको देखना चेहरे पर की त्वचा को बींधता-सा महसूस हुआ। उन्हें यथावत् गुमसुम देखकर रिक्शेवाला कुछ चकित होने को था कि फाटक के पास की रोशनी में कोई छाया डोलती-सी मालूम पड़ी और जाने क्यों आभास हुआ कि जगतारो है।

अब, इस वक्त कुछ ठीक-ठीक याद नहीं कि फाटक खुलने की आवाज के बाद क्या हुआ था, सिवा जगतारो के हाथों के कांपते स्पर्श के। इतना जरूर है कि सहारे से उतरने के बाद आए थे चलते हुए ही कमरे तक और वह भी प्रयत्न करते हुए कि बिलकुल सामान्य गति रहे।

उधर कोठी पर फोन करने की बात भीमा से कहना ही चाहती थी जगतारो कि रोक दिया और जाने क्यों इतना आवेग अनुभव किया कि एकाएक बोल पड़े, हालांकि काफी जोर पड़ा। जैसे बोतल में गिरा काक निकाला हो।

इस वक्त तो कहीं कोई परेशानी नहीं है, जैसे सब कुछ स्वप्न में घटित हुआ हो। लगभग आधे फुलके का एक ही गास बनाते हुए, धीरे से मुसकराए, "तूने क्या सोचा कि बच्चा बाबू गए, तो तुझे हरिद्वार बहाने वाला कौन ?"

कमरे में सिर्फ जगतारो थी। रधिया तो एक फुलका सेंकती है, तब आती है। जगतारो विषाद में डूबी, चुप ही बनी रही, तो परमेश्वरी बाबू ने बायां हाथ उसके कंधे पर रख दिया। जैसे हाथ से ही बोलते रहे कि साफ बात है कि गैस की बाधा है।

"चित्त की मार इतनी बीहड़ होती होगी, पहले नहीं जाना, जगतारो ! ठीक है कि माइक के सामने खडा हुआ, तो सिर्फ 'सेल्स टैक्स' सामने नहीं रह गया। प्रारम्भ से अन्त तक का जीवन इकट्ठा हो आया, लेकिन बात प्रसंग के बाहर कोई नहीं की मैंने। तुम देखतीं कि जैसे ही मैंने कहा कि 'आदमी का जीवन अन्न खाने से बनता है, पैसा खाने से नहीं।'...तो समझो कि जब से मीटिंग शुरू हुई थी, तबसे कहां इतना शोर हुआ था। दो-चार मिनट तो तालियों के शोर में बोलना ही रोक देना पड़ा और इसी में बालू बाबू क्या बोलते हैं कि 'पर्याप्त है, व्याख्यान को ज्यादा लम्बा न खींचिए। अभी कई लोगों को बोलना है।' और मैं सुनने वालों को नमस्कार करता, विदा लेने को हुआ कि चारों ओर से आवाजें, "बच्चा बाबू को बोलने दो ! बच्चा बाबू को बोलने दो।' खैर, संक्षेप में ही समाप्त करके बैठ गया, लेकिन अपने मुंह बड़ी बात तो नहीं कहनी चाहिए, समझो कि सभा भी बैठ गई। वो जो हंगामा बर्पा किए जा रहे थे अग्रसेनी, जल्दी ही जामा समेट लिया और प्रस्ताव पढ़के, पास करते हुए, 'अखिल भारतीय वाणिज्य मंडल, जिन्दाबाद ! बालू बाबू, जिन्दाबाद !' वगैरा करते, उठ खड़े हुए।"

जगतारो मूक ही बैठी थी। रधिया संकेत पर थाली-लोटा समेट ले गई।

परमेश्वरी बाबू ने इंगित किया, जगतारो ने उठकर बैठक का दरवाजा उढ़का दिया।

"मैं समझ रहा हूं कि ये सब बातें तुमसे कहने का कोई अर्थ नहीं, मगर भीतर इकट्ठा हुआ रीता करने बैठ गया। छोड़ो यह बखेड़ा, जगतारो, अपनी कहो-मेरे ही इंतजार में रुक गई थीं क्या ?"

"हम तो काठ हो गए।" जगतारो जैसे उसी भाव में पहुंच गई, जहां "घड़ी-भर पहले ही परमेश्वरी बाबू रिक्शे पर बैठे थे। मूर्तिवत्। उसकी हथेलियों के ऊपर झुर्रियों में जैसे अभी भी मर्मांतक वेदना भरी हो। माथे की सलवटों में रोशनी जम गई मालूम पड़ती है।

परमेश्वरी बाबू ने उगलदान में ही हाथ धोये, कुल्ला किया और कम्बल ओढ़ लिया। जगतारो से कुछ फासले पर हो चुकने के-से इतमीनान में बोले, "तुमको तो, जगतारो ! हुमने अर्द्धकुम्भ की जात्रा का वचन क्या दे दिया कि तुम्हारा सारा स्वारथ वहीं टिक गया है। लाओ कलम, अभी लिखके देता हूं कि तुमको अर्द्धकुम्भ में हरिद्वार की गंगा में बहाए बिना या बिना तुम्हारी इजाजत के जो मरे, सो नरक पड़े।"

जगतारो अब भी ज्यों-की-त्यों अपने में ही जड़ी हुई-सी दीख पड़ी, तो स्वर को प्रयत्न करके गम्भीर करते बोले, "आदमी तो, भाई, आखिर-आखिर हाड़-मांस का। देखने को हमारे में भी देखने वालों ने बहुत कुछ देखा होगा, धिया की महतारी। लेकिन चित्त में कुछ मेरे भी बल है। विंध्या माता का बच्चा भी हूं, कोरा बच्चा बाबू नहीं। प्रण पूरा करके ही प्राण त्यागूंगा।...यों काल तो धर्मराज से नहीं बंधा। मुंह क्यों गिरा ले रही हो ? संन्यास की दीक्षा से पहले बारा दफे मेरा पुतला जलाया जाएगा कि नहीं। समस्त लोकवृत्तियों का विसर्जन करके ही तो लोकातीत प्रभु के निकट पहुंचना हो पाएगा। पंक का जीना छूटे पुण्य का मारग हो जाय आदमी का, तो, भइया ! इससे बड़ी प्रभु-कृपा क्या ?"

"तुम तो, भइया ! आठों पहर जिनगी त्यागने की बात करने लगे और यही हमें खाता जाता है।" कहती जगतारो फूट-फूटकर रो पड़ी और फिर थमी रहीं। परमेश्वरी बाबू उठे और उनके समीप आने की कोशिश करें, इससे पहले ही वह

कमर पर हाथ रखती खड़ी हुई और परमेश्वरी बाबू के माथे पर हाथ फेरती, तेजी से बैठक के कमरे में और फिर थोड़े पल वहां रुकती, धीमे से दरवाजा बंद करती बाहर निकल गई।

12

रधिया का ऊपर आने को परमेश्वरी बाबू ने बिलकुल सहज भाव से लिया और पूर्ववत् कभी आकाश और कभी सामने बिस्तर को देखते, चहलकदमी करते रहे, तो वह धोती के पल्ले को थोड़ा और माथे पर करती, धीमे से बोली, "जी, बाबू जी।"

परमेश्वरी बाबू ने अपना चलना धीमा तो किया, लेकिन रधिया के पुकारने को सुनते-सुनते में कदम आगे बढ़ा चुकने के कारण, छत की पूरब वाली रेलिंग तक जाकर ही वापस लौटे। बोले, "रधिया ! आज तूने पुदीने वाली चटनी कमाल की बनाई थी। टहलते में कभी जोर से सांस लेता हूं, तो पुदीने की गंध से आकाश भर गया लगता है।"..: और अपने कहने पर स्वयं ही मुग्ध होते आगे निकल गए, तो ध्यान आया कि रधिया ने सिर्फ पुकारने-भर को तो पुकारा नहीं होगा ? हो सकता है, वहां कोठी पर से रामेश्वर या मधु का फोन आया हो ?

पलटे, बिलकुल समीप आकर पूछा, तो यह जानकर सिर्फ विस्मय में ही नहीं, कुछ अबूझ-सी प्रसन्नता में भी हुए कि श्रीमती खोसला बैठी प्रतीक्षा कर रही हैं। धोती की लांग हाथ में उठाए, किंचित् तेज कदमो से सीढ़ियां उतरते जाने कैसे अनायास कल्पना में ही कुछ उदित-सा हुआ कि क्या आज उस स्वप्न-दृश्य का जिक्र करें मिसेज खोसला से कि अपूर्व प्राकृतिक सुन्दरता की भूमि है, अगरुधूम-सा उठता कोहरा है और आद्यंत ज्योत्स्ना में डूबा परिवेश है और शताब्दियों पहले की-सी बनावट की काटेज है, जिसके बारजे पर जवाकुसुम की बेलें लटकी हैं और मध्यम गहरे हरे रंग की साड़ी और हरेपन की अन्तिम हद तक गहरे हरे रंग के ब्लाउज में श्रीमती खोसला !

अंतिम सीढ़ी उतरते-उतरते लगा कि सपने में से बाहर निकलना हुआ है।

श्रीमती खोसला बरामदे में ही आराम कुर्सी पर थीं। जाने क्यों परमेश्वरी बाबू का ध्यान पहले इस बात पर गया कि श्रीमती खोसला के साड़ी-ब्लाउज का रंग क्या है, बाद में इस ओर कि धोती की लांग हाथ में लिए-लिए नमस्कार में हाथ जोड़ना यदि आदमी स्मृति में खोया होने से नहीं, बल्कि आदतन या जान-बूझकर करे, तो इसे अभद्रता का सूचक ही माना जा सकेगा।

श्रीमती खोसला उठ खड़ी हुई थीं और कुर्सी को जैसे उन्होंने स्नान के समय के परिधान की तरह नीचे छोड़ दिया था। वह उनसे अलग भी उनकी उपस्थिति का हिस्सा मालूम पड़ रही थी।

"आपके व्यायाम में बाधा डाली मैंने ?"

परमेश्वरी बाबू इस बीच देख रहे थे कि श्रीमती खोसला को यहां आए कुछ देर हो चुकी होगी, चाय की प्याली का उनके सामने खाली पड़ा होने का संकेत था कि रधिया ने कहा होगा कि बाबू जी अभी-अभी भोजन करके छत पर टहलने गए हैं और श्रीमती खोसला ने कहा होगा कि कोई बात नहीं, यहीं बैठी प्रतीक्षा करेंगी। वो तो जब पानी और चाय देते में श्रीमती खोसला के चेहरे पर प्रतीक्षा में ऊबते होने का भाव देखा होगा रधिया ने, तब बिना उन्हें बताए छत पर चली आई होगी।

अभी तक भी खड़ी श्रीमती खोसला से बैठने को कहने की जगह परमेश्वरी बाबू बैठक की ओर बढ़ गए, "आइए, भीतर बैठते हैं। शरद ऋतु का बीतना अभी संझा में बना रह गया है।"

श्रीमती खोसला के सोफे पर बैठते ही बोले, "भाषा बहुत सुन्दर बोलती हैं आप, आराम में खलल डालने की बात बहुतों से सुनी थी। आपने कहा, 'व्यायाम में खलल !' लेकिन अब मुझसे सुनिए कि धीरे-धीरे सोचना और बोलना ही व्यायाम बनता गया मेरे लिए। व्यवसाय में गले तक डूबा रहता था, तब भी...और अब एकान्त में सिर तक डूबा हो जाता हूं कभी-कभी, तब भी। टहल रहा था छत पर, तो भी कुछ अंतरिक्ष में चलते होने की अनुभूति में था...अब आप पूछिए कि क्यों ?...अरे, ओ राधे...बच्चा,

जरा चाय दो प्याली और बनाओ। खाने के बाद नहीं लेता, लेकिन आपके साथ पियूंगा।"

परमेश्वरी बाबू हंस पड़े और सिर सोफे से टिका लिया, तो साफ मालूम पड़ा कि स्वयं ही नहीं समझ पा रहे हैं कि हंसने का कारण क्या हुआ ? क्योंकि उनका हंसना बात के अनुपात में तो नहीं था।

श्रीमती खोसला ने इस बीच, 'क्यों ?' में खुलने को हुए-हुए ओठ यथावत् कर लिए थे।

परमेश्वरी बाबू के बात आगे बढ़ा ले जाने से उसकी प्रासंगिकता समाप्त हो गई थी। हालांकि परमेश्वरी बाबू हंसने का सिलसिला खत्म होने के बाद चुप्पी में हो गए थे और अब उनसे पूछा जा सकता था कि टहलते वक्त छोड़िए, अब ?'...या यों कि 'हमें तो आप अभी भी अंतरिक्ष में ही मालूम पड़ रहे हैं।'

स्पष्ट है कि इसी तरह के कुछ वाक्य बने थे और न कहे गए होने के कारण, अपने भीतर से परिन्दों की-सी उड़ान भरते मालूम पड़े थे।

इसी बीच परमेश्वरी बाबू सोफे पर टिके होने से अलग हुए और किंचित् खेद प्रकट करते बोले, "आप भी क्या सोचती होंगी कि इतनी देर तक तो आपको बैठाए रखा और अब आपसे आने की वजह पूछने की जगह हवाई बातें शुरू कर दीं।...कभी आपको ऐसा तो नहीं लगता, श्रीमती खोसला ! आपकी प्रेजेन्स में मैं अपने बनिया होने की ग्रन्थि में बोलता जाता हूं ?"

अब परमेश्वरी बाबू फिर हंस पड़े और इस बार बिलकुल सहज भाव से, लेकिन तभी उनकी दृष्टि श्रीमती खोसला के चेहरे पर हुई और तुरन्त थम गए। जैसे कोई टहनी हवा के स्पर्श में मद्धिम-सी हिले, फिर थम जाए, कुछ ऐसा ही श्रीमती खोसला में हुआ, फिर एकाएक ही, बिना कुछ भी बोले ही, वो कुछ मजाक में बोल गए होने की-सी प्रतीति में मुसकरा कर रह गईं।

"आपने कुछ कहते-कहते रोक ली बात।"

"कह डालूंगी, तो आप कहेंगे कि इतनी बदतमीज न समझते थे आप हमें।" श्रीमती खोसला सोफे से सिर टिकाती बोलीं और हंसती चली गईं।

परमेश्वरी बाबू कुछ नहीं बोल सके, सिर्फ निरखते रह गए। मन में कहीं यह सोचकर परितोष हुआ कि खुद श्रीमती खोसला किसी आवश्यक व्यक्तिगत काम से आई हुई लगने की जगह, लगभग गप लड़ाने के-से इतमीनान में मालूम पड़ रही हैं। हालांकि एक अनुमान उन्होंने यह लगाया था कि चूंकि कल मन्दिर में प्राण-प्रतिष्ठा का उत्सव है और परमेश्वरी बाबू ने सायंकाल वाली संगीत गोष्ठी में एक भजन उनसे भी सुनाने का आग्रह किया हुआ है और श्रीमती खोसला ने न ना कहा था, न हां भरी थी।

"उस समय कहते-कहते रुक गई थी कि जाने क्यों धीरे-धीरे एक 'कांसेप्ट' बन जाया करता है चीजों का।" श्रीमती खोसला अब कुछ शरारत के-से भाव में बोलीं, "बनिये का 'कांसेप्ट'...खैर, रहने दीजिए।"

"यूनिवर्सिटी के दिनों में एक सरदार लड़की हुआ करती थी। देखिए कि यूनिवर्सिटी छूटने के बाद आज आपके विनोद से उसकी याद आई है। और नाम नहीं भूला, जसवंत ढिल्लों...वह सरदारों के चुटकुले सुनाते-सुनाते अक्सर ठीक इसी तरह रुककर, मुसकरा देती थी कि...खैर, अब रहने दें इस बात को, लेकिन आप अपने स्वभाव के चलते संकोच बरत रही हैं। कहना इससे ज्यादा क्या चाहती होंगी आप कि 'कांसेप्ट में बनिया 'हयूमैन बीइंग' नहीं रह गया ?"

परमेश्वरी बाबू हंसे तो, लेकिन श्रीमती खोसला का 'ट्रेजिडी तो हयूमैन बीइंग रह जाने की भई, गोयल साहब !' कहते हुए, लम्बे ठहाके में होना उनके हंसने को अपने में समेट ले गया और कुछ क्षणों तक उन्हें लगता रहा कि अपना तो ढंक गया था; लेकिन श्रीमती खोसला का हंसना उसमें जल में के विम्ब की तरह बना रह गया है।

"आप किसी कार्य विशेष से तो नहीं आई थीं ?"

"मैं...हम तो आपको एक ख्वाब सुनाने आई थीं !"...कहा श्रीमती खोसला ने और नियहायत सहज भाव में, तो लगा कि कहा नहीं, उंगलियों से पीठ पर लिखा है।

"यहां वक्त काटना मुश्किल हो जाता है। उस दिन वह अपने को देखते भी रहने वाली, दो कबूतरों वाली जो बात आपने बताई थी..."

कहते श्रीमती खोसला ने मेज की ओट में हुए पड़े अपने हाथों को बाहर निकाला और कबूतरों की उपस्थिति बताने की मुद्रा में उंगलियों को किया तो बैजनी रंग की नाखून पालिश और उनकी रक्तिम हथेलियों का दिखाई पड़ना साथ-साथ हुआ। वो कहती रहीं, "तो हमें ध्यान आया कि डाल पर बैठे कबूतर, आप क्या कहना चाहेंगे, कबूतरी की तरह से ? तो देखती क्या है कि वक्त, आप क्या कहना पसन्द करते, काल ?...तो वह एक तरह से सबकी निसबत एक-दूसरी तरह से प्रत्येक के लिए अलग...मराठी में जिसे 'खानगी' कहते हैं। पर्सनल'" यानी कि आपके पास जिन्दगी का जैसा 'कांसेप्ट', वैसा ही वक्त...और इस खानगी वक्त को 'पार्टिसिपेट" करने वाला मुश्किल !"

एक क्षण को थमीं श्रीमती खोसला और सिर्फ देखती रहीं, तो लगा, उनका देखना त्वचा को स्पर्श कर रहा है। उंगलियां आपस में फंसाकर, सिर के पीछे ले जाते और सिर टिकाते उन्हें हलकी-सी जमुहाई आई, तो उनकी मद्धिम गुलाबी साड़ी का वक्ष के इर्द-गिर्द का प्रकम्पित होना साफ दिख गया। अपने देखने को सोफे से पीठ टिकाये अपने में थमी हुई-सी श्रीमती खोसला के चेहरे पर केन्द्रित करते कुछ वक्त लग गया।

लगता था कि विराम लेना चाहती हैं, जितने में कहने को कुछ इकट्ठा कर सकें, लेकिन सामने से आती रधिया को देख लेने के बावजूद वो यों ही हुई कहती रहीं, जैसे एकालाप में हों, जहां मैं रही हूं, पड़ोस में कुछ मजदूर परिवार रहते हैं।...उनके घर की औरतों को देखती हूं, तो लगता। है कि उनके पास वक्त को खरीदने को पैसा हो, तो इफरात में इकट्ठा कर लें और तब कहीं काम चले; लेकिन हग जैसे लोगों का वक्त उनके किस काम का ? फादर परांजपे का जिक्र किया था आपसे। कंडे वो भी नहीं पाथते थे, मगर उन्हें भी वक्त की जरूरत रहती थी...एक दिन कहने लगे कि इतना भी वक्त मुश्किल हो गया कि कुछ इतमीनान से तुम्हारे कंधे पर हाथ रखूं और प्रभु को स्मरण करूं... जैसे शाम को ये पंछी डाल पर बैठते हैं, तो लगता है कि अब इनका सारा वक्त प्रभु-स्मरण के वास्ते... मैंने कहा कि "आप गंजेड़िये हुए होते, फादर ! तो ये सब पंछी आपको गांजा पीने की फुर्सत में बैठे दिखाई पड़ते।' तो हंसे नहीं, एकदम

गम्भीर हो गए। बोले कि सो तो है, फिर यह कि जिन्दगी में शून्य पैदा करो, तो उसे भरने का उपाय भी रखो। खाली तालाब मत रखो। जल भरते रहो ! तब कहां इतनी दूर तक जातीं हम...अब महसूस होता है कि यह शृंखला में होना है। जिसे 'मिशन आफ लाइफ' कहा जाता है, उसका सही मतलब आते वक्त तो लगता है ?"

कहना कठिन कि श्रीमती खोसला ने प्रश्न किया या कि बताया। रधिया को धन्यवाद देते, चाय पीना प्रारम्भ किया उन्होंने, तो उसके दोबारा आकर ट्रे वापस ले जाते तक चुप बनी रहीं।

परमेश्वरी बाबू को था कि जगतारो अब-तब में पहुंचती होगी और यदि श्रीमती खोसला सुबह साथ चल सकती हों, तो यह बात इस बीच ही तय हो जाए।

इसके बाद ही अंतिम रूप से निर्णय लिया जा सकेगा कि ट्रेन से चला जाए या कार से और कि जगतारो को भी साथ लिया जाए या कि...।

जगतारो से ट्रेन से चले चलने की बात तय हुई थी। यह कार से चलने का निश्चय तो श्रीमती खोसला को लेकर बन रहा है। व्यक्ति का भिन्न होना क्या धर्म की अवधारणा को भी प्रभावित करता होगा ?

अचानक ही उन्हें लगा कि बिलकुल नामालूम ढंग से फिर वही शून्य में होते जाने का-सा मनोभाव सघन होता जा रहा है। कुछ समझ में नहीं आ रहा ठीक-ठीक कि यह जो संन्यास लेते के आवेग का एक सिलसिला था, उसमें जो अब एकाएक शून्य-सा घिरने लगा है और कि जमीन तथा तलुओं के बीच का फासला साफ-साफ अनुभव होने लगा है, इस बाबत श्रीमती खोसला से या कि किसी से भी, कुछ कहा भी जाए या नहीं ?

ज्यों-ज्यों संकल्पित समय, अभी-अभी श्रीमती खोसला ने क्या कहा था कि काल ?

इस समय का निकट आते जाना जीवन में विराग की जगह व्याकुलता क्यों भरता जा रहा है, अस्तित्व में ? क्यों अब वही आगत सिर्फ कल्पना में भी असुविधा देने लगा है, जिसे विगत का विकल्प निरूपित करते एक मुक्ति का-सा भाव उदित होता मालूम पड़ता था ? क्यों भविष्य की यह अपनी ही रची

प्रतिमा पीठ पर लदती जाती है ? क्यों नहीं वो चिल्लाकर कह पाते हैं कि नहीं, संन्यास-फन्यास कुछ नहीं लेना उन्हें ? जगतारो ने नहीं कहा था कि बच्चा बाबू ! तुम्हारा चित्त अनुरागी है, वैरागी नहीं ?

और यह जो औरत सामने बैठी है, यह क्या कोई जगतारो से बड़ी। उल्लू की पट्ठी है कि ऐन संझा की बेला उनसे गप लड़ाने आ पहुंची है ? और हो सकता है, कुछ ही क्षण पहले यह औरत बताने जा रही हो कि सपने में उन्हें देखा था...?

लेकिन ऐसा तो नहीं कि श्रीमती खोसला ने तो कहा हो कि एक खबर सुनाने आई थीं और अपनी मनोलिप्ति में उन्हें सुनाई पड़ा हो ख्वाब ?

कुछ देर सन्नाटा ही बना रह गया, तो श्रीमती खोसला ने कुछ कहने की मुद्रा में खामोश परमेश्वरी बाबू को अप्रत्याशित रूप से कुछ तनाव और अस्वस्ति में होते देखा, और मेज पर टिके उनके हाथ पर हाथ रखती बोलीं, "कुछ तबियत ठीक नहीं चल रही क्या इन दिनों आपकी ?"

परमेश्वरी बाबू को लगा कि जैसे अब श्रीमती खोसला के स्पर्श के बाद अपनी सांस का एकाएक तेज हो आना, उन्हें साफ-साफ सुनाई पड़ने लगा है।

कहना चाहा कि नहीं, ऐसी तो कोई बात नहीं। आजकल तो गैस की शिकायत भी कुछ कम हुई मालूम पड़ती है; लेकिन कभी-कभी हलका-सा मानसिक तनाव; लेकिन तय था कि बाधा थी और बोलना हो नहीं पा रहा था।

अपने को ठीक से साधते हुए-से परमेश्वरी बाबू उठे और उठने-चल पड़ने के उपक्रम से बाथरूम जा रहे होने का आशय प्रकट करने की कोशिश करते, भीतर सोने के कमरे की तरफ निकल गए।

बाथरूम में पहुंचकर फ्रूट साल्ट की शीशी उठाई। दीवार के सहारे टिकते हुए, प्लास्टिक के मग में ही पानी लिया और फ्रूट साल्ट भी अनुमान से ही उंडेलकर एक सांस में गटक गए।

कुछ आराम मिला, तो समझ गए कि कहने तो जा रहे थे, लेकिन थी यह गैस की ही दिक्कत। प्रवासी पंडित ने क्या बताया था कि बोलने से हवा भीतर भरती जाती है और गैस की बाधा बढ़ जाती है ? लेकिन उन्हें तो सोचते में असुविधा ज्यादा होती है और बोलना उसी से बाधित होता है, बल्कि यह कि

सोचने में आते हुए को स्थगित करने में।

अपने बाथरूम गए हुए होने की स्थिति का लाभ लेते हुए परमेश्वरी बाबू कुछ देर यों ही दीवार के सहारे टिके रहे और अपने को स्वस्थ करने की कोशिश स्वयं ही करने का आज पहली बार उन्हें स्पष्ट आभास हुआ। कुछ क्षण सामने लगे दर्पण में अपने को देखते रहे, तो याद आया कि बाथरूम की बत्ती जली हुई थी, यह अच्छा हुआ। अब कोशिश की और कहा, कहिए, गोयल साहब ! तबियत कुछ संभली ?'...और कहना समाप्त करते हुए इतमीनान कर लेना चाहा कि सुना है। इसी क्रम में दो-चार परस्पर असम्बद्ध-से वाक्यों का फिर उच्चारण किया और तब अनुभव किया कि नहीं, इस तरह की भावनात्मक सघनता के क्षणों में असम्बद्धता की गुंजाइश नहीं। और तो यह और बाधित स्नायुतन्त्र तक मनोदशा की संगति करता मालूम पड़ता है। उस रात श्रीमती खोसला को स्वप्न में। देखने के बाद जागे थे, तो वह जैसे मध्यान्तर का विराम हुआ था। पुनः नींद में होते ही, दूसरा स्वप्न प्रारम्भ हो गया था।

मातेश्वरी मन्दिर का संगीत-समारोह है और विख्यात सितार-वादक विलायत हुसेन खां साहब सितार के तार मिला रहे हैं और लौंडे-लपाड़े 'हूट' कर रहे हैं। अध्यक्ष के नाते परिस्थिति को संभालने की जिम्मेदारी परमेश्वरी बाबू पर डाल दी गई है और अब माइक पर पहुंचकर एक विहंगम दृष्टि सम्पूर्ण उपस्थिति के आर-पार तक डालने के बाद, पहली बार उनका ध्यान इस बात पर गया है कि परिधान बदल गया है। वक्ष से धनुषाकार बांहों पर होता गैरिक उत्तरीय घर से चलते वक्त कहां था ?

लेकिन वह भी असम्बद्ध कहां था ?

श्रीमती खोसला को जिस परिधान में देखा, उसके चलते, जब सपने में ही सब घटित हुआ, तो उनकी बांहों में उसे गैरिक उत्तरीय का होना असम्बद्ध कहा था, जब कि अपना लम्बा व्याख्यान समाप्त करते-करते उन्होंने पाया था कि पुनः वही बस्ती के बावजूद का निर्जन अरण्य है। घने कोहरे और ज्योत्स्ना, दोनों में साथ-साथ डूबा हुआ और श्रोता हैं, सिर्फ श्रीमती खोसला...! और वह व्याख्यान अभी तक स्मृति में है। यदि श्रीमती खोसला अपना कोई ख्वाब

सुनाने की बात ही कह रही थीं तो हो सकता है कि उसी व्याख्यान को सुना हो उन्होंने ?

अब जो कह ले कोई, इधर मनोदशा तो यही है कि शून्य उत्पन्न होता जाता है और जाहिर है कि उसमें अपने ईर्द-गिर्द की ही वस्तुओं को भरा जा सकता है। आदमी में जितना बुद्धि का अनुपात बढ़ता जाए, कल्पना का विचरण भी तो बढ़ता जाता है।

एकटक दर्पण देखते, जैसे स्मृति में ही कहा कि 'इधर कुछ दिनों से क्या है, श्रीमती खोसला कि जो शून्य की बात कर रही थीं आप...जीवन को व्यतीत करने का निमित्त हाथों से छूट गया है, तो बाकी बचा वक्त सूखा तालाब होता जाता है।

सोचते-सोचते ही हाजत महसूस हुई और लैट्रिन में चले गए। परमेश्वरी बाबू।

कहकर तो देखना है। सहगत हो गईं, तो यात्रा। मां विंध्यवासिनी के दर्शन के संकल्प में यह अपने से असम्बद्ध स्त्री का आ जुड़ना क्यों हो गया होगा ?

नींद खुल जाने के बाद भी छाती पर बोझ-सा बड़ी देर तक बना रहा था। जो दैनंदिन जीवन में जिया, उसको सपने में घटित होते देखने का क्रम तो पहले भी चलता रहता था और अभी साल-दो साल पहले तक सपने में बारदाना बेचते घूमा करते थे, लेकिन पहले सपने देखने का प्रभाव यदि कुछ हुआ भी, तो सिर्फ मन पर छूटता था, अब शरीर पर और विचित्र यह कि सपना आह्लाद में टूटा हो, या विषाद में, नींद खुलने पर शरीर में सिर्फ क्लांति का बोध होता है और उबरते-उबरते वक्त लगता है।

श्रीमती खोसला ऊब रही होंगी। कहीं वापस पहुंचते ही यों न कहें कि 'अच्छा, चलूंगी, गोयल साहब ! कल समारोह में तो मिलना होगा ही।'

अकेली तो हैं, इससे कहीं तो जा सकता है कि यहीं भोजन करती जाइए। सब्जियां अच्छी बनी हैं और अभी रधिया, जगतारो ने भोजन किया नहीं है। इनके निमित्त तो सिर्फ कुछ पूड़ियां उतार लेगी रधिया।

नहीं, श्रीमती खोसला को लेकर मन में कहीं कोई वैसा संकल्न-विकल्प

नहीं, जैसा कि वह पग्गल जगतारो कहती थी, लेकिन क्या है कि नदी को बहते देखने जैसा कुछ जरूर है।

जैसे कोई दौड़कर पास पहुंचे बच्चे के हांफने के थमने की प्रतीक्षा करे, कई एक बार ऐसा ही हो चुका है और इतमीनान में होते-होते वक्त लग जाता है कि अब सब ठीक-ठाक है।

लगभग दस-पंद्रह मिनट सोच-विचार में ही डूबे रहने के बाद, परमेश्वरी बाबू उठे और ठीक से हाथ-मुंह धोकर, फिर थोड़ा फ्रूट साल्ट पीते, धोती-कुर्ते को व्यवस्थित करते बाथरूम से बाहर निकले तो याद आया कि जंजीर खींचना तो रह गया।...लौटने की जगह सीधे बैठक में चल पड़ने को हुए कि ध्यान आया, कदाचित् श्रीमती खोसला को भी बाथरूम जाना हुआ तो !

बाथरूम से वापस लौटकर, जंजीर खींचने के बाद परमेश्वरी बाबू कमरे में पहुंचे, तो अब तक 'इंडिया टुडे' पढ़ने में समय काटती श्रीमती खोसला को यथावत् संतुलित भाव से बैठा देखकर, बाथरूम में जैसे एक पूरा जीवन व्यतीत करके लौटने की-सी अनुभूति हुई। श्रीमती खोसला उनके बैठने की प्रतीक्षा के सौजन्य में सोफे पर से उठने को हुई थीं कि परमेश्वरी बाबू ने उनका कंधा थपथपाते हुए, बैठे रहने का संकेत किया।...और अब तक में जो समय बीता उसकी सफाई देने की निरर्थकता को समझते हुए, ठीक से बैठ चुकते ही बोले, "आज आपसे एक विनती है...कुछ ज्यादा हर्ज न समझें, तो भोजन यहीं करती जाएं। आपको जो विलम्ब कराया, उसकी ग्लानि जाती रहेगी...जगतारो भी या तो आ चुकी होगी या आती ही होगी।... अरी, राधे ! अम्मा आई कि नहीं ? जरा इधर सुनती जाना।"

श्रीमती खोसला के होंठ सिर्फ मद्धिम-सी मुसकराहट में होकर रह गए, जैसे परमेश्वरी बाबू को जताना चाहती हों कि उनकी ओर से 'हां-ना' की प्रतीक्षा करने की जगह रधिया को पुकारने में व्यस्त हो जाने के तात्पर्य को समझ रही हैं।

13

श्रीमती खोसला को उनके निवास तक छोड़कर ही वापस लौटे परमेश्वरी बाबू, तो सिर्फ थकान में थे। 'संत परांजपे शिशु उद्यान' की तख्ती पढ़ने में कुछ असुविधा-सी हुई, तो धोती के छोर से चश्मा साफ किया। चश्मा ठीक से पहनकर, दोनों हाथ रिक्शे की गद्दी पर टिका लिए पूरी सुविधा में बैठने के निमित्त, तो जाने क्यों लगा कि श्रीमती खोसला का रिक्शे पर से उतर चुका होना अभी भी यहां बना रह गया है।

मन में अब इस वक्त जो कुछ अनुभूति है, इसे संगीत की प्रशांतता ही कहा जा सकता है।...रह-रहकर घेर लेने वाला अवसाद अब कहीं ओट में होगा। इस वक्त तो सिर्फ यह है कि कुछ प्रभु-कृपा की-सी प्रतीति है मन में। आदमी जैसे आकांक्षा करे, तैसे ही घटित होती जाए इसे और क्या कहा जाए?

भीमा और जगतारो गेट से लगे, बातें करते खड़े थे प्रतीक्षा में। परमेश्वरी बाबू उतरने को हुए, तो लगा, सहारे की जरूरत है। संकोच में रहते कि भीमा पहुंच गया, 'अरे, ठीक है।' कहते उतरे परमेश्वरी बाबू। जगतारो की तरफ देखते, हंसकर कहने को हुए कि, 'ले, आज तो तेरे जी का कंटक दूर हुआ।... लेकिन लगा कि थकान बहुत है। बैठक में पहुंचते बोले, 'सुबह रामे को फोन करने की याद दिलाना। रधिया के संग ही सोना। नींद में विघ्न डालेगी, तो विंध्या माता की यात्रा से रह जाओगी। एक नियम तो भंग ही किया, तुमने...।'

जगतारो धीमे से दरवाजा उढ़काती, कुछ क्षण वहीं बनी रही। परमेश्वरी बाबू का बैठक की सिटकिनी लगाना और भीतर सोने के कमरे तक पहुंचना सुना, तब कमर पर हाथ रखती बरामदे के उस छोर वाले कमरे की ओर बढ़ गई। रधिया से बोली, "बहुत प्रेम से भोजन किए हैं आज बच्चा बाबू! बड़े दिनों के बाद तृप्ति में दिखाई दिए।...सब विंध्यामाता की दया।"

परमेश्वरी बाबू ने बाथरूम में बत्ती जली रहने दी, कैमरे की बुझा ली और पहने कपड़ों में ही लेट गए। तह किए कम्बल को कमर तक ओढ़ने में जाने

कितना वक्त लगाया कि स्मृति में दूर-दूर तक का-सा चलना बनता गया। याद आया कि बरसों का नियम तोड़कर श्रीमती खोसला के साथ जीमने बैठे तथा जगतारो ने क्या कहा था कि देवी का प्रसाद ग्रहण किए से नियम कहां टूटता है ?'...और जब रधिया-जगतारो पूरियां तलने में लगे थे, तब यों ही स्वास्थ्य का प्रसंग चलते ही श्रीमती खोसला ने क्या कहा था कि 'होम्योपैथी' पर ही निर्भर न रहकर 'कम्प्लीट मेडिकल चेकअप' करा लीजिए, गोयल साहब !...क्योंकि शरीरमाद्यंखलु धर्म साधनम्...कुछ आप ही तो कह रहे थे एक दिन ?'...तब उन्होंने क्या कहा था कि 'फिलहाल तो अपनी अंतरात्मा के कम्प्लीट चेकअप में लगा हूं ?'...और फिर कहीं उनके यह कहने पर कि हमें तो बस, सिर्फ गैस की ही बाधा मालूम पड़ती है।'...श्रीमती खोसला ने यह कहते हुए कैसा उन्मुक्त व्हाका लगाया था कि एक दिन उनकी अनुपस्थिति में जगतारो से बतिया रही थीं वो और उनके स्वास्थ्य का जिक्र चला था, तो जगतारो रहस्यलोक में प्रवेश करने की-सी मुद्रा बनाती बोली थी कि ज्यादा ब्रह्मचर्य से भी गैस की बीमारी बढ़ती बताई गई है।

आज भोजन करते में के वार्तालाप में कैसी पारदर्शी होती गईं श्रीमती खोसला ? क्या कहा उन्होंने कि सारी ट्रेजेडी उन लोगों की है, जो सिर्फ आकांक्षा का जीवन बिताने की रौ में 'एब्नार्मल' होते जाते हैं ? अपने जीवन की क्षमता का ऐसा सहज बोध हो जाए, तब ग्लानि कहां रह जाती है। जगतारो के कथन को लेकर श्रीमती खोसला के उन्मुक्त हंसते में जो जाने कितनी आकृतियां ईर्द-गिर्द मालूम पड़ी थीं, स्मृति में कहीं कोई विषाद बनने ही नहीं पाया ! जीवन को तो स्वीकार लिया और फिर सपनों में जगह दे दी, तो सारे बोझ जाते रहे।...और फिर देखो तो आदमी की गति ही कहां तक, जहां तक जल है। अब इसे संवेदना कहो, संसक्ति कहो। राग कहो, विराग कहो।

स्मृति में ही थे कि लगा, किसी ने माथे को स्पर्श किया है। पंखा चल रहा होता, तो लगता कि हवा में सिर के बाल इस ओर आ गए होंगे। दो-तीन दिन पहले जो वर्षा हुई और ओले गिरे, उसकी ठंडक अभी बनी हुई है, हालांकि इस संधिकाल में इलाहाबाद का मौसम कहां ऐसा रहता है।

कि कमरे में बिना पंखा चलाए सोया जाए।

परमेश्वरी बाबू कुछ समझ नहीं पाए थे कि पहले वो 'शारदा' पुकारने को हुए थे, तब माथे पर स्पर्श अनुभव हुआ या जब स्पर्श, तब पुकारना ? कैसा होता है यह, जब सम्पूर्ण प्रकृति सन्नाटे में डूबी होती है और स्मृति में का पुकारना दिगंत तक गूंज गया मालूम पड़ता है ? ऐसा बिलकुल प्रारम्भ के दिनों में भी हुआ करता था। शारदा के देहांत के बाद कुछ समय तक। और अब ? अब इतना और कि शरीर पर प्रभाव छूट गया मालूम पड़ता है। लापरवाही इसी में तो हो गई कि कहीं भीतर यह भाव बनता गया कि जब संन्यास ही लेना रह गया, तब जीवन के प्रति इतना संसक्त या सावधान रहने का प्रसंग क्या रहा ?... लेकिन आदमी के जीवन के प्रसंग तो अदृश्य में की वस्तु हुआ करते हैं। न उसकी धारणा में से प्रारम्भ होते हैं, न नि:शेष। प्रकृति के गर्भ में उतना ही कहां होती है, जितना कि आदमी देखता हो।

अभ्यास में ही हाथ बढ़ाकर, थोड़ा करवट के सहारे उठते हुए पानी पिया परमेश्वरी बाबू ने तो याद आया कि सोते समय की दवा अभी नहीं ली है। सिरहाने की बत्ती जलाकर ड्राअर में से दवा निकाली।

इस बार का अंधेरा कुछ और गहरा मालूम पड़ा। बाथरूम में की रोशनी कमरे में नहीं आती। ध्यान न जाए, तो वहां रोशनी के होने का कोई अहसास तक यहां नहीं रहता और इतने अंधेरे में आंखें खोलकर देखने की कोशिश करें, तो कैसी आकृतियां-सी बनती जाती हैं और देखते ही रहिए, तो आपस में कोई गोष्ठी प्रारम्भ करती-सी मालूम पड़ने लगती हैं।

परमेश्वरी बाबू को याद आया कि श्रीमती खोसला सपना ही सुनाने आई थीं, खबर नहीं। हुआ यह होगा कि स्कूल के बाद के फुर्सत के समय को व्यतीत करने के क्रम में परमेश्वरी बाबू स्मरण हो आए होंगे। यहां जमुना-पार वैसा सामाजिक जीवन नहीं रह गया श्रीमती खोसला का। कभी एक दिन, पता नहीं कि कहीं सिर्फ विनोद में ही तो नहीं कह रही थीं कि विसंगतों की संगति बहुत रोमांचक होती है।

क्या है कि विगत से विच्छिन्न होने का ही दौर यह, शायद श्रीमती खोसला

का भी है। भोजन करते वक्त कह नहीं रही थीं कि एक अरसे तक मन में कहीं यह था कि अकेले-अकेले कितनी दूर तक।...फिर आगे के लिए आकर्षण वैसा रह नहीं गया, जिसे जीवन के प्रति स्वयं ही उदित होता कहा जाए।...तब क्या माना जाए कि संयोग से घटित होने को रह गया, दैनंदिन व्यवहार की वस्तु कहां रह जाती है ? श्रीमती खोसला ने शायद कुछ ऐसा कहा था कि उपाय अपने को बुद्धि पर छोड़ना न रह जाए, ऐसे समय को तो चित्त से ही पार लगाना होता है। जीवन को कुछ काल तक बिना पतवार की नाव कर लिया जाए और चारों ओर सिर्फ अगाध और अनंत लगता जल हो। और विचरण।

कितना अच्छा हुआ कि श्रीमती खोसला से भोजन करने में ही उतना वार्तालाप हो गया, जितने में आदमी खुली किताब हो जाता है। अब कल जब विंध्याचल की यात्रा पर होंगे, तब यह समानांतर और समरस, दोनों साथ-साथ होना और अधिक सघन होकर उपस्थित होता रहेगा। क्या कहा था श्रीमती खोसला ने कि सबसे लम्बी यात्रा आदमी के भीतर होती है और कि 'ऐसा कर लेना चाहिए था, वैसा कर लेना चाहिए था' में कुछ नहीं रखा, करनेयोग्य को तो आदमी को अपने हाथों की पहुंच में रखे रहना चाहिए, फिर चाहे वह बुढ़ापे में शादी करना ही क्यों न हो ?... और कि करनेयोग्य तो वह प्रेम भी हुआ करता है, जिसे कोई संज्ञा नहीं दी जा सकती।

अब इस वक्त ठीक-ठीक याद नहीं आ रहा कि पहले उन्होंने अपना व्याख्यान सुनाया था कि श्रीमती खोसला ने अपना स्वप्न; लेकिन साररूप में उनका व्याख्यान इस प्रकार था, जो कि उस तरह की मानसिक तैयारी की स्वाभाविक प्रतिक्रिया भी हो सकता था कि जब बोलें ही, तो स्वयं को भी प्रतीति हो कि हां, अपनी पूरी लय में जिया हुआ जीवन सबके सुनने योग्य होता है और कोई जरूरी नहीं कि परमेश्वरी बाबू यह कथा बांचते रहें कि कैसे-कैसे पारिवारिक संघातों से गुजरना हुआ है। वो तो संगीत पर बोलें, धर्म पर बोलें या सिर्फ इतना कहते हुए सबको प्रणाम करते आसन पर बैठ जाएं कि 'एक अकिंचन को जो यह सम्मान दिया गया है, उसके प्रति कृतज्ञता निभाने को एक पूरा जीवन चाहिए।' आखिर मातेश्वरी मन्दिर के संकीर्तन समारोह का

अध्यक्ष-पद तो कोई इतना बड़ा राष्ट्रीय या कि सार्वजनिक सम्मान तो हैं नहीं कि परमेश्वरी बाबू को लगे कि यह जीवन-भर के संचित अनुभवों को प्रकट करने का निमित्त है और इसे चूकना नहीं है; लेकिन क्या है कि जैसे कि अब आज सायंकाल ही छत पर टहल रहे थे तो उसमें अंतरिक्ष में विचरण करते होने की गुंजाइश कहां, लेकिन नीचे उतरकर श्रीमती खोसला को नमस्कार करने तक में प्रभाव बना हुआ था। और धोती की लांग हाथ में लिए हाथ जोड़े रहना विस्मृत हो जाए, श्रीमती खोसला को सामने पाना क्या इतना रोमांचक हो उठने की बात थी ?... लेकिन यह तो अकल्पित के घटित होने का संघात है, जो इतने संवेग में किए हुए है कि हवा चलती है, तो भीतर कुछ तरंगित हो गए होने का भ्रम होता है और क्षण-मात्र में जाने कितनी स्त्रियां इकट्ठा होती हैं और भित्तिचित्र बन जाती हैं।

हां, यही तो कहा था उन्होंने कि 'आपको स्वप्न में दिया व्याख्यान सुना रहा था श्रीमती खोसला ! तो वो क्या कि किसी भित्तिचित्र से वार्तालाप में होने की भावना हो रही थी। इससे पूर्व जब आपको... ।'

नहीं, वह उन्हें हरित परिधान में देखने और उनकी परिक्रमा करने का जिक्र तो नहीं ही कर पाए। क्यों लगा था उन्हें कि कहते ही वह प्रसंग सदैव को जाता रहेगा ?

श्रीमती खोसला ने तब तक में शायद खीर का कटोरा हाथ में ले लिया था, जबकि परमेश्वरी बाबू ने बताया था कि 'बस, उस आत्मानंद की प्राप्ति के कथन के साथ ही हुआ कि वाणी जाती रही है, सिर्फ संकेतों में ही बताया जा सकता है अब कि वो किसी दिव्य पक्षी की तरह आकाश में उड़ रहे हैं और लोगों को देखना और अनुभव करना चाहिए कि जीवन को यदि पूरे राग में जी लिया जाए, तब इसी लोक में रहते किसी अन्य में विचरण कर रहा हूं।...और नीचे जो भूमि है, वह जितने घने कोहरे में है, उतनी ही ज्योत्स्ना में।...और जो देवदारु वृन्द हैं...जो हरितरंग है... ।'

क्यों हुआ होगा ऐसा कि ठीक इसी वक्त श्रीमती खोसला ने खीर की कटोरी को हाथ में लिए-लिए ही कहा कि सपने में उन्होंने परमेश्वरी बाबू को

फादर परांजपे के परिधान में देखा था, स्फटिक स्वच्छ परिधान में।—और वक्ष में 'क्रास' लटकता हुआ।

फिर से प्यास लग आने की बेचैनी में हाथ सिरहाने की दायीं ओर ले जाने को हुए, तो लगा कि सिर्फ सोचकर रह गए हैं, हाथ यथावत् है। थकान इतनी कि वक्त का अनुमान लगाना भी श्रम करना प्रतीत हो। रात कभी देर एकाएक आंख खुलने पर बेचैनी और भारीपन अनुभव होना इधर पहले भी कई बार हुआ है, इस वक्त कुछ आकाश में बिजली के कौंधने की-सी चमक और वेदना;...लेकिन जैसे कि क्षण-भर को। इसके बाद तो जैसे झोल में हैं और डूबते जा रहे हैं। जैसे कि अनंत जल है और पानी-भरे घड़े की तरह बस, नीचे, और नीचे, और नीचे डूबते ही जा रहे हैं। एक क्षण को फिर वही आकृतियों का जमघट, जैसे आसपास के जल में मछलियां विचरण करती हों, फिर एक संशय-भरी अवसन्नता कि आखिर कभी-न-कभी तो तल आएगा और तब घड़ा बहुत-बहुत तेज टकराएगा और टुकड़ों में होता, धीरे-धीरे-धीरे जल में बैठ जाएगा।

सोचना चाहा होगा कि मनुष्य हूं, घड़ा तो, बस स्वप्न में बन गया हूं, क्योंकि जगत् तो धारणा से ही है और धारणा से ही नहीं है।

□□